유모차
밀고
유럽여행

유모차 밀고 유럽여행

김윤덕 글·사진

푸르메

영원히 마르지 않을
엔돌핀의 원천

▶▶▶▶▶▶▶▶▶ 2년 전 4월, 유럽의 하늘은 아수라장이었다. 아이슬란드 화산의 폭발로 유럽 대부분의 공항이 폐쇄되거나 제한적으로 운영됐다. 하늘길이 막힌 여행자들 중 기차나 배편으로 이동할 수 있는 사람들은 그나마 운이 좋은 편이었다. 비행기가 아니면 제나라로 돌아갈 수 없는 사람들은 꼼짝없이 공항에 묶여 난민들처럼 떼로 몰려 새우잠을 잤다.

아이슬란드 화산이 폭발하기 3일 전, 나와 두 아이는 런던 여행을 마치고 스톡홀름으로 돌아와 있었다. 당시 우리의 거주지는 서울이 아니라 스웨덴 스톡홀름이었다. 1년간 스톡홀름 대학교 객원연구원으로 연수하면서 틈틈이 유럽 여러 나라들을 여행하는 중이었다. 그 와중에 아이슬란드 화산이 폭발한 것이다. 하루 이틀만 늦게 여행계획을 잡았어도 아이들과 함께 런던에서 오도가도 못했을 생각을 하면 지금도 가슴이 철렁 내려앉는다.

　여행 중 위험천만했던 일은 그뿐만이 아니었다. 유모차 바퀴가 부서져 몸체에서 떼굴떼굴 빠져나간 일, 유색인종이라고 택시를 태워주지 않아 유모차를 밀고 파리 몽마르트 언덕 아래를 정처 없이 헤맸던 일, 융프라우 정상에서 아들녀석이 고산증으로 쓰러진 일, 늦둥이 딸아이가 하이드 파크 호수에 빠질 뻔했던 일까지 셀 수 없다. 이유식도 안 뗀 어린 아이를 데리고 여행을 다닌다고 유럽 사람들은 엄마인 나를 손가락질했었다.

　누가 내게 천만금을 주면서 유모차 밀고 세계 여행을 다시 떠나라고 한다면 고개를 저을 것이다. 뭣 모르고 한 번은 시도해볼 수 있는 모험이지만, 두 번은 끔찍하다. 마음고생, 몸고생이 장난 아니다. 하지만 누가 내게 마흔두 해 삶을 살면서 가장 행복했던 순간을 꼽으라면, 단연코 나의 두 아이와 유모차를 밀고 유럽 여행했던 것을 꼽으리라. 쳇바퀴 돌듯 고단한 하루를 보내고 콩나물시루 같은 버스에 얹혀 집으로 돌아올 때에도 그때 그 여행 풍경을 떠올리면 나도 모르게 입가에 미소가 피어난다. 온몸에 엔돌핀이 흘러넘친다.

▶▶▶▶▶▶▶▶▶▶   이 책은 2010년 1월 당시 열 살이었던 아들 시온이와 20개월이었던 늦둥이 딸 주원이를 데리고 여행한 유럽 10개국의 기록이다. 소심하고 겁 많고 운전도 할 줄 모르는 한 여자가 남편도 없이 아이 둘만 데리고 떠난 여정이다. 냉정하고도 솔직히 고백하자면, 열 살 아이와 이유식도 떼지 않은 20개월 아기를 유모차에 태우고 해외를 여행한다는 것은 '미친 짓'이다. 그럼에도 불구하고 좌충우돌 실수투성이였던 우리의 여행기를 책으로 펴내는 이유는 '아이 때문에 여행은 불가능해요' 혹은 '남편 없이 여행을 어떻게 해요?' 하며 주저하는 동료 엄마들에게 용기를 불어넣어주고 싶어서다. 20개월 된 늦둥이 아기를 데리고 유럽이라니! 이보다 열악한 여행조건이 또 있을까?

　서울과 스톡홀름에서 내가 만난 한국 엄마들은 남편 없이 아이들과 함께 해외로 여행을 떠난다는 것에 크나큰 두려움을 가지고 있었다. 나처럼 늦둥이 아기도 없으면서 말이다. 내가 앞장설 테니 따라오기만 하면 된다고 해도 선뜻 결단을 내리지 못했다. 영어? 안전? 물론 첫 경험이라면 당연히 겁난다. 시온이가 여섯 살 때 단 둘이 일본 여행을 한 적이 있는데, 여행 떠나기 3일 전부터 나는 하늘이 노래지도록 잠을 설쳤다. 한데 처음에만 그렇다. 자신이 리더가 되어 여행을 이끄는 재미에 빠져들면 두번째, 세번째 여행은 누워서 떡 먹기로 쉬워진다. 남편이든, 여행가이드든 누군가를 따라가기만 하는 여행이 얼마나 시시하고 스릴이 없는지 절로 깨닫게 된다.

인터넷을 뒤져가며 여행정보를 찾고 여행계획을 짜는 재미 또한 비할 데 없다. 영어를 못한다고? 입국 심사를 통과할 수 있을 만큼의 생활영어면 충분하다. 안전이 걱정이라면 두 집이 짝을 이뤄 함께 떠나면 되고, 선진국의 유명도시들을 목적지로 잡으면 된다. 파리, 런던, 베를린, 취리히, 코펜하겐, 스톡홀름 등 유럽 대표도시들의 대중교통은 환상적인 라인으로 관광포인트와 연결돼 있다. 저렴하고 안전한 한인 민박집도 널려 있고, 서둘러 인터넷 예약만 하면 저렴한 가격에 쾌적하고 교통까지 편리한 호텔을 구할 수 있다.

▶▶▶▶▶▶▶▶▶   두 아이와 유럽의 도시들을 여행한 지도 2년이 넘었다. 그 사이 큰애는 초등학교 6학년이 되었고 늦둥이는 유치원에 들어갔다. 출판사에서 보내온 교정지를 훑어보고 있는데 아들 시온이가 스위스 편을 읽다 말고 웃음을 터뜨렸다. "맞아, 내가 쓰러졌었지. 융프라우에 올라갔다가 죽는 줄 알았지." 공부, 공부, 공부하라는 말을 지겹도록 들으며 살아가는 아이의 일상에 이 여행기는 환희의 폭죽을 터뜨려줄 것이다. 그래서 뿌듯하다.

여행전문가도 아닌 여자가 두 아이와 지지고 볶으며 다닌 여행기를 한 권의 책으로 엮어주신 푸르메 김이금 대표에게 감사의 마음을 전한다. 유럽살이 1년에 동참하지 못해 조울증까지 걸렸던 남편의 무한한 애정과 시샘, 격려가 없었다면 우리의 여행기는 기억의 장막으로 묻혀버렸을 것이다. 더불어 여행 도중 크고 작은 위기의 순간마다 우리를 구해주었던 '보이지 않는 손'에 감사드린다.

2012년 벚꽃 날리는 광화문에서,

김윤덕

차례

흘러간 시간을 살고 있는,

이탈리아

01

라이언에어와의
첫 만남

▶▶▶▶▶▶▶▶▶ 스웨덴에서의 해외 여행은 해를 넘긴 2010년 1월에서야 떠날 수 있었다. 그만큼 정착하는 데 어려움이 많았고, 10월 말부터 닥쳐온 추위와 어둠이 우리 세 식구를 옴짝달싹 못하게 했다. 2~3년째 스웨덴에서 살고 있는 주재원 부인들은 '남는 건 여행뿐'이라고 독촉했지만, 만 두 살도 안 된 늦둥이를 데리고 비행기를 탈 엄두가 나질 않았다.

그렇다고 봄이 올 때까지 기다릴 수도 없는 노릇이었다. 4학년 아들 녀석을 연수에 합류시킨 이상, '점'만 찍더라도 유럽 대도시를 견학할 의무가 내게는 있었다. 하여 3주간 주어진 겨울방학에 우리는 첫 여행을 감행했다.

첫 여행지는 로마였다. 볼로냐 국제어린이도서전 취재를 위해 이탈리아에 여러 번 출장을 갔어도 로마는 한 번도 가보지 못한 곳이라 늘 꿈의 여행지로 남아 있던 터였다. 게다가 한겨울에도 영상 10도 안팎의 날씨라니 이보다 좋은 곳이 없었다.

문제는 숙소와 항공편. 주재원 부인들은 입을 모아 '민박'을 강추했다. 내가 "민박이라뇨?" 하자 "해외민박도 몰라요?" 한다. 파리, 로마, 런던 같은 대도시에는 한국인들이 운영하는 민박집들이 부지기수란다. 실제로 검색 사이트에 '로마민박'이라고 치니 과연 수십 개의 민박집이 꼬리를 물고 나타났다.

다음은 비행기. 이번에도 그녀들은 입을 모아 '라이언에어'를 강추했다. 이름이 재미있어 내가 "사자의 라이언lion요?" 하고 묻자 다들 어리둥절한 표정으로 묻는다. "진짜 기자 맞아요?" 아일랜드의 대표적인 저가항공사인 Ryanair를 이른 말이었다.

그날 이후로 나는 라이언에어 마니아가 됐다. 운 좋으면 공짜표도 얻을 수 있는 비행기라니! 실제로 여행계획을 미리 짜서 두세 달 전에 표를 구입하면 5~6유로의 가격으로도 유럽 각국을 오가는 왕복표를 구할 수 있었다.

드디어 로마를 향해 짐을 꾸린 1월 1일. 10시에 떠나는 비행기 시간에 맞추기 위해 우리는 새벽부터 일어나야 했다. 아직 컴컴한 시간에 늦둥이를 유모차에 태워 아들녀석이 밀고, 나는 짐가방을 끌며 스톡홀름 중앙역 건너편에 있는 버스터미널로 향했다. 스톡홀름의 모든 공항버스가 이 터미널에서 출발했다. 문제는, 저가항공인 라이언에어는 스톡홀름의 메인 공항인 알란다^{Arlanda}에서는 뜨지 않는다는 거였다. 싼 게 비지떡이라고, 스톡홀름에서 버스로 한 시간 20분 거리에 있는 스캐브스타^{Skavsta} 공항으로 가야 라이언에어를 탈 수 있었다. 덕분에 유럽을 저가항공으로 여행할 때는 반드시 이착륙 공항부터 확인해야 한다는 사실을 깨달았다.

우리의 첫 난관은 공항버스를 두 개 회사가 운행한다는 사실을 몰랐던 것에서 비롯됐다. 20분이나 줄을 선 뒤 공항버스에 유모차와 짐가방을 실었는데 표 검수원이 "이 티켓으로는 이 버스를 이용할 수 없다"며 제지했다. "비행기 시간이 촉박하고 어린아이들까지 있으니 현금으로라도 받아주면 안 되겠냐"고 하자 원칙에 충실한 스웨덴 아저씨, 완강히 고개를 젓는다.

설상가상으로, 우리가 구입한 표를 받아주는 버스는 이미 출발했다고 했다. 하는 수 없이 메이저 공항버스인 플라이버사르나^{Flygbussarna}의 표를 다시 구입했다. 버스에 오른 시각이 8시. 공항에 도착하면 9시 20

분일 텐데, 수속을 밟을 수나 있을까.

그런데 버스에 올라타니 더 큰 난관이 나를 기다리고 있었다. 바로 생후 20개월 된 늦둥이 주원이었다. 태어나 한 시간 넘게 버스라는 운송기구에 갇혀본 적이 없는 아이는, 그 사람 많고 후텁지근한 버스 안에서 울며불며 몸부림을 치기 시작한 것이다.

02

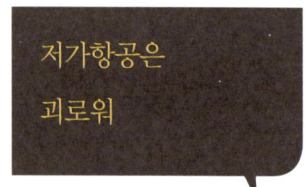

저가항공은
괴로워

▶▶▶▶▶▶▶▶▶▶ 늦둥이의 몸부림, 칭얼거림, 울부짖음에 어떻게 스캐브스타 공항까지 도착했는지 지금 생각해도 진땀이 난다. 처음 칭얼거리기 시작했을 땐 창밖으로 시선을 유도해 '산' '구름' '나무' '바람' 같은 단어를 읊어가며 자연공부, 한글놀이 같은 걸로 시간을 때웠다. 단어놀이에 식상해할 쯤 미리 준비해간 과일과 음료수로 아이를 꼬드겼다. 집에선 그렇게 잘 먹더니 버스 안에선 몇 개 집어먹다 확 던져버린다.

이제는 그림책 읽기다. 원래 편도 세 시간 걸리는 로마행 비행기 안에서 시간 때우기로 써먹을 예정이었는데, 이미 버스 안에서부터 울음이 터지기 직전이라 순서를 따질 겨를이 없었다. 공항까지는 아직도 30분이나 더 가야 했다. 가장 난감했던 건, 아이가 복도로 내려서려고 떼를 쓰기 시작할 때였다. 위험하니 아이 몸을 끌어안고 잡아당기는데 이 녀석, 화가 나니 엄마를 향해 사정없이 팔을 휘둘렀다. 바나나가 날아가고, 음료수곽이 날아가고 급기야 내 안경이 날아갔다. 그리고 "와앙~"울음이 터졌다.

참을성 많은 스웨덴 승객들은 누구도 뒤를 돌아보거나 알은 체하지 않았다. 나 혼자서 얼굴이 화끈거렸다. 버스 안에 있던 다른 스웨덴 아이들은 얌전하게 부모 옆에 앉아 있었다. 게다가 이 얄미운 딸아이는 버스가 공항에 도착하기 5분 전에 잠이 들기까지 했다. 풀어헤쳐진 배낭 챙겨서 둘러메랴, 아이 안으랴, 버스에서 내릴 때에도 참말 곤욕이었다.

겨우겨우 공항에 들어서니 또 줄이 길게 늘어섰다. 저가항공이 괜히 싼 게 아니었다. 비행기표도 집에서 다 프린트해 와야 하고, 짐 부칠 때 따로 돈을 내야 하고, 좌석도 지정석이 아니라 일찍 온 순서대로 자리를 잡을 수 있고, 물 한 잔도 돈 내고 사마셔야 했다. '어린이, 노약자 우대' 서비스도 없었다. 일반 비행기들은 아이를 둘씩이나 데리고 있으면 수속이나 탑승에 우선권을 주던데, 라이언에어는 그렇지 않았다. 그사이 잠에서 깬 아이에게 이유식('벨링'이라고 하는 스웨덴의 유명한 이유식)을 한 통 다 먹이도록 우리는 보안검색대 앞에서 줄을 서야 했다.

　10시 5분 전에야 간신히 로마행 탑승 게이트에 도착하니, 여기가 또 인산인해다. '태양을 찾아 남쪽으로, 남쪽으로!'인지 여행객들이 로마행 게이트 앞에 꼬리를 물고 서있는 것이다. 비행기 연착으로 탑승구의 문은 열려 있지도 않았다. 늦기는커녕 탑승을 기다리며 또 30분간 그 보채는 아이를 어르고 달래며 줄을 서있어야 했다.

　그제야 라이언에어에서 비행기표를 예약할 때 화면에 줄기차게 떠오르던 '옵션'들이 생각났다. 우리는 '탑승우선권'을 샀어야 했다. '이 돈 저 돈 다 내면 저가가 아니지'하는 생각에 짐 부치는 요금만 달랑 냈던 것인데, 아이들을 동행할 땐 몇 유로를 더 내더라도 탑승우선권을 구입하는 게 만사 편하다.

　드디어 탑승이 시작됐고, 거의 맨 꼴찌로 티케팅을 한 우리 세 식구는 비행기가 있는 공항 광장을 향해 나아갔다. 그런데 이건 또 뭔가. 비행기가 서있는 곳까지 걸어가야 하는 것이다. 다행히 계단 밑까지 유모차를 밀고 갈 수는 있었지만, 비행기에 올라보니 우리에게 남아 있는 좌석은 맨 끝, 화장실 바로 앞자리 두 개뿐이었다.

　'탔구나!'하는 안도감에 피로와 긴장이 풀리기도 잠시, 이놈의 늦둥이가 또 몸을 배배 꼬기 시작했다. 앞이 캄캄했다. 앞으로 다시 세 시간.

버스 타고 공항까지 온 시간의 두 배를 더 가야 로마 치암피노^{Ciampino} 공항에 닿을 수 있었다.

그나마 열 살 아들녀석이 녹초가 된 엄마를 도왔다. 아기가 칭얼대면 제 배낭에서 얼른 장난감들을 꺼내 달래주었고, 얼굴에 이상한 표정을 지어 아이를 웃기기도 했다. 아들녀석 배고플까 봐 한 개에 5유로씩 하는 샌드위치를 사서 주었더니, 딸아이 저도 달라고 또 칭얼댄다. 여덟 살 차이가 나는데도 오빠랑 똑같이 먹고 행동하려 드니, 애 둘 키우기는 왜 이리 고달픈가. 게다가 우리는 남의 나라에서 또 다른 남의 나라로 '여행' 이란 걸 하고 있었던 것이다.

내가 왜 아이를 둘씩이나 달고 이 무지막지한 여행을 시작했던가, 로마를 향해 날아가면서 나는 후회하고 또 후회했다.

03

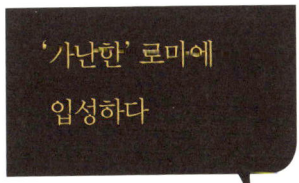

'가난한' 로마에
입성하다

▶▶▶▶▶▶▶▶▶ 어떻게 세 시간의 비행을 견뎠는지 기억도 나지 않을 만큼 파김치가 된 우리 세 식구는 마침내 치암피노 공항에 도

착했다. 로마의 메인 공항인 레오나르도다빈치 공항[FCO]과 달리 치암피노는 라이언에어 같은 저가항공이 뜨고 내리는 공항이었지만, 로마 시내에서 자동차로 20분 거리의, 환상적인 위치에 자리하고 있었다. 1961년 레오나르도다빈치 공항이 로마 외곽에 세워지기 전까지 치암피노는 로마의 메인 공항이었다고 했다.

짐을 찾아 도착 출구로 나오니 한눈에도 우릴 픽업하러 온 듯한 남자가 방긋 웃고 서있다. 로마민박을 예약할 때 신청해놓은 픽업 차량이었다. 곱슬머리, 훤칠한 키에 체격도 좋은 그는 성악을 전공하는 유학생이었다. 그것도 아주 오래된 유학생. 학비를 벌기 위해 민박집 픽업기사 일을 시작했다가 이제는 거의 본업이 되었다 싶을 만큼 벌이가 되는 모양이었다. 명함도 따로 가지고 있어서 다음에 다시 로마에 올 때는 자기에게 직접 연락하라고 했다. 민박부터 투어까지 중개를 선다고 했다.

그도 그럴 것이 한국인 관광객이 로마엔 계절 없이 몰려오니 민박집, 투어단체 등이 번창했다. 이미 포화상태에 이르러 망하는 민박집도 있을 만큼 떼르미니[Termini](로마 중앙역) 역 부근엔 한국 민박이 성행했다.

웹사이트만 대충 보고 선택한 우리의 '로마가자' 민박은 떼르미니 역에서 걸어서 15분 거리에 있었다. 자동차가 성 마리아 마조레 성당을 지날 때 '성악가 기사님'은 "이제 거의 다 왔다"고 알려줬다. 그밖에도 기사님은 운전해가는 동안 인근 관광지를 대강 소개해줬지만, 나는 그저 민박집에 가서 쉬고 싶은 생각뿐이었다. 지금도 기억나는 건, 로마는 춥지 않았다는 것, 그러나 부슬비가 왔다는 것, 도심으로 가는 풍경이 꽤 빈한했다는 것이다.

시온이가 물었다. "엄마, 로마는 가난한 도시야?"

민박집에 도착하니 전화로만 통화했던 주인 아저씨가 대문 밖까지 우리를 마중 나왔다. 거대한 대문을 밀고 들어가니 하늘이 뻥 뚫린 중정이 나오고 마당을 둘러싼 건물 중에서 제일 안쪽 건물로 들어간다.

2층에 자리한 민박집은 그 건물 한 층을 숙소로 쓰고 있었다. 남녀로 구분된 도미토리엔 배낭여행을 하는 젊은 대학생들이 붐볐고, 우리가 묵을 가족실은 가장 후미진 곳에 있었다. 가족실은 1박에 120유로 (2010년 당시). 조식, 석식이 포함돼 있어 마음에 들었다. 아이들을 동반할 땐 그저 '밥'을 안정적으로 제공받을 수 있는 숙소가 있어야 한다.

남학생들이 많아 그런지 민박집에서는 담배 냄새가 곳곳에 배어 있었다. 화장실도 남녀로만 구분돼 있고 공용으로 쓰고 있었다. 시온이와 주원이는 '고생 끝'이라는 생각에 방 안을 뛰어다니고 침대를 오르내리며 좋아라 했다. 창문 밖을 내다보니 전차들이 부슬비 속에 오가고 있다. 몸을 잔뜩 웅크린 채 로마의 시민들이 전차에 올라탔다. 기차역 부근 동네라 그런지, 날씨 탓인지, 로마는 굉장히 우중충해보였다.

으레 있어야 할 주인집 아주머니를 찾았더니 아저씨 왈, 몸이 아파 한국으로 잠시 귀국했다고 한다. 골초인 게 틀림없는 주인 아저씨는 "돈 벌어 이제 좀 행복하게 해주나 싶었는데 저렇게 또 몸이 아파 들어가게 됐다"며 한숨을 내쉬었다. 돈을 벌면 부부 둘이서 실컷 유럽 여행을 하기로 했었단다. 10년 가까이 로마에 살면서 이탈리아 밖을 나가본 적이 없다고 했다. 어디서나 한국 사람들은 돈을 벌기 위해 열심이다.

주인 아저씨는 우리가 묵을 방을 정리해주고 나서 귤을 한 바구니 가져다주었다. 좀 쉬었다가 야경 구경이나 나가라며. 젊은 대학생들은 낮에 한바퀴 돌고 와서는 저녁 먹고 다시 야경 투어를 나가는 모양이었다. 저 빗속에? 일단 '알았다' 고만 답하고 우리 세 식구는 내내 방안에서만 뒹굴었다.

피곤하기도 했지만, 우리에겐 기다려야 할 '손님' 이 있었다. 로마의 민박집에서 만나기로 한 손님! 6개월간 헤어져 있어야 했던 아이들의 아빠, 그러니까 남편이 겨울휴가를 받아 로마 여행에 전격 합류하게 된 것이다. '잘릴 각오' 를 하고 휴가를 낸 애들 아빠가 비행기를 타고 서울에서 로마로 날아오고 있었다.

04

나폴리항이 속초항보다 아름답다고?

▶▶▶▶▶▶▶▶▶ 로마에서 우리의 첫 여행지는 로마가 아니라 '폼페이'였다. 로마 민박집들에서는 사전에 '남부 투어'나 '바티칸 투어'처럼 여행상품을 함께 예약받는다. '자전거 나라www.romabike.com' 사이트에 직접 신청할 수도 있다. 로마 버스투어부터 아씨씨, 피렌체 투어까지 진행한다. 하루종일 걷고 공부하며 구경해야 한다는 바티칸은 4학년 아들녀석은 물론 나 또한 머리가 아플 것 같아, 우리는 버스를 타고 휘휘 도는 '남부 투어'를 신청했다. 나폴리, 폼페이를 거쳐 소렌토, 아말피 해안을 둘러보는 코스로 1인당 80유로(어린이는 40유로)였다. 문제는 남부 투어 가는 요일이 정해져 있어서, 우리는 남편의 여독이 풀리기도 전에 이튿날 새벽같이 투어버스에 올라타야 했다.

아내의 빈자리를 메우기 위해 민박집 주인 아저씨는 또 새벽같이 일어나 아침밥을 챙겨주셨다. 아파서 한국으로 잠시 돌아간 부인 대신 조선족 할머니 한 분이 오셔서 밥을 지어주셨는데, 로마에 산 지 10년이 다 됐다니, 또 한번 '범 한국민'의 가열찬 생활력에 혀를 내둘렀다.

투어버스는 오전 7시 떼르미니 역에서 출발했다. 여행엔 뜻이 없고 할랑할랑 민박집에서 뒹굴고 가까운 공원 가서 놀 생각이었던 시온이는 '대체 어디로 가는 거냐'며 입이 댓 발 나왔다. 나의 최대 관심사는 늦둥이 주원이의 '몸부림'이었다. 몇 시간이나 얌전히 버틸 것이냐! 첫 목적지인 폼페이까지만도 두 시간이 넘게 걸리니 걱정이 아닐 수 없었다. 다행히 주원이는 엄마 품이 지겨우면 아빠 품으로 갔다가 다시 돌아오기를 반복하면서 잠이 들었다. 이래서 아이들과의 여행은 부부가 함께하는 게 정답이다.

다행히 우리는 폼페이에 무탈하게 도착했다. 어릴 적 봤던 영화 〈폼페이 최후의 날〉이 잔상에 남아 있던 터라 나름 비장한 마음을 안고 들어섰다. 비가 오락가락해서 주원이 유모차엔 우비를 덮었고, 시온이는 방수 잘 되는 스웨덴산 점퍼를 모자까지 푹 뒤집어썼다.

폼페이 입구에는 이탈리아 할아버지 한 분이 우리 일행을 기다리고 있었다. 자그마한 키에 선한 인상을 지닌 조세프라는 이름의 노인. 단체 여행객이 이탈리아 관광지를 들어갈 때는 반드시 현지 가이드를 고용해야 한다는 법규 때문에 실제 가이드인 양 나와 있는 할아버지였다. 물론 우리는 한국 가이드의 설명을 듣는다. 이탈리아 할아버지의 역할은 깃발을 들고 우리를 쫓아오는 것뿐이었다.

기원전 6세기 베수비오 화산의 남동쪽, 사르누스 강 하구에 세워진 항구 도시 폼페이는 로마 귀족의 별장이 들어선 휴양지였다. 서기 79

폼페이가 남긴 삶의 흔적들. 상점과 식당, 공공시설물들이 하나의 도시를 이루고 있다.

년 베수비오 화산이 폭발하기 전까지 인구 2만~5만 명이었던 폼페이
는 문화시설과 편의시설을 완벽하게 갖춘 하나의 독립된 도시였다고
한다.

　지금은 폐허가 된 폼페이 거리엔 울퉁불퉁하고 검게 그을린 큰 돌들

베수비오 화산이 대폭발한 순간 그대로 화석이 되어버린 폼페이와 시민들.

이 깔려 있었다. 누가 '자동차 바퀴만 하다'고 농담했을 만큼, 바퀴 큰 유모차를 가져오지 않았더라면 우리는 주원이를 내내 품에 안고 다닐 뻔했다.

　그 자체로 예술품처럼 느껴지는 고대 신전과 상점, 일반 주택, 공공

폼페이의 공중목욕탕. 벽 속에 설치된 보일러에 여행자들은 탄성을 자아낸다.

시설물들에 대해 가이드는 열심히 소개했다. 식품시장이었다는 곳에는
그 시절에 사용했던 토기들이 선반마다 잔뜩 쌓여 있고, 화산폭발로 죽
은 사람들의 화석이 눕거나 웅크린 자세로 전시돼 있었다.

　가장 기억에 남는 건 공중목욕탕이다. 목욕탕 벽에 설치된 물 보일

러는 감동이었다. 요즘 우리네 아파트에 들어오는 귀뚜라미 보일러와
별반 차이가 없으니 말이다. 노천목욕탕 개념이 그때 이미 있었던 것
인지, 뻥 뚫린 지붕으로 자연산 햇살이 쏟아져 내리는 공간에서 관광
객들은 환호했다.

약국이 있는 건물 벽에는 뱀 그림이 새겨져 있었다. 스웨덴에서도
약국Apoteke 간판에 뱀을 도식화한 그림이 걸려 있었다. 고대 그리스에
서는 뱀을 영적인 동물, 치유의 동물로 여겼고, 그래서 뱀이 의술의 상
징이 되었다고 한다. 세계보건기구WHO 로고에도 막대기를 두르고 있
는 뱀이 나온단다.

요즘 말로 '성매매업소' 즉 집창촌 건물도 있었다. 남편은 "그냥 가
자"고 했지만 "잠깐만!" 하고 얼른 뛰어들어갔다. 두 평이 채 될까말까
한 공간에 이불만 깔면 침대 역할을 하는 석축이 조성돼 있고 작은 화장
실도 딸려 있었다. 그런 방이 다닥다닥 붙어 있었다. 엄마를 뒤따라 들
어온 시온이가 "여기는 뭐야?" 하고 묻는데 얼떨결에 '여관'이라고 얼
버무렸다.

시온이의 가장 큰 관심을 끈 것은 화산재에 덮여 몸을 웅크리고 죽
은 사람들의 화석, 그 다음이 개*였다. 폐허 곳곳을 어슬렁거리며 돌
아다니거나 천연덕스럽게 누워 있던 개들. 시온이는 고대의 유적에는
관심이 없고, "우리도 저런 개 키우면 안 돼?" 하면서 쫓아다녔다. 나

폼페이의 떠돌이 개들. 음산한 날씨가 폐허의 분위기를 더욱 폐허답게 만들었다.

폼페이의 돌마당에서 뛰어놀며 즐거워하는 주원이. 아이의 몸에도 폼페이의 역사가 기록될까?

중에 해외토픽에서 '폼페이의 개들'에 관한 이야기를 읽었다. 주인 없이 버려진 떠돌이 개들 때문에 폼페이가 곤욕을 치른다는 내용이었다.

　오랜 출장과 여행의 '짬밥'으로 치면, 해질녘 폼페이의 폐허를 거닐며 한줌의 재가 되어버린 로마의 영광을 음미해야 제격인 것을, 우리는 돌계단, 돌바닥, 물웅덩이를 겁도 없이 오르내리며 첨벙거리는 늦둥이를 붙잡으러 다니느라, '민박집엔 언제 돌아가냐'는 시온이 투정 받아주느라, 가이드 놓치지 않으려고 두리번거리느라 정신이 하나도 없었다.

　다만 바라옵는 것은, 우리 철부지 시온이가 나중에 세계사 책에 폼페이가 나올 때 최소한 '아, 그 떠돌이 개 많던 언덕마을?' 하고 기억해주는 거, 오로지 그거 하나뿐이었다.

05

아말피, 죽기 전에
꼭 가봐야 할?

▶▶▶▶▶▶▶▶▶▶   나폴리항을 끼고 도는 해안도로를 달릴 때 전라도 출신의 총각 가이드가 했던 우스갯말이 생각난다. "세계 3대 미항 중 하나인 이 아름다운 나폴리항에 대해 목이 터져라 열심히 설명했는디요, 간혹 이러시는 분들 계십니다잉. '뭐, 속초항이나 별반 다를 거 없구만?' 그러면 이 가이드 징허게 섭섭하지요잉."

지금도 나 혼자 그 에피소드를 떠올리면서 웃는 이유는 바로 내가 그렇게 생각했기 때문이다. 세계 3대 미항이라기에 기절할 듯 아름다운 절경인 줄 알았건만, 너무 기대를 해서 그런가, 큰 감흥이 일지 않았다. 오히려 소렌토로 넘어갈 때 해안절벽에 보석처럼 촘촘히 박힌 집들과 지중해의 햇살 눈부시게 빛나던 청록색 바닷물에 관광객들은 탄성을 자아냈다.

죽기 전에 꼭 가봐야 한다는 아말피 해안의 모습. 성냥갑처럼 옹기종기 모여 있는 집들이 사랑스럽다.

폼페이에서 나온 버스는 이른바 '아말피 코스트 The Amalfi Coast', 혹은 아말피타나 Amalfitana 라고 불리는 절벽 위 아름다운 지중해 해안을 따라 남쪽으로, 남쪽으로 내달렸다. 『내셔널지오그래픽』이 세계에서 가장 아름다운, 죽기 전에 꼭 가봐야 할 절경 50곳 중 하나로 선정한 아말피 코스트는 그 유명한 소렌토에서 시작해 포지타노, 프라이아노를 거쳐 아말피로 이어지고 있었다.

버스의 오른쪽에 탄 것은 정말 잘한 일이었다. 왼쪽에는 깎아지른 듯한 산기슭에 성냥갑 같은 집들이, 오른쪽엔 지중해의 맑고 푸른 바다가 펼쳐졌다. 소렌토를 지날 때 가이드가 "저기 아스라이 보이는 섬이 그 유명한 카프리"라고 가리켰는데, 날이 흐려 잘 보이지가 않았다. 아랍 부호들을 비롯해 세계 갑부의 별장들이 있다는 아름다운 섬이니 기회 되면 꼭 가보시라고 했다. 남부 투어 하루 일정으로는 어림없고, 소렌토 항구에서 배를 타고 들어가야 하는 모양이었다.

소렌토라는 지명은 '시레나Sirena의 땅'이라는 뜻으로 수렌툼Surrentum이라고 부른 데서 유래했다고 한다. 시레나라는 여인이 달콤한 노래로 뱃사람들의 넋을 잃게 한 뒤 바다에 빠져 죽게 한다는 것이었다. 전쟁을 마치고 배를 타고 귀향하던 율리시즈는 그녀의 노래를 듣고 싶어 몸을 돛대에 동여맨 채 이 바다를 지나갔다는 전설이 있다.

그러나 우리의 투어버스는 소렌토에 발 한번 찍을 기회도 주지 않고 아말피로 달렸다. 승객들의 아쉬운 눈빛을 읽었는지, 가이드가 응대한다. "가이드 십수 년 하고 있지만, 소렌토보다는 아말피가 훨씬 아름다운 마을입니다. 지중해의 진수는 아말피에 있다니까요 글쎄."

그건 거짓말이 아니었다. 아말피 마을로 들어가기 전 해안도로에서 아말피의 전경이 한눈에 보이는 곳에 버스를 정차시켜준 가이드 덕분에 우리는 '죽기 전에 꼭 가봐야 한다'는 지중해의 작은 마을을 제대로 감상할 수 있었다. 나폴리에서 동남쪽으로 70킬로미터 떨어진 바닷가 마을로, 1997년 유네스코가 세계문화유산으로 등재한 곳. 가까이에서 보니 산기슭에 그림처럼 다닥다닥 붙어 있는 집들은 아주 허름하고 오래된 집들이었다. 1920~30년대 영국 귀족들의 휴양지였다고 하는데, 너무나 낡아서 그런가 귀족들의 별장으로 보이진 않았다.

어떤 여행기를 보니, 아말피의 산악마을은 전쟁을 피해 남쪽으로 내려온 사람들이 군인들 눈에 띄지 않으려고 산기슭과 절벽에 집을 지으면서 형성되었다고 한다. 그 산악마을이 '라벨로'라는 곳인데, 작곡가 바그너가 머문 곳으로도 유명하단다. 그가 휴양차 왔다가 오페라 〈파르치팔〉을 작곡한 마을이고, 매년 여름 이곳에서 바그너를 추모하는 음악 페스티벌이 열린다고 했다.

아말피 해안의 진수는 골목길에 있다. 동화 속 마을처럼 앙증맞은 풍경이 끝없이 이어진다.

여행은 그저 '걸어야' 제 맛이고 '밟아야' 추억에 남는다는 말은 정
답이다. 투어버스에서 내려 마을로 들어서니 좁다란 골목길이 아기자
기하게 이어져 있다. 위에서 내려다본 정경과는 또 다른 맛이었다. 과
일가게, 정육점, 옷가게, 파스타집이 오밀조밀 모여 있고, 초록 덩쿨을
늘어뜨린 집들은 동화 속에 나오는 그림처럼 예뻤다.

골목을 뚫고 해안가로 내려가니 이국적인 아름다움을 지닌 성당이
나왔다. 9세기에 지어진 성 안드레아 대성당. 아말피 왕국으로 불렸을
만큼 9~12세기 해상무역으로 번창했던 아말피의 번영을 성당의 웅장

바닷가에서 올려다본 성 안드레아 대성당.

한 자태가 증명한다고 가이드는 설명했다. 피렌체나 밀라노에서 보았던 대성당들과는 달랐다. 지붕이 둥그런 돔 형태도 아니고, 뾰족뾰족 정교함의 극치를 달리는 고딕 양식도 아니었다. 아치형 창문에 무어리시 스타일의 기둥, 상단은 이슬람 양식으로, 하단은 로마네스크 양식

해질녘 아말피 해안의 모습. 사랑하는 사람과 '레몬주'를 나눠보시길.

으로 지어진 아랍풍의 이국적인 성당이라고 했다.

시온이와 주원이는 해변에 내려놓으니 신이 났다. 추운 줄도 모르고 성당의 계단을 오르내리다가 다시 바닷가를 뛰어다니는 주원이를 보니 하룻밤이라도 이곳에서 자고 갔으면 좋았을 걸, 하는 아쉬움이 들었다.

얼떨결에 남부 투어를 떠나온 게 문제였다. 일종의 '묻지마 관광'인 셈이라 사전에 공부해둔 것이 없어서, 그때는 아말피가 리모네 젤라또(레몬맛 아이스크림), 리몬텔로(레몬주)로 유명한 마을인지도 몰랐다. 레몬이 아말피의 특산품이고, 레몬이 주렁주렁 열릴 때 레몬향 가득한 아말피의 풍광이 절정에 이른다고 했다. 그런 줄도 모르고 우리는 기껏 카페에 들어가 콜라를 마셨다.

06

콜로세움에서 쫑쫑 얼나

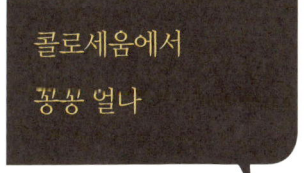

▶▶▶▶▶▶▶▶▶ 아말피 해안마을을 구경한 뒤 투어버스에 올랐을 때는 이미 날이 어둑어둑했다. 밤 9시가 넘어 로마에 도착한다 하니 아이들에겐 강행군인 셈이었다.

버스 안이 컴컴해지자 늦둥이 주원이는 바로 잠이 들었다. 차창 밖으로 싯푸른 바다 풍경을 바라보는 시온이는 아직 눈이 말똥말똥한데, 마침 가이드가 영화 〈글래디에이터〉를 비디오로 틀어줬다. "시온아, 저거 진짜 재밌어. 내일 저 검투사들이 싸우는 원형경기장에 갈 거야. '콜로세움', 콜로세움 들어봤지?"

이튿날, 그러니까 우리의 이탈리아 3일째 여행은 로마 시내 관광이었다. 민박집에서 콜로세움은 걸어서 15분 거리에 있었다. 주인 아저씨는 로마 시내 지도를 펼쳐놓고 주요 관광지를 걸어서 갈 수 있는 동선을 사인펜으로 찍어주었다.

'지도 잘 보는 여자'로 자부하는 내가 지도를 들고 앞장섰다. 남편은 배낭을 메고, 시온이는 주원이 유모차를 밀었다. 지도가 일러주는 대로 큰 길, 작은 길을 건너고 골목을 돌아 쭉 올라가니, 어디서 많이 본 건물이 눈앞에 턱 나타났다.

콜로세움이었다. 그 유명한 콜로세오^{Colosseo}, 콜로세움! 내가 간혹 파르테논 신전이랑 헷갈리긴 하지만, 저 건물이 TV나 사진을 통해서만 본 콜로세움인 게 확실하다는 생각이 들자 탄성이 터졌다. 주원이와 시온이를 세워놓고 콜로세움을 배경으로 사진을 찍기 시작했다. 정확히 말하면 우리는 콜로세움의 서북쪽 입구에 서있던 셈이라 콜로세움의 뒤통수를 배경으로 사진을 찍은 셈이다.

사진을 찍은 뒤 매표소가 있는 '정문'까지 걸어갔다. 그런데 이게 웬일인가. 꼬리에 꼬리를 문 관광객 행렬이 늘어서 있었다. 입장권을 끊으려는 사람들이었다. 그 옛날 플라비우스 왕조 시절(서기 70년)에는 5만 명이 넘는 사람들이 쉽게 입장할 수 있도록 80개가 넘는 아치문이 한꺼번에 열렸다더니, 지금은 출입구 한곳으로만 들어가야 하는 탓에 전세계에서 몰려온 관광객들이 아침부터 줄을 선 것이다.

남편과 시온이는 어린 주원이 때문이라도 그냥 다른 곳으로 가자고 주장했지만 나는 결사반대했다. 어떻게 온 로마인데, 어떻게 온 콜로세움인데 수박 겉핥기 하듯 사진 한 장 달랑 박고 간단 말인가. 〈글래디에이터〉의 현장, 아니 로마의 상징인 세계 최대 규모의 원형경기장을 내 아이들 눈에 생생히 보여줘야 한다는 일념으로 식구들을 끌고 줄을 섰다.

문제는 추위였다. 분명히 영상의 날씨인데, 우리가 줄을 선 콜로세움 매표소 입구는 육중한 건물이 드리운 그늘 아래여서 한기가 돌았다. 처음 몇십 분은 참을 만했다. 줄을 선 지 한 시간이 넘어서자 시온이가 몸

콜로세움 원형경기장 내부. 뜯겨져 난 경기장 아래로 미로 같은 지하공간이 보인다.

을 떨기 시작했다. 민박집에 두고 온 아이의 카디건이 눈에 아른거렸다.

몸이 거의 얼어붙기 시작할 무렵에서야 우리는 콜로세움 안으로 입장할 수 있었다. 천 년의 세월을 간직한 원형경기장은 수많은 관광객들이 우글대는 속에서도 내겐 참 쓸쓸한 풍경으로 와닿았다. 그 거대한 구조물 앞에 가슴이 먹먹하면서도 잡초 우거진 폐허를 내려다보니 기분이 묘했다. 영화의 효과로 시온이는 궁금한 게 많았다. "어제 막시무스가 싸우던 곳이 저기야?" "그럼 호랑이는 어디서 나온 거야?" "노예들이 자기 차례를 기다리던 곳은 어느 쪽이야?"

나중에 알고 보니 〈글래디에이터〉를 촬영한 세트장은 로마가 아니라 튀니지 엘젬이란 곳에 남아 있는 로마시대 원형경기장이었다. 한니발의 카르타고를 멸망시키고 튀니지를 지배한 로마가 3세기에 지은 원형경기장으로, 로마제국 콜로세움 중에 가장 온전하게 보존된 곳이라고 한다.

주원이와 유모차를 남편에게 맡겨둔 채 시온이를 데리고 2층 관중석으로 올라갔다. 좀더 높은 위치에서 내려다보니 훨씬 실감났다. 이름은 '원형' 경기장이지만, 위에서 내려다보니 '타원형'이었다. 나중에 『로마의 역사』라는 책을 보니, 콜로세움은 석회화로 된 사각형의 돌을 사용해 4층으로 지은 40미터 높이의 건축물로 관객 7만 명을 수용할 수 있었다고 한다. 오늘날에는 없어진 중앙의 두 줄 관람석은 정치인들을 위한 좌석이었고, 나머지 4층으로 이뤄진 좌석들은 사회계층에 따라 구역별로 나눠져 있었단다.

경기장과 가까운 쪽이 물론 귀빈석이었다. 원로원 의원들은 자신 혹은 가족의 이름이 새겨진 첫번째 줄에 앉았고, 기사들은 두번째 줄에 자리를 잡았다. 관객들은 입장할 때 자신이 통과할 아치형 문의 번호와 그들에게 할당된 좌석 구열과 열 번호가 적힌 번호판을 받았기 때문에 어떤 경우라도 신속하게 자리를 찾아갈 수 있었다고 한다.

아쉽게도 검투사들이 맹수와 싸우던 경기장(아레나)은 없었다. 바닥이 나무로 만들어져 있었고 그 위에 모래가 덮여 있었다는데, 폐허가 된 지금은 경기장은 간데없고, 덕분에 그 밑에 형성된 지하구역을 선명하게 볼 수 있었다. "미로처럼 보이는 저 복도와 방들 어딘가에 맹수들이 있었을 거야." 시온이는 호기심 가득한 눈으로 지하구역을 뚫어지게 살폈다. "지하의 무슨 기계장치를 이용해 투기장 위로 맹수들이 솟아오르게도 했대. 영화에서도 봤지? 정말 잔인하지 않니?"

그러나 콜로세움의 영광은 1349년 지진으로 크게 무너졌다. 거의 두 동강이 난 셈이다. 하지만 미켈란젤로 같은 르네상스 시대의 많은 화가와 조각가들은 폐허가 된 콜로세움에서 끊임없이 영감을 얻고 몽상에 잠겼다고 한다. '학살'을 최고의 놀이문화로 삼았던 로마인들의 타락과 잔혹함이 생생한, 그 피의 현장에서 천재 예술가는 무슨 생각을 했던 걸까.

"저기 맨 꼭대기 층에도 올라가보고 싶다"는 시온이의 손을 잡아끌고 우리는 콜로세움을 나섰다. 주원이는 우리가 그 역사의 현장을 다 둘러보고 나갈 때까지 유모차 안에서 곱게 잠들어 있었다.

07

로마 관광 1번지,
포로 로마노.

▶▶▶▶▶▶▶▶▶▶   콜로세움에서 나오기 전 우리 네 식구는 기념 사진을 찍었다. 성벽에 뚫린 아치형 창문을 통해 건너다보이는 개선문, 그리고 포로 로마노^{Foro Romano}를 배경으로. 콜로세움의 넓은 광장 왼편에 개선문이 서있다. 로마에서 기독교를 처음 공인한 황제 콘스탄티누스가 무슨 전투에선가 이긴 것을 기념으로 세웠다는데, 로마에 있는 여러 개의 개선문 중 크기가 가장 크단다. 더 흥미로운 것은 그 유명한 파리 샹젤리제 광장의 개선문이 이 문을 모방해 세워졌다는 것이다.

밥때를 결코 그냥 넘기지 않는 남편 덕분에 우리는 콜로세움 광장에서 샌드위치와 빠니니를 사먹었다. 무슨 트럭 같은 것에 우리의 노점상들처럼 갖가지 종류의 샌드위치와 햄버거, 빠니니, 피자 등을 음료수와 함께 구비해놓고 하나에 5유로씩 받고 있었다. 시장이 반찬이었던지 꿀맛이었다.

이제 콜로세움에서 내려다보이던 '포로 로마노'로 가야 하는데, 출구를 못 찾아 한참을 헤맸다. 영어를 잘 못하는 이탈리아 경찰이 알려준 대로 기껏 올라갔더니 출입구가 굳게 잠겨 있어서 다시 콜로세움 광장 쪽으로 내려와 포로 로마노 입구를 찾아갔다. 경찰 말을 들을 게 아니라, 사람들 많이 올라가는 쪽으로 따라가면 되는 거였다.

솔직히 나는 포로 로마노의 존재를 로마에 와서야 알게 됐다. 발음은 또 왜 그리 어려운지, '포르노 로마'로 발음할 때가 허다했다. 민박집 주인 아저씨가 "어유, 포로 로마노에 로마가 다 있어요" 하고 귀띔해주지 않았다면 콜로세움에서 나와 바로 트레비 분수로 직행했을 터였다.

포로 로마노는 로마의 정치, 경제, 종교의 중심지였다. 로마의 정치를 좌지우지한 원로원이 이곳에 있고, 정치인들이 치열한 토론을 벌이던 공회장과 신전이 있었다. 영화 〈로마의 휴일〉에 나와 유명해진 '진실의 입'도 이곳 성모 마리아 성당에 있다.

비록 1300년대 대지진으로 폐허가 된 곳이지만, 영화 〈십계〉나 〈벤허〉 〈글래디에이터〉를 연상하며 둘러보면 그 감흥이 보다 생생해진다.

로마의 걸출한 영웅이자 독재관이었던 줄리어스 시저(율리우스 카이사르)도 물론이다. 전차를 탄 시저가 전리품을 가득 실은 수레와 포로들을 이끌고 저기 저 개선문을 통과해 입성했겠지? 그 얼굴을 보려고 뭇 여성들, 아니 귀족의 딸들이 인파 속에서 까치발을 했을까?

『로마의 역사』에 따르면, 현재의 포로 로마노의 기틀을 잡은 이가 줄리어스 시저다. 전쟁이 끝나자 시저는 로마를 현대적인 도시로 만드는 건축계획을 실행했다. 시저의 흔적이 곳곳에 남아 있는 포로 로마노를 둘러보면서 시저가 남긴 유명한 말들을 떠올렸다. 원로원의 충고를 거역한 채 군대를 이끌고 루비콘 강을 건널 때 한 말이 "주사위는 던져졌다!" 지중해 동부지역에서 일어난 반란을 평정한 뒤 외친 세 마디가 "왔노라, 보았노라, 이겼노라!" 절친한 친구이자 부하였던 부르투스의 칼을 맛으면서 토해낸 말이 "부르투스 너마저!"였다.

시저의 시체를 화장한 곳에 신전을 세웠는데, 인간을 위한 최초의 신전이라고 하니 시저의 영웅본색을 느끼지 않을 수 없다.

콜로세움의 서늘한 공기와 달리, 포로 로마노는 그늘 하나 없이 그야말로 내리쬐는 겨울 태양 아래 노출돼 있어서 아이들과 함께 찬찬히 산책하기에 좋았다. 주원이에겐 이보다 넓고 재미난 놀이터가 없었다. 단, 지하통로가 있는 유적에 아이 혼자, 또는 먼저 내려보냈다가는 서로 엇갈리기 쉬우니 주의할 것!

포로 로마노는 남쪽의 팔라티노 언덕에서 내려다볼 때 가장 아름답다고 했다. 팔라티노는 로마의 탄생신화를 간직한 언덕이기도 하다. 버려진 쌍둥이 형제 로물루스와 레무스는 늑대의 젖을 먹고 자랐는데 로물루스가 레무스를 죽이고 세운 도시가 로물루스란 이름을 딴 '로마' 다. 팔라티노 언덕에는 대전차 경기장이 있었던 터가 보존돼 있다.

우리는 다음 목적지로 가기 위해 임페리얼 가도로 나왔다. 여느 관광지와 마찬가지로 싸구려 기념품을 늘어놓고 파는 노점상을 우리 시온이는 그냥 지나치지 않았다. 엄마와 아들이 싸네 비싸네 옥신각신하는 걸 보고 노점상 총각은 방패와 창을 든 무사 인형과 콜로세움 모형을 "거저야 거저" 하는 표정으로 10유로를 받고 내줬다. 무사 인형은 스톡홀름으로 돌아와 일주일도 안 돼 목이 댕강 날아갔지만 그때는 참 멋져 보였다.

08

**스페인 광장에는
햅번 대신
명품세일 인파가**

▶▶▶▶▶▶▶▶▶▶ '트레비 분수'를 찾아가는 길은 어렵지 않았다. 임페리얼 가도를 따라 직진하다 베네치아 광장 앞에서 대로를 건넌 다음, 지도가 표시해준 대로 골목을 몇 번 돌았더니 그 유명한 트레비 분수가 나타났다.

웬 사람은 그리도 많은지. 우리는 서로 놓치지 않으려고 몇 발짝 뗀 다음 얼굴을 확인했고, 소매치기에게 가방을 도난당하지 않으려고 배낭끈을 수시로 조였다. 오른쪽 손에 동전을 들어 왼쪽 어깨 쪽으로 던지면 '로마에 다시 올 수 있다'는 전설이 있다고 했건만, 층층이 관광객들이 진을 치고 앉아 있어서 분수 쪽으로는 아예 접근도 못했다.

전설보다는, 분수대에 쌓인 동전은 대체 얼마나 될까, 나는 그것이 궁금했다. 나중에 인터넷에서 검색해보니 하루 평균 3천 유로의 동전이 분수대에 쌓이고, 저녁마다 이 동전을 수거하러 오는 로마 시당국은 그 돈을 문화재를 보존하고 복원하는 데 사용한다고 했다.

햇살이 좋아 분수대를 바라보며 여유를 즐겼으면 좋으련만, 우리는

'안전'을 위해 일단 트레비 분수를 벗어났다. 아침 일찍 민박집을 나섰는데도, 콜로세움과 포로 로마노에서 지체한 시간이 길어 트레비 분수를 뒤로 했을 때 이미 해가 설핏 기울어 있었다. 마지막으로 어디를 보고 갈까 궁리하다가 '스페인 광장'으로 향했다. 광장에 지하철역 ^{Spagna}이 있고, 거기서 지하철을 타면 우리 민박집이 있는 떼르미니 역까지는 서너 정거장밖에 걸리지 않기 때문이다.

"또 걸어? 왜 자꾸만 가는 거야. (민박)집에 안 가고……."

시온이는 다시 투덜거렸지만, 극성엄마의 강행군은 계속되었다. 아이를 달래기 위해 보도에서 즉석으로 파는 주전부리를 하나 샀다. 땅콩에 땅콩가루를 묻혀 끈적하게 볶아내는 것인데 아주 맛있어 보였다. "로마의 별미인가 봐" 하고 호들갑을 떨었건만, 나중에 프라하에 가서 보니 거기에도 중동 이민자 총각들이 땅콩강정을 팔고 있었다. 맛도 처음에만 반짝 달콤했다. 어찌나 단지, 나중엔 서로 물을 찾느라 애를 먹었다.

스페인 광장에 도착했다. 트레비 분수 앞마당에 비하면 몇 배나 넓었지만, 그곳 또한 관광객들이 넘쳤다. 왜 아니겠는가. 그 유명한 영화 〈로마의 휴일〉의 촬영지인데……. 오드리 햅번이 그레고리 펙의 그윽한 눈길을 받으며 아이스크림을 맛나게 먹었던 계단에는 어깨가 부딪힐 정도로 많은 사람들이 앉아 아이스크림과 땅콩강정과 핫도그를 먹고 있

었다. 그 옆 콘돈티 거리 또한 인파로 출렁였다. 스탕달이 즐겨 찾았다는 카페(그레코)가 있다고 들었건만 거길 유모차를 밀고 돌진하려니 엄두가 나질 않았다.

스페인 광장이라고 이름 붙여진 이유는 17세기 바티칸 주재 스페인 대사관이 이곳에 자리했기 때문이란다. 계단 바로 앞에 있는 분수는 여행자들에게 약속 장소로 애용되는 바르카치아 분수다. '난파선의 분수'라는 뜻으로 이탈리아 대표 조각가이자 건축가인 베르니니의 아버지 피에트로 베르니니가 홍수 때 스페인 광장까지 떠내려온 배를 보고 착안해 만들었단다. 식수로 써도 무방할 만큼 깨끗하고 로마에서 가장 맛있는 물로 유명하다고 했지만, 유럽에 신종플루가 창궐할 때라 마시지는 않았다.

민박집에 돌아오니 주인 아저씨가 "삼겹살 굽고 있으니 어서 손 씻고 나오라"며 반깁게 맞이한다. 이탈리아에서 삼겹살이라니! 상추쌈, 된장을 곁들여 먹는 삼겹살은 꿀맛이었다. 배낭여행을 온 대학생들과도 살갑게 인사를 나눴다. 그중 한 남학생이 스페인 광장에 다녀왔다고 해서 귀가 번쩍 뜨였다. 거기서 뭘 했느냐고 묻자 쇼핑을 했단다. 계단 옆 콘돈티 거리가 명품거리로 유명한데 1월 1일부터 세일에 들어가 두 시간 넘게 줄을 서서 겨우 몇 개 건졌다고 자랑을 한다.

그제야 나는 이날 스페인 광장에 인파가 넘쳐났던 진짜 이유를 알아냈다. 바로 겨울 명품세일 기간이 시작되었던 것이다. 그 남학생이 아르마니 양복 두 벌을 한 벌 값에 샀다며 자랑하길래 장난기가 발동한 내가 물었다. "그렇게 부자인 총각이 왜 이런 민박집에 묵어요? 호텔에 묵어야지?"

09

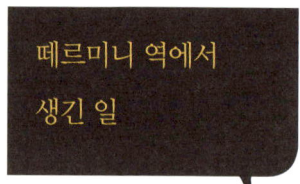

떼르미니 역에서
생긴 일

▶▶▶▶▶▶▶▶▶▶ 연수 가기 전 나의 포부는, 아이들과 함께 이탈리아를 기차로 여행하는 것이었다. 밀라노에서 베니스, 볼로냐, 피렌체, 로마로 이어지는 기차여행을 꼭 해보고 싶었다. 첫째는 기차마니아 시온이를 위해서였고, 둘째는 기차가 버스보다 아이들을 데리고 여행하기가 훨씬 수월하고 안전하기 때문이었다. 실제로 독일이나 노르웨이 열차에는 아이들 놀이방이 마련된 패밀리칸이 따로 있었다.

하지만 막상 이탈리아에 오자 엄두가 나질 않았다. 시차 때문에 정신

못차리는 남편도 심드렁했고, 늦둥이를 데리고 베니스, 밀라노까지 이어지는 장시간 여행을 할 수도 없었다. 그래서 우리는 피렌체만 보고 돌아오기로 했다. 빠른 열차를 타면 편도 한 시간에 닿을 수 있었다.

여행 4일째, 우리 식구는 떼르미니 역으로 향했다. 매표소 직원에게 피렌체 가는 고속열차 표를 주문했다. 직원은 10시 45분 열차라며 패밀리 티켓을 끊어주었다. 결제를 카드로 했는데, 남편의 비자카드에 승인신호가 떨어지지 않는다며 직원이 난색을 표했다. 다른 카드를 내밀자 그건 또 결제가 됐다. 외국 여행 때 종종 발생하는 일로 비자카드는 두 개 정도 가지고 다녀야 한다.

이제 플랫폼을 찾아가야 할 차례. 로마의 명성에 걸맞게 떼르미니 역엔 스무 개가 넘는 플랫폼이 있었다. 열차표에는 피렌체행 기차의 플랫폼 넘버가 적혀 있지 않아 우리는 전광판을 확인해야만 했다. 피렌체Firenze라는 단어를 쫓아가보니 1번 플랫폼이라고 적혀 있다.

열차가 출발하려면 아직 10분이나 남아 있어서 우리는 여유 있게 기차에 올랐다. 그런데 기차에 좌석번호가 매겨져 있질 않았다. 현지인으로 보이는 승객에게 표를 보여주며 어느 칸으로 가야 하느냐고 묻자, 아무데나 앉으면 된다며 퉁명스럽게 반응한다. 그때 뭔가 이상하다는 걸 눈치 챘어야 했다.

청년 말대로 우리는 네 좌석이 비어 있는 곳으로 가 앉았는데, 기차

구경에 정신이 없던 시온이가 차창으로 보이는 2번 플랫폼의 열차를 바라보며 "에이, 저런 기차가 좋은데, 저게 훨씬 멋진데" 하며 부러워했다. 실제로 우리 기차는 후줄근하고, 옆 기차는 날렵하니 몸체도 반짝반짝 빛났다. KTX와 무궁화 열차라고나 할까.

그제야 머리에 번쩍 스치는 게 있었다. 매표소 앞에서 피렌체로 가는 기차시간표를 확인할 때 10시 45분에 똑같이 출발하는 기차가 두 대 있었다는 걸 기억해낸 것이다. 그러니까 한 대는 여기저기 다 들러가는 완행, 한 대는 직행이었다. 나는 벌떡 일어나 예의 그 청년에게 "이 열차가 피렌체까지 얼마나 걸리냐"고 물었다. "네댓 시간 정도?" 아뿔싸, 우리는 피렌체로 가는 완행열차에 올라 있던 것이다.

시계를 보니 출발 전까지 2, 3분밖에 남지 않았다. 머리털이 쭈뼛 섰다. 그렇다고 네 시간이나 걸려 피렌체를 갈 수는 없는 노릇이었다. 이 엄청난 비보를 전해들은 남편은 어디서 괴력이 솟아났는지 한 손엔 주원이, 한 손엔 유모차를 들고 열차에서 뛰어내렸다. 나는 나머지 짐들을 잽싸게 짊어진 뒤 철도역 직원들을 찾았다. 하지만 플랫폼 어디에도 제복을 입은 직원은 없었다.

하는 수 없이 우리 앞을 막 지나가는 젊은 여성들에게 표를 들이대며 물었다. 이 표의 플랫폼이 어디냐고, 피렌체 가는 고속열차인데, 대체 플랫폼이 어디 있느냐고! 여자들이 표를 살펴보는데, 등줄기에 진땀이 흘렀다. 그중 한 여자가 플랫폼을 둘러보더니 "저거! 저기 있네!" 하고 외쳤다. 그녀가 가리킨 곳은 세상에! 2번 플랫폼이었다. 우리가 있었던 1번 플랫폼 바로 옆인 데다, 시온이가 그렇게 부러워하며 바라보던 바로 그 기차였던 것이다. 하나님, 감사합니다.

우리가 헷갈렸던 이유는 전광판 탓이었다. 피렌체 직행열차의 종착역이 베니스^{Venice}인지라, 우리가 타야 할 기차는 전광판에 베니스행으로만 나와 있었던 것이다. 약간 화가 나기도 했다. 현지인이 아니고서야 외국 관광객들이 어떻게 그런 내용을 알아챌 것인가. 로마의 전광판은 경유지도 함께 써주지 않을 만큼 왜 이리 불친절한가. 그렇잖아도 벌게진 얼굴이 더욱 달아올랐다.

우리 네 식구가 열차에 오르자마자 기차는 출발했다. 정말 아찔한 순간이었다.

유럽 여행은 기차여행이라고 해도 과언이 아니다. 이후의 여행에서도 우리는 기차를 탈 일이 수없이 많았는데, 그때마다 나는 플랫폼과 열차 넘버를 확인하고 또 확인하는 습관을 들였다. 매표소 직원으로부터 1차 확인, 전광판에서 2차 확인, 플랫폼 앞 승객들에게서 표를 보여주며 최종 확인!! 떼르미니 역에서 얻은 교훈이다.

10

마키아벨리가
사랑한 피렌체에는
비가 내리고

▶▶▶▶▶▶▶▶▶ 로마 떼르미니 역을 출발한 기차는 한 시간을 달려 피렌체 역에 도착했다. 로마를 떠날 때부터 날이 꾸물꾸물하더니, 피렌체에는 비가 내리고 있었다.

내게 피렌체 여행은 두번째였다. 조선일보 기자로 어린이책 서평을 4년간 맡으면서 '볼로냐 국제어린이도서전' 취재차 출장을 몇 번 왔는데, 어느 해인가 볼로냐에서 피렌체까지 기차를 타고 나홀로 여행을 했었다. 2005년쯤이 아닌가 싶다. 3월 말, 4월 초 무렵이라 그때의 피렌체는 동화 속 요정나라처럼 예쁘고 운치있었다. 맑은 햇살 아래 미켈란젤로 광장에서 내려다본 피렌체의 황홀한 정경에 넋을 잃고 앉아 있었다. 튤립은 또 얼마나 청초하던지.

이후 피렌체 여행을 한 번 더 한 적이 있다. 두 발이 아니라 머리로! 바로 시오노 나나미의 『내 친구 마키아벨리』를 읽으면서다. 정치학을 전공했는데도 마키아벨리의 군주론에 대해 또렷이 알고 있는 것 같지 않아서 집어들었다가 이틀 만에 다 읽어버린 책이다.

피렌체를 다녀온 뒤여서, 책은 더 재미있게 읽혔다. 글쟁이답게 시오노 나나미는 마키아벨리의 일대기를 타임머신을 타고 중세로 돌아간 듯 독자의 눈앞에 생생하게 펼쳐보였다. 특히 피렌체 공화국 말단 관료였던 마키아벨리가 아침저녁으로 집과 피렌체 궁정을 오가는 모습을 실감나게 묘사해서, 베키오 궁전(당시 피렌체 시청)을 중심으로 여행하며 보았던 피렌체의 골목골목들이 눈에 선하게 그려졌다.

중세도시 피렌체를 또 아름답게 영상으로 구현한 것이 일본 영화 〈냉정과 열정 사이〉다. 중세미술품을 복원하는 장인인 조반나의 표현대로, 피렌체는 '나날이 쇠락해가는, 과거를 살고 있는' 도시, 그래서 아름다운 도시였다.

시온이가 중학생 정도만 되었어도 마키아벨리 이야기를 해주면서 피렌체를 구경했을 텐데, 그러기에는 너무 어렸다. 무엇보다 찬비가 부슬부슬 내려서 우리 식구는 마키아벨리고 뭐고 바짝 긴장을 해야만 했다. 일단 유모차부터 레인캐노피로 뒤집어 씌웠다. 또 한번 스웨덴 찬양(?)이지만, 방수와 방한에 관련한 온 만반의 부속물을 구비한 유모차 덕분에 주원이는 비 한방울 맞지 않고, 따뜻한 침낭 속에 들어가 편안한 여행을 했다.

저녁 6시에 로마로 돌아가는 표를 이미 끊어놓은 상태라, 피렌체 곳곳을 여행하기는 힘들었다. 박물관, 미술관 또한 그림의 떡이었다. 역시 가장 쉬운 방법은 5년 전 내가 걸어서 구경했던 여정을 다시 따라 가는 것이었는데, 피렌체가 초행인 남편도 흔쾌히 동의했다.

일단 피렌체 중앙역에서 우산을 산 뒤 '산타마리아 노벨라 성당' 쪽 으로 방향을 잡았다. 이제 보니 아말피 해안마을에서 보았던 그 대성 당과 비슷한 형상이다. 13~14세기 부유한 무역업자들에 의해 고딕 양식으로 지어진 도미니코회의 성당. 정면이 평면적이어서 이색적인 이 성당에는 르네상스 최초의 원근법 그림으로 평가되는 마사치오의 '성삼위일체'가 있다. 제단을 장식하고 있는 프레스코화는 '젊은 미켈 란젤로'라고 불리던 기를란다요 작품이니 꼭 감상할 것.

노벨라 성당에서 나와 우리는 그 유명한 '피렌체 두오모'로 향했다. 세계에서 네번째로 큰 성당이라는데, 5년 전이나 다시 왔을 때나 내게 는 두오모(산타마리아 델 피오레)가 그리 감동적이지 않았다. 아마도 밀라 노 대성당을 먼저 봤기 때문인 것 같다. 정교함의 극치인 밀라노 대성 당, 그 웅장하고도 거만하게 서있는 건축물을 얼떨떨하게 바라보며 탄 성을 자아냈던 기억 때문에 두오모는 매우 단조로워 보였다.

잘난 척하며 피렌체 두오모 꼭대기에 올라가지 않은 것을 땅을 치며 후회한 것은 영화 〈냉정과 열정 사이〉를 보고나서였다. 사랑했던 연인 아오이의 서른번째 생일을 추억하며 두오모 지붕에 올라간 준세이가 내려다보는 피렌체 전경은 미켈란젤로 광장에서 내려다본 것과는 비교할 수 없이 아름다웠다. 영화의 도입부도 피렌체 두오모에 대한 언급으로 시작된다. "피렌체 두오모는 연인들의 성지래. 영원한 사랑을 맹세하는……. 거기에 나를 데려다 줄래?"

문제는 이 두오모를 지나면서 방향감각을 잃었다는 것이다. 5년 전에는 우피치 미술관을 거쳐 아르노 강가로 나갔다가, 그 유명한 베키오 다리를 건너 강변을 산책하다 미켈란젤로 광장(언덕)으로 올라가는 여정이었는데, 우피치 미술관 근처에서 강가로 나가는 길을 잃어버린 것이다.

빗속에 지도를 다시 확인하며 길을 찾고 있는데, 시온이가 "엄마, 저것 좀 봐!" 한다. 고개를 들어 바라보니 한 남자가 어떤 여인의 몸을 밟고 선 채 그녀의 목을 댕강 쳐서 들고 있는 형상의 조각상이었다. 마음 같아서는 저런 끔찍한 조각상 말고 우피치 미술관에 들어가 보티첼리의 '비너스의 탄생' '프리마베라(봄)' 다빈치의 '수태고지' 같은 명작을 보여주고 싶었지만 이미 시온이는 찬 겨울비로 인해 덜덜 떨고 있었다.

마침 배도 출출해서 우리는 피자와 스파게티, 샐러드를 파는 작은 가게에 들어가 몸을 녹였다. 스파게티를 게걸스럽게 먹어치우고 있는 시온이에게 5년 전 엄마가 혼자 왔던 우피치 미술관 이야기를 들려줬다. 두 시간 넘게 줄을 서서 기다렸다가 표를 산 얘기, 보티첼리의 '비너스의 탄생'에 매료돼 아예 전시실에 주저앉아 그것만 바라보고 있던 사람들, 그와는 대조적으로 미술관 야외 중정에서 그림을 그려 파는 무명화가들 이야기까지……

요기를 한 뒤 우리는 아르노 강가로 향했다. 풍부한 수량을 자랑하며 흘러가는 강물과 여전히 관광객들로 넘치는 베키오 다리는 5년 전과 변함이 없었다.

"저 유유히 흘러가는 강물 좀 내려다봐. 이 베키오 다리는 1345년에 세워졌는데 2차 세계대전 중에도 파괴되지 않고 살아남은 거래."

피렌체 여행의 하이라이트는 '미켈란젤로 광장'이었다. 언덕배기에 있어서 유모차를 밀고 올라가느라 등에 땀이 다 났지만, 고지에서 내려다보는 피렌체의 풍경은 빗속에 더욱 운치있어 보였다. 시온이는 미켈란젤로의 대표작인 '다비드' 조각상을 짓궂게 바라보며 좋아라 했다. "저 엉덩이 좀 봐, 엄마~." 물론 그 조각상은 모조품이고, 진짜는 아카데미아 갤러리에 있다.

열차시간까지는 한 시간 반이나 남아 있었지만, 우리는 서둘러 광장을 떠났다. 광장 앞에 피렌체 기차역까지 가는 버스가 있었다.

30여 분 버스를 타고 내려가는 길도 서정적이다. 아르노 강 남쪽의 목가적인 마을풍경을 음미할 수 있기 때문이다. 우리는 중앙역 근처 슈퍼

마켓에서 물과 과일을 샀다. 오전의 떼르미니 역 소동을 상기시키며 우리는 일찌감치 역내로 들어가 로마행 열차의 플랫폼을 확인했다. 잠에서 깬 주원이는 유모차에서 내려 플랫폼을 뛰어다녔다. 피식 웃음이 났다. 피렌체까지 와서 우리 늦둥이는 기차역만 보고 가는구나.

11

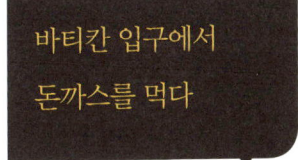

바티칸 입구에서
돈까스를 먹다

▶▶▶▶▶▶▶▶▶ 로마 여행 닷새째인 날에도 아침부터 비가 내렸다. 로마의 1월은 우기(雨季)나. 아침밥을 먹는 남편의 표정이 겨울비만큼이나 슬퍼 보였다. 한국으로 돌아가야 하는 날이기 때문이다. 우리보다 하루 먼저 로마를 떠나게 되니 마음이 무거운 모양이다. 짐을 쌀 때도 짐짓 태연한 척했지만, 픽업 자동차에 올라타기 전 주원이를 끌어안을 때 남편의 눈에 이슬이 맺혔다.

투어할 기분도 나지 않았다. 비도 오지, 유모차를 함께 들고 지하철 계단을 오르내릴 남편도 없지……. 그래서 어영부영 민박집을 배회하는데, 배낭여행을 온 한 여대생을 발견했다. 스웨덴 남부지방 어느 대학에 교환학생으로 와 있다는 그 학생은 겨울방학을 맞아 친구와 배낭여행을 하고 있었다. 그런데 그날은 투어를 나가지 않고 혼자 이층침대 위에서 노트북을 열심히 두드려대고 있었다.

왜 투어를 나가지 않았느냐고 묻자, '리포트 쓸 게 있어서'라며 빙그레 웃는다. 그래도 로마까지 왔는데 리포트 쓰는 데 시간을 낭비하면 어쩌냐고 했더니 '비도 오고 해서 마음이 내키지 않는다'고 했다. 이때 억척줌마, 기발한 아이디어를 냈다. 우리 세 식구와 함께 '바티칸 투어'에 동행해주면 학생의 하루 여행경비는 다 내가 책임지겠노라! 쿨한 그녀도 기꺼이 나의 제안에 응했다.

지하철을 타고 우리는 바티칸으로 갔다. 역에서도 바티칸 광장까지 한 10여 분 걸어갔던 것 같다. 제 아빠를 닮아 배가 고프면 아무 일도 하지 못하는 시온이 덕분에 우리는 바티칸 입구의 한 식당에서 점심을 먹었다. 아이들과 함께하는 여행에서는 유명 맛집을 찾아다닐 허영을 누리지 못한다. 그저 눈에 띄는, 그리고 아이들이 먹을 만한 메뉴가 있는 집이면 된다.

네댓 개의 식당이 즐비한데, 우리는 한눈에도 쾌적하고 직원들이 친절해보이며 사람들이 다른 곳보다 조금 많은 식당을 선택해 들어갔다. 시온이는 메뉴판을 보고 환호성까지 질렀다. '돈까스'가 있기 때문이었다. 뭐야, 이태리에서도 돈까스를 파는 거야? 그런데 그 돈까스 맛이 장난이 아니었다. 나와 그 여학생은 파스타와 피자를 시켰는데, 호시탐탐 시온이의 돈까스를 노렸다. 우리나라 옛날 돈까스 같은 맛이었다. 돈육을 얇게 잘라 기름에 바삭하게 튀겨낸 왕돈까스! 거기에 토마토를 주재료로 만든 소스를 얹어 먹는데, 그 맛이 기가 막혔다.

요기를 한 뒤 바티칸에 입성했다. 와, 여기가 말로만 듣던, TV로만 보던 성소, 교황의 나라 바티칸이구나 하는 생각에 감동이 밀려들었다. 인구 1천 명이 안 되는 세계에서 가장 작은 나라이지만, 인류의 정신세계에 미치는 영향이 얼마나 지대했던가. 종교의 중심지이자 문화예술의 보고寶庫였다. 오죽하면 바티칸 관광만 일주일을 해도 모자란다는 말이 있겠는가.

물론 아이들을 데리고 바티칸을 종일 구경한다는 것은 불가능하다. 그래서 꼭 봐야 할 포인트만 정해서 관람해야 한다. 이를테면 바티칸 박물관에서 미켈란젤로, 다빈치, 라파엘로의 작품 감상하기, 성 베드로 대성당에서 미켈란젤로 3대 조각상 중의 하나인 '피에타' 감상하기, 시스티나 성당에 들어가 '천지창조'와 '최후의 심판' 감상하기로 좁히는 것이다.

물론 아이들은 성 베드로 광장을 제일 좋아한다. 우리가 갔을 땐 크리스마스가 지난 지 얼마 되지 않아 말구유에 누운 아기예수의 모습이 광장에 설치돼 있었다. 마침 해가 반짝 나와 시온이와 주원이는 분수대를 맴돌며 신나게 뛰어놀았다. 성 베드로 광장이 끝나는 바티칸 시국의 경계와 산탄젤로 성 사이에 일직선으로 뚫린 도로를 일없이 걸어보기도 했다. 1929년 무솔리니 정부와 바티칸 시국이 맺은 화해 조약을 기념해 조성한 '화해의 길'이라고 했다.

문득 주인집 아저씨가 해준 재미난 얘기가 떠올랐다. 남편이 한국서 추가로 가져온 짐 때문에 라이언에어 수화물 용량 기준을 초과할 판이라 우편으로 짐을 부치자 했던 것인데, 주인 아저씨가 극구 반대하셨다. 그 짐이 한 달이 걸릴지, 두 달이 걸릴지 이탈리아 우체국에서는 전혀 장담해주지 않는다는 것이다. 잃어버리는 경우도 대다수! 그래서 현지인들도 중요한 우편물을 부칠 때는 바티칸 시국에 있는 우체국으로 들어와 부친다고 했다. 성벽 하나 사이인데, 이탈리아와 바티칸의 수준은 극과 극이었다.

민박집으로 돌아오는 길에 시온이에게 물었다. 이번 이탈리아 여행에서 제일 좋았던 곳이 어디야? 시온이가 주저 없이 대답했다. "떼르미니 역, 그리고 민박집!" 절망하는 엄마를 위로하려는지, 시온이가 하나를 더 추가했다.

"바티칸도 좋았어. 그렇게 멋진 분수는 처음이야."

유럽의 음악학교,
체코

01

프라하의 봄을 향해
떠나다

▶▶▶▶▶▶▶▶▶▶ 이탈리아에서 돌아와 나는 완전히 녹다운되었
다. 로마가 영상 10도 안팎을 오르내리는 동안 스톡홀름은 영하 10도
아래로 떨어지는 추위가 있었다더니, 스웨덴 스캐브스타 공항에 도착하
자 한기가 와락 몰려들었다. 몸에 으슬으슬 한기가 돌더니, 나중엔 이빨
이 딱딱 부딪칠 정도로 몸이 떨렸다. 그러더니 천장이 뱅뱅 도는 어지럼
병이 생겼다. 물만 마셔도 토악질이 나는, 태어나 처음 겪는 증세였다.

자리보전한 지 한 달. 다시는 여행하지 않겠다고 다짐했건만, 어지
럼증이 거의 사라지고, 태양이 떠 있는 시간이 점차 길어지자 그놈의

역마살이 발동을 걸어왔다. 때마침 여행할 기회가 찾아왔다. 스웨덴 학교들의 스키방학(우리로 치면 봄방학) 시즌이라 3월 첫 주 1주일간 학교에 가지 않아도 되었다. 또 마침 임마누엘 한인교회에서 알게 된 이정은 전도사님이 우리 여행에 합류하고 싶다는 의사를 밝혀왔다. 부산 장로교신학대 학생으로, 임마누엘 교회에서 인턴십을 하고 있는 30대 여성인데, 스톡홀름 온 지 6개월이 다 되도록 여행 한번 다녀본 적이 없다고 했다.

우리의 목적지는 체코 프라하였다. 전도연, 김주혁 주연의 〈프라하의 연인〉을 통해 젊은이들의 로망이 된 도시. 시온이는 탐탁지 않아 했다. "거기 선진국이야?" 하길래 "아니, 동유럽 국가들은 그렇게 부자 아니야" 했더니 인상이 일그러졌다. 무슨 애가 선진국을 그리도 좋아하는지.

문제는 라이언에어의 비행시간이었다. 프라하로 떠나는 비행기는 아침 7시에 출발한다고 적혀 있었다. 맙소사, 집에서 새벽 3시 30분에는 출발해야 한다는 뜻이었다. 어른들, 아니 시온이까지야 해낼 수 있다 쳐도 이제 두 살인 주원이에게는 어림없는 비행일정이었다. 잠든 아기를 유모차에 태워 버스를 타고 비행기를 탄다? 그래도 도전해보기로 했다.

3월이지만 여전히 냉기가 도는 스톡홀름의 새벽녘에 우리는 스캐브스타 공항으로 향했다. 천만다행히도 모든 게 로마로 떠나던 날보다 수월했다. 그날의 교훈을 되살려, 이번에는 라이언에어 '탑승우선권'을 신청한 덕분에 줄을 길게 서지 않고 빠른 시간에 비행기에 올라탈 수 있었다.

스톡홀름에서 프라하까지의 비행시간도 짧았다. 한 시간 30분이 채 되지 않았으니, 로마로 가는 비행시간의 절반도 안 된 셈이다. 프라하 공항 또한 시내와 그리 멀지 않았다. 작은 도시라 저가항공이나 고가항공이나 뜨고 내리는 공항이 한 군데 뿐이었고, 공항도 그리 붐비지 않았다.

도착출구로 나와 우리가 가장 먼저 한 일은 AAA 택시를 찾는 일이었다. 프라하에서도 우리는 민박을 예약했는데, 그 집 주인에게 픽업 차량을 요청하자, 노란색 AAA 택시를 타고 오는 편이 안전하고 편리하다고 답장을 주었다. 그런데 공항 로비에는 서너 군데의 택시 회사가 아예 부스를 차리고 승객을 기다리고 있었다. 우리가 AAA 택시 부스를 찾아 두리번거리자, 다른 부스의 직원이 다가와 "우리 택시도 편하고 안전하다, 미터기로 가기 때문에 바가지 쓸 염려도 없다"며 설득을 한다.

직원의 무전을 받고 택시 한 대가 우리를 픽업하러 달려왔다. 타긴 탔지만 민박집에 도착할 때까지 불안감이 없지 않았다. 엉뚱한 데로 우리를 데려가는 것은 아닌지, 요금이 너무 빨리 올라가는 것은 아닌지, 빙빙 돌아서 목적지에 가는 것은 아닌지. 기사를 시험하기 위해 이런저런 말을 걸어보기도 했는데, 중동 출신 이민자인 그는 영어를 거의 알아듣지 못했다.

마침내 프라하 성 밑에 있다는 민박집에 도착했다. 민박집 홈페이지에 '선물가게 옆'이라고 적혀 있던 문구가 떠올랐다. 과연 그 선물가게가 보였고 입구에 아주 작은 글씨로 '초콜렛 민박^{www.prahachoco.com}'이라고 써붙인 한글이 보였다.

이제 택시비를 계산할 차례. 기사는 미터기를 가리키며 우리 돈으로 4만 원(500코루나) 돈을 요구했다. 이게 웬 횡재인가. 민박집 주인은 보통 5~6만 원(600~700코루나) 선일 것이라고 했는데, 1만 원이나 저렴했다. 아저씨를 의심했던 것이 미안해서 팁을 조금 얹어 요금을 드렸더니, 중동 기사님 너무나 기쁜 나머지 땡큐를 연방 쏟아낸 뒤 차를 몰고 떠났다.

민박집 주인이 홈피를 통해 알려준 대로 나는 Park이라고 쓰인 버튼을 길게 눌렀다. 그러자 안에서 반가운 한국말이 튀어나왔다. "내려 갈게요~." 잠시 후 대문을 열고 우리 앞에 나타난 주인은 마흔 안팎의 푸근한 미소를 지닌 한국 여성이었다. 엘리베이터도 없는 나무계단을 바라보고 내가 입을 딱 벌리자, 그녀는 주원이를 들어 내게 안겨준 뒤 유모차를 번쩍 들어 2층으로 날랐다.

드디어 우리가 4박 5일을 지낼 '가족실'에 도착했다. 나와 시온이, 정은 씨는 유난히 햇살이 잘 들어오는 방 안 풍경을 보고 환호했다. 호텔처럼 화려해서가 아니었다. 자주색 뽀송뽀송한 이불이 덮여 있는 널찍한 침대, 하늘하늘한 꽃무늬 커튼이 날리는 창문, 그리고 테라스. 낡고 오래된 집이었지만, 주방이며, 거실이며, 욕실까지 노처녀 주인의 깔끔한 살림솜씨가 온몸으로 느껴지는 집이었다.

짐을 다 풀기도 전에 주인은 "새벽 비행기 타고 오시느라 출출하시죠? 라면 좀 끓여드릴까요?" 했다. 원래 민박요금에는 점심이 포함되지 않는데도 말이다. 우리는 게눈감추듯 라면에 김치를 얹어 먹고, 그 뽀송뽀송한 침대에 일제히 몸을 던졌다. 금강산도 식후경. 시내 구경은 잠시 눈을 붙인 뒤 떠나기로 했다. 봄기운 완연한 프라하, 청명한 그 햇살이 콧등을 간지럽혔다. 잠이 쏟아졌다.

02

진실을 사랑하고 말하고 지키라

▶▶▶▶▶▶▶▶▶▶ 빨간 뾰족지붕의 도시, 온갖 양식의 건축물들이 어우러진 중세도시, 유럽의 음악학원. 모차르트가 가장 사랑한 도시……. 하지만 프라하를 가장 정확하게, 종합적으로 나타내는 수식은 '도시 전체가 유네스코 세계문화유산'(1992년 등재)이란 것이다. 2, 3일

이면 다 둘러볼 수 있을 듯한 이 작은 도시 안에 보헤미아 왕국의 천년 역사와 로마네스크, 고딕, 바로크, 르네상스 등 세기를 뛰어넘는 유럽의 건축문화가 집대성돼 있다. '북쪽의 로마'라 불리는 프라하는 해마다 1억 명이 넘는 관광객을 불러들인다고 했다.

프라하가 중세의 모습을 고스란히 간직하게 된 이유를 민박집 주인 미영 씨는 이렇게 전했다. "2차 세계대전 때 독일이 쳐들어왔는데, 도시가 전쟁의 화염에 휩싸일까 봐 총 한 방 쏘지 않고 백기를 들었대요."

민박집에서 여독을 푼 뒤 우리는 '카를교'를 향해 출발했다. 민박집이 위치한 곳이 프라하 성 바로 밑이라 성부터 둘러볼 수도 있었지만, 나는 카를교를 먼저 보고 싶었다. 블타바 강에 놓여진 다리는 모두 13개인데 그중 가장 아름답고 유명한 다리가 카를교였다. 나중에 런던의 '타워 브리지'에 갔을 때 '세계의 아름다운 다리'들이 사진과 함께 전시된 모습을 봤는데, 거기에도 카를교가 있었다.

일부 구간이 공사 중이긴 했지만, 카를교는 첫눈에도 고풍스럽고 우아했다. 10세기 초에 처음 만들어졌다더니, 그 유구한 세월의 역사가 묵직한 카리스마를 만들어내고 있었다.

카를교에서 여행자들의 발길을 멈추게 하는 것은 다리 난간에 세워진 30개의 조각상들이다. 그중에서도 '체코의 수호성자'로 알려진 얀 네포무츠키 신부의 동상이 가장 인기다. 머리에 다섯 개의 별로 이뤄진

블타바 강변에서 바라본 프라하 성, 카를교에는 거리의 악사들을 심심치 않게 만난다.

둥근 관을 쓰고 있는 얀 신부 동상에 손을 대고 빌면 소원이 이뤄진다는 전설 때문이다. 그 말을 듣고 시온이가 얼른 오른쪽 동판에 손을 대고 뭔가를 중얼거렸다. "무슨 소원을 빌었어?" 하고 묻자, 시온이가 답했다. "이번 생일에 비행기(미니어처) 선물을 꼭 받게 해달라고 했어." "에게!"

카를교에 얽힌 전설도 재미있다. 건축가 피터 팔러가 카를 4세로부터 다리 축조를 명령받았다. 그런데 다리의 받침대를 세울 때마다 번번이 블타바 강의 급류에 휩쓸려 떠내려가, 밤마다 하나님께 기도를 드렸다. 그러자 하나님이 꿈에 나타나 달걀을 섞은 진흙 반죽으로 다리를 쌓으라고 일러줬단다. 단, 완성된 다리를 처음 건너는 생명체는 하나님이 데려가겠다는 조건을 걸고. 꾀 많은 건축가는 제일 먼저 개를 건너가게 해야지, 생각하고 하나님의 제안을 수락한다. 달걀을 진흙에 이겨 다리를 완성한 것이다. 그리고 다리가 완성된 날 개 한 마리를 끌고 왔는데 이게 웬일인가. 개가 다리를 건너기 전, 다리의 반대편에서 건축가의 아내가 남편을 향해 달려오는 것이었다. 여행서『퍼펙트 프라하』에 나오는 얘기다.

유명세만큼 전설도 많은 카를교를 지나 우리 일행은 구시가지로 들어섰다. 개똥이 굴러다닐 만큼 지저분한 골목도 있었지만, 아기자기한 선물가게들과 레스토랑, 작은 극장들이 어우러진 골목골목을 누비는 맛이 일품이었다.

체코의 수호성자로 추앙받는 얀 네포무츠키 신부의
동상.

구시가지 광장의 명물은 두 가지다. 천문시계가 설치돼 있는 '구시청
사'와 드라마 〈프라하의 연인〉으로 유명해진 '얀 후스Jan Hus 동상'. 우리
는 이이스크림을 사먹으면서 구시청사 앞을 서성였다 매시 정각에 이
뤄지는 특별한 이벤트 때문이다. 시계바늘이 정각을 알리면 천문시계의
창문이 열리고, 예수 그리스도의 열두 사제 인형이 돌아가며 모습을 드
러낸다.

이 장면을 보려고 매시 정각 10여 분 전만 되면 여행객들이 시계탑

프라하 구시가지의 모습. 골목 사이사이로 식당과 기념품 가게들이 즐비하다.

밑으로 몰려드는데, 미리미리 카메라를 준비하지 않으면 낭패를 보기 십상이다. 기자생활 십수 년차, 나는 그 점에서 순발력이 있어서 동영 상 촬영까지 준비한 채 인형들이 나오기를 기다렸다. 아니나 다를까. 느닷없이 이벤트는 시작됐고, 또 느닷없이 끝이 났다. 10초 정도 걸렸 을까? 허탈해하는 여행객들을 위해 시계탑 꼭대기에서 중세군인 분장 을 한 사람이 팡빠라 방~ 하고 트럼펫을 불어주면 또 우레와 같은 박 수가 터져나왔다.

구시청사의 천문시계탑. 매시 정각이면 예수의 열두 제자상이 음악에 맞춰 창문을 열고 나온다.

시계탑 꼭대기에 올라가 프라하 전경을 내려다보는 것도 큰 즐거움이다. 엘리베이터로 꼭대기까지 올라갈 수 있다 탑에서 내려다본 프라하의 풍경은 말 그대로 빨간 뾰족지붕 동화나라였다. 여기저기서 요정이 튀어나올 것만 같다. 광장 건너편 '틴 성당'은 밤에 보면 별나라의 어느 성처럼 예쁘다. 바로크 양식의 정수라고 평가받는 이 성당의 첨탑 장식물이 별처럼 반짝이기 때문이다.

구시청사 전망대에서 바라다본 성 미쿨라쉬 성당.

탑에서 내려와 우리는 광장으로 나갔다. 드라마에서 '소원의 벽'으로 등장한 얀 후스 동상을 향해서. 하지만 소원의 벽은 없었다. 드라마를 만들기 위해 인위적으로 설정한 컨셉! 땅에 끌릴 정도로 긴 사제복을 입고 어딘가를 응시하고 있는 얀 후스는 독일의 마틴 루터보다 100년 앞서 종교 개혁운동을 시작한 인물이란다. 14~15세기 가톨릭의 부정축재와 사치, 향락 근절을 주장해 로마 교황에게 파문당한 얀 후

구시청사 전망대에서 본 틴 성당. 밤에는 첨탑의 불빛이 별이 빛나는 것처럼 보인다.

스는 1415년 이단자라는 낙인과 함께 화형에 처해졌다고 했다. 동상 밑에 새겨져 있는 말이 가슴에 와 닿았다.

'진실을 사랑하고, 말하고, 지키라.'

나와 정은 씨는 노천카페에 앉아 커피를 마셨고, 시온이와 주원이는 광장을 신이 나서 뛰어다녔다. 혼자 덩그러니 서있는 유모차를 보며 나는 엉뚱한 생각을 했다. '그래, 유럽 여행을 위한 유모차는 바퀴가 커야 해.' 그 순간 어디에선가 노랫소리가 들려왔다. 남성들의 화음이었다. 소리 나는 쪽을 돌아보니 시계탑 앞이다. 단체관광객인 듯한 남자 노인 20여 명이 탑 아래에서 화음을 맞춰 노래하고 있었다. 지휘하는 사람도 할아버지, 노래하는 사람들도 할아버지들이다. 다음 정각시간을 기다리기 위해 모여 있는 여행자들이 청중이 되어 그들의 노래를 들었다. 우레와 같은 박수가 쏟아졌다.

드라마 〈프라하의 연인〉에 나와 더 유명해진 얀 후스 동상.

03

서울 광장? 프라하엔
바츨라프 광장이 있다

▶▶▶▶▶▶▶▶▶▶ 　　구시가지 광장에서 우리는 '바츨라프 광장'으로 방향을 틀었다. 구시청사를 뒤로 하고 왼쪽으로 나가면 유대인 지구로 갈 수 있었지만, 이른바 '신시가지 광장'이라 불리는 바츨라프 광장을 먼저 보고 싶었다.

신시가지라고 하지만 14세기에 형성된 곳이다. 구시가지가 포화상태에 이르자, 카를 4세가 원래 말馬시장이었던 이곳을 광장으로 개발했단다. 바츨라프 광장은 우리의 서울 광장 같은 곳이기도 하다. 월드컵 응원부터 촛불시위까지 크고 작은 군중집회가 서울시청 앞 광장 앞에서 이뤄졌다면, 바츨라프 광장은 근세 이후 프라하 시민들의 함성과 역사가 사무쳐 있는 체코 현대사의 성지 같은 곳이다.

1968년 이곳에서 '인간의 얼굴을 가진 사회주의 운동'이 시작됐고, 잠시나마 체코에 민주화가 실현되는 듯했으나 소련의 개입과 탄압으로 결국 실패한다. '프라하의 봄'이라 일컬어지는 그 유명한 자유화 운동이다. 1989년 민주화를 위한 무혈시민 운동이었던 '벨벳혁명'도 이 바츨라프 광장에서 시작됐다. 지금도 이 광장은 대규모 시위의 중

바츨라프 광장의 상징인 바츨라프 기마상. 바츨라프는 체코의 수호성인 중 한 명이다.

심지가 되고 있고, 바츨라프 동상 앞에는 당시의 희생자들을 기리는 헌화가 끊임없이 놓인다고 했다.

비뚤배뚤한 골목길이라 지도를 손에 들고도 몇 번을 헤매다 우리는 바츨라프 광장에 도착했다. 구시가지 광장과는 달리 세로로 길게 뻗어 있는 광장이었다. 광장이라기보다는 파리의 샹젤리제 거리처럼 대로 같은 느낌이 강하다. 광장 양 옆에는 환전오피스가 두 집 건너 하나씩 있을 만큼 많았고, 식당과 갖가지 선물가게들이 즐비했다. 체코 화폐를 충분히 바꾸지 못한 탓에 우리는 유로를 체코 돈으로 바꿔야 했는

해질녘 블타바 강변의 운치있는 모습. 바츨라프 광장 가는 길에 만난 조각상의 모습이 무슨 유령처럼 보인다.

데, 민박집 미영 씨가 바츨라프 광장에서 환전을 가장 싼 값에 해주는 곳이 있으니 꼭 찾기를 바란다고 했었다.

　재미난 것은 광장 위쪽으로 올라갈수록 환전소가 내건 유로 가치가 점점 올라가고 있다는 것이었다. 관광객을 대상으로 환전소들이 경쟁하듯 유로값을 쳐주고 있었다. 광장을 걸어 올라오면서 가장 높게 유로를 쳐주는 집을 드디어 발견하고 우리는 환전을 결정했다. 광장길 중간쯤이었을 거다. 지금 생각하면 몇 푼 절약하겠다고 그 많은 환전소의 환율 리스트를 일일이 점검하며 다녔나 싶지만, 개중엔 바가지를 씌우는 곳이 있으니 반드시 리스트를 비교해보는 게 좋다.

광장 끝에는 바츨라프 기마상이 우뚝 서있었다. 그 길 건너에는 세계 10대 박물관에 속한다는 체코국립박물관이 버티고 서있다.

기마상 아래로 펼쳐진 광장을 내려보다가 우리가 왔던 길로 다시 천천히 걸어 내려가면서 사람 구경, 기념품 구경을 했다. 충동구매가 특기인 내가 실로 짠 손가방이 예뻐 하나 사볼까 하고 구경을 했더니 정은 씨가 손을 잡아끈다. "너무 후져요. 싼 티 나잖아요." 정은 씨가 학부 때 전공이 디자인이란 말을 상기하고 나는 순순히 따라나왔다. 그래도 하나 살 걸, 하고 지금 후회한다. 비싸지도 않은 데다, 여행 다녀오면 그 도시에서 샀던 물건만이 추억을 되살려주기 때문이다.

바츨라프 광장에서 구시가지 광장 방향으로 내려오는 길 중간에 체코의 자랑인 '알폰소 무하 미술관'이 있으니 꼭 들러보라고 민박집 미영 씨가 귀띔했는데, 시간이 늦어 그냥 지나쳐야 했다. 다행히 우리는 다음날 프라하 성을 구경 갔다가 성 비트 대성당에서 무하의 작품을

카를교 난간에 서있는 예스 그리스도 십자상.

만났다. 솔직히 나는 아르누보의 거장이라는 알폰소 무하가 누구인지
도 몰랐다.

어둑어둑해신 카를교를 다시 걸어가는 운치도 남달랐다. 무심히 흘
러가는 블타바 강을 연인과 함께 바라보는 사람들, 집으로 돌아가는지
유모차를 밀고 서둘러 발걸음을 옮기는 젊은 부부, 다정하게 팔짱을 끼
고 노년의 여유를 즐기는 할머니, 할아버지들……. 그중엔 배낭여행으
로, 신혼여행으로 프라하에 온 한국인들도 드문드문 보였다.

민박집이 프라하 성 바로 아래 있는 탓에 유모차를 밀고 오르막길을, 그것도 돌길을 밀고 올라가는 것은 진땀나는 일이었다. 다이어트가 따로 없었다. 그래도 민박집에 도착하니 내집에 온 듯 마음이 푸근했다. "구경 많이 하셨어요? 손 씻고 식사하세요." 식탁 위에는 5개 분야 조리사 자격증을 가지고 있다는 미영 씨가 정갈하게 만들어낸 음식들이 예쁜 접시에 담겨 우리를 기다리고 있었다.

04

영화 〈아마데우스〉를
프라하에서 찍은 이유

▶▶▶▶▶▶▶▶▶▶ 　　프라하 성 아래 우리가 묵었던 마을 이름은 '말라스타나'였다. 서울로 치면 북촌이나 가회동 같은 곳으로 중세의 도시 모습을 그대로 간직한 마을이다. 프라하 성에서 카를교 방향으로 가려면 말라스타나 지역을 반드시 횡단하게 돼 있는데, 내려가는 동안 골목골목에서 '전단지'를 나눠주는 사람들과 만난다. 대부분 교회(성당) 앞에서다. 종이엔 그날 저녁 교회에서 있을 클래식 콘서트의 레퍼토리가 큼지막하게 적혀 있다.

민박집 주인 미영 씨가 '프라하를 유럽의 음악학교라고 부른다' 고 말해준 것이 기억났다. 며칠 동안 프라하를 쏘다녀보니 그 의미를 알 것 같았다. 대단한 음악학교가 있거나, 대단한 스타 연주자가 있는 것은 아니지만, 프라하는 매일매일 음악이 넘치는 도시였다. 프라하 사람들은 선술집 드나들듯 거의 매일 집에서 가까운 교회에 가서 클래식 콘서트를 즐겼다. 지적 수준, 남녀노소 불문하고 클래식 음악에 대한 지식과 소양이 상당하다고 했다. 시청 콘서트홀에서는 매일매일 스메타나의 레퀴엠을 시간대별로 공연한다고 했다. 365일 레퀴엠만 부르니 합창단들이 악보도 없이 눈을 감고 노래를 부른단다.

스메타나, 드보르작 같은 위대한 작곡가를 배출한 나라이기도 하지만, 모차르트나 베토벤도 프라하에 일부러 와서 자신들의 신곡을 '검증' 받았을 만큼 프라하 사람들의 음악적 소양과 감각이 남다르다고 했다. 보수적 취향의 귀족들이 음악문화를 이끌었던 빈에서는 모차르트의 음악을 받아들이는 데 게으름을 피웠지만, 진취적 취향의 부르주아들과 서민들이 함께 음악문화를 이끌었던 프라하에서는 스펀지가 물을 빨아들이듯 모차르트, 베토벤의 음악에 열광했단다. 오스트리아 빈보다 프라하에 가야 모차르트의 음악을 더 많이 듣는다는 말이 있을 정도. 실제로 에스타티스 극장은 여름이면 매일 저녁 모차르트의 오페라 〈돈지오반니〉를 공연한다. 마리오네트 인형극으로 〈돈지오반니〉를 공연하는 극장도 있다.

밀로스 포먼 감독의 영화 〈아마데우스〉도 모차르트가 활약했던 주무대인 빈(비엔나)이 아니라 프라하에서 올로케이션 촬영했다. 처음엔 빈에서 촬영할 계획이었는데, 도시에 전선과 네온사인이 너무 많아 감독이 촬영을 포기했다고 한다. 중세의 느낌이 물씬 나는 곳을 찾다가 결정한 곳이 프라하! 영화 속에서 모차르트가 걷는 거리는 빈이 아니라 프라하인 것이다.

봄꽃이 절정에 이르는 5월이면 프라하는 음악도시로서의 진면목을 한껏 발휘한다. 스메타나가 세상을 떠난 5월 12일을 시작으로 그 유명한 음악축제 '프라하의 봄'이 6월 초까지 이어진다. 프라하에 관광객이 가장 많은 계절도 이맘때다. 1년 전부터 예약을 할 만큼 시내 곳곳에서 멋진 연주회가 열린다.

안타깝게도 우리가 프라하를 방문한 때는 아직 겨울의 한기가 가시지 않은 3월이었다. 언젠가 기회가 되어 프라하로 여행을 갈 수 있다면 5월에 가겠다. '프라하의 봄' 페스티벌이 시작되는 12일 이른 아침 스메타나의 묘지로 행진하는 축제행렬에 동참해 묘지에서 기념식을 올린 뒤, 프라하에서 가장 아름다운 건축물 중 하나인 시민회관(오베츠니 돔)으로 돌아와 교향악단이 연주하는 〈나의 조국〉을 감상하리라.

치욕의 역사도
역사다

▶▶▶▶▶▶▶▶▶ 프라하 여행 이틀째. 우리는 프라하 성에 올랐
다. 현존하는 중세시대 성 중에서 가장 큰 규모라는 프라하 성. 카프카
의 소설 「성城」의 모티프가 바로 프라하 성이다. 프라하 성은 9세기부
터 역대 체코 왕들의 거처로 사용돼 왔고, 1992년까지는 대통령 궁으
로, 지금은 대통령 관저로 쓰이고 있다.

　민박집에서 걸어 5분 거리에 프라하 성 정문이 있었지만, 오르막길
이라 유모차를 밀고 정문 앞 광장에 도착하니 숨이 찼다. 돌담장을 따
라 프라하 성까지 올라오며 내려다본 프라하의 전경이 아름다웠다.

　'흐라드차니'라는 이름의 광장 앞에서는 결혼식을 앞둔 신부가 사
진촬영을 하고 있었다. 프라하 여자들도 우리처럼 결혼앨범을 만드
나? 아니면 유럽 다른 나라에서 일부러 해외촬영을 온 신부일까? 하
긴 파리로 여행 갔을 때 몽마르트르 언덕까지 웨딩드레스를 입고 와서
결혼앨범을 촬영하는 일본인 신혼부부를 보고 혀를 찬 적이 있다.

　프라하 성의 입장은 무료였다. 정문 기둥 위에 독특한 동상이 서있
었다. 한국 사찰에 들어갈 때 절문 양 옆에 사천왕상이 악귀를 쫓기 위

프라하 성 정문 앞에서 웨딩촬영을 하는 신부. 그녀는 땡볕도 아랑곳하지 않았다.

해 몽둥이와 무시무시한 표정을 짓고 서있는 것처럼, 몽둥이와 칼을 든 거인들이 누군가를 발로 밟고 위협하는 형상이었다.

프라하에 대해 아무런 사전지식 없이 떠나온 우리 일행에게 민박집 주인 미영 씨가 참고하라며 건네준 『퍼펙트 프라하』에는, 이 동상의 제목이 '거인들의 싸움'이라고 적혀 있었다. 재미있는 것은 위에서 내리치는 사람은 오스트리아인이고, 맞는 사람이 체코인이란다. 합스부르크 통치시절, 체코가 오스트리아의 속국이었음을 암시하는 것이라고 했다.

프라하 성 정문 양 옆에 세워져 있는 동상. 제목이 '거인들의 싸움'이다.

일종의 수치심이 드는 이런 동상을 체코인들은 왜 그냥 두는 걸까. 우리나라 같으면 박살이 나도 수백 년 전에 박살이 났을 동상이었다. 경복궁을 가로막고 서있던 조선총독부 건물이 떠올랐다. 일제의 잔재, 일제 침략의 상징이라고 해서 총독부를 철거하기로 결정했을 때 역사학자들은 물론 한국 건축계의 내로라하는 인사들이 논쟁을 펼쳤었다. '치욕의 역사도 역사', 후손들이 알아야 할 역사라는 점에서 조선총독부 건물을 굳이 철거할 필요가 없다는 주장이었다.

체코인들이 수모를 당하는 동상을 뒤로 하고 우리는 정문을 통과해

'성 비트St. vitus 대성당'으로 향했다. 정문에서 곧장 직진해 아치형 관문을 통과하면 비트 대성당이고, 정문에서 오른쪽으로 광장을 따라 돌아가면 대통령 관저가 나왔다. 당연히 우리는 프라하 성의 하이라이트라고 할 수 있는 비트 성당부터 둘러봤다. 925년부터 1929년까지 무려 천 년에 걸쳐 완성된 전형적인 고딕 스타일의 건축물. 불에 탄 듯 거뭇거뭇한 외관이 이 성당의 오랜 역사를 일깨웠다.

입구에 줄이 길게 서있었지만 금세금세 줄어들었다. 내 앞에 서있던 젊은 남자가 성당 직원으로부터 모자를 벗으라는 지적을 받길래, 얼른 시온이 야구모자를 벗겼다. 성당 내부는 컴컴하면서도 시원했다. 유럽의 성당들이 대개 그렇듯이 높은 천장과 화려한 스테인드글라스, 제대를 향해 일렬로 늘어선 의자, 경건하고 엄숙한 분위기가 전해지는 성당이었다.

비트 대성당의 가장 큰 볼거리는 대형 아치형 창문마다 장식된 화려한 스테인드글라스였다. 그중에서도 눈에 띄는 스테인드글라스가 있다. 입구로부터 왼쪽에서 세번째 창문에 있는 작품. 미술에 문외한인 나도 한눈에 다른 작품들과는 다르다는 느낌이 왔다. 체코 사람들이 사랑한다는 국민화가 알폰소 무하의 작품이었다.

무하의 스테인드글라스가 한눈에도 확연히 다른 감동을 주는 것은, 순정만화 같은 풍의 아름다운 그림 덕분이기도 하지만, 다른 스테인드

고딕 양식의 웅장한 건축물 성 비트 대성당. 성당 내부에는 알폰소 무하의 스테인드글라스가 설치되어 있다.

글라스들처럼 모자이크 방식으로 제작되지 않았기 때문이다. 작은 조각들로 이어붙인 게 아니라, 유리에 그냥 그림을 그린 셈이어서 훨씬 부드럽고 색상도 선명하게 느껴졌다.

스테인드글라스를 구경하며 제대 앞까지 갔다가 오른쪽 통로로 다시 돌아나오다 보면 비트 대성당의 또 다른 명물이 나온다. 무려 3톤에 달하는 은을 녹여 만든 얀 네포무츠키 신부의 관! 정교한 조각작품들로 둘러싸여 있어 화려하기 그지없었다.

대체 얀 네포무츠키 신부가 누구이길래 가는 곳마다 이 신부와 관련된 유적이 있는 걸까. 『퍼펙트 프라하』에 소개된 이야기가 재미있다. 14세기 후반 체코를 다스리던 바츨라프 4세는 의심이 많아 주변 사람

성 이르지 바질리카 성당, 그 뒤로 이브
탑과 아담 탑이 보인다.

들의 일거수일투족을 감시했다. 어느 날 왕의 부인이 바람을 피운 뒤
네포무츠키 신부에게 고해성사를 했다. 부인의 불륜을 의심한 왕은 네
포무츠키 신부를 불러 사실대로 고하라 협박했지만 끝내 입을 다물자
그의 혀를 자른 뒤 돌을 매달아 강에 던졌다. 이때 그의 시신이 강 위
로 떠오르면서 주변에 다섯 개의 별이 맴돌았고, 체코 사람들은 신부
로서의 신념을 저버리지 않았던 그를 성자로 추대하며 카를교에 동상
을 세웠다는 것이다.

비트 대성당에서 나와 우리는 프라하에서 가장 아름다운 골목길이
라는 '황금소로 Golden lane' 로 향했다. 대통령 관저를 지나니 황금소로 입
구에 자그마한 성당이 서있다. 10세기 로마네스크 양식으로 지어진
'성 이르지 바질리카' 성당이다. 성당 뒤편으로 두 개의 하얀 탑이 보
이는데, 조금 날씬한 탑이 '이브 탑', 조금 육중해 보이는 탑이 '아담
탑' 으로 불린다.

성당 안에는 바츨라프 대왕의 할머니인 루드밀라의 성체가 안치된
석관이 있다고 했는데, 여행객 중 그걸 보려고 입장하는 사람들은 거
의 없다. 대신 성당의 오른쪽 골목으로 몰려간다. 황금소로로 이어지
는 길이다. 황금소로 입구에는 길게 줄이 서있었다. 우리 차례가 와 들
어가려고 하자, 안내원이 입장권을 끊어오라고 한다. 비트 대성당 들
어갈 때도 필요 없었는데, 황금소로는 왜?

06

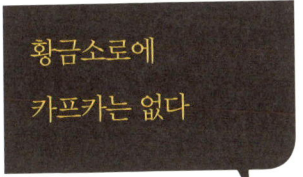

황금소로에
카프카는 없다

▶▶▶▶▶▶▶▶▶ 우리 돈으로 1만 원을 주고 들어간 황금소로는

아주 작은 길이었다. 입구에서 끝까지 50미터나 될까. 하늘색, 주황색 페인트로 색칠된 성냥갑 같은 집들이 오밀조밀 붙어 있는 풍경이 앙증스러웠다. 황금소로는 16세기 후반, 성을 지키던 수비대원들의 숙소로 사용되다가 17세기 들어 연금술사들과 금 세공인들이 이주해 살면서 '황금소로' 로 불리게 되었다고 한다. 이후 프라하의 빈민들과 부랑자들이 몰려들어 빈민가로 전락하면서 국가 소유가 됐다.

황금소로가 유명한 이유는 프란츠 카프카 때문이다. 카프카가 잠시 눌러 앉아 집필활동을 했단다. 실제로 황금소로에는 카프카가 거주하며 「성」을 비롯한 수많은 단편들을 써내려간 집이 있다. 하늘색 벽에 No. 22라고 적혀 있는 집인데, 지금은 카프카의 책과 기념품을 판매하는 가게가 되었다. 참새가 방앗간 그냥 못 지나가듯, 기념품 가게에서 열쇠고리 하나라도 사는 나는, 카프카 집에 들어갔다가 마땅히 고를 물건이 없자, 대책도 없이 영문으로 된 카프카의 소설 「Castle」을 사가지고 나왔다.

사실, 황금소로에서 가장 탐나는 집은 카프카 옆집이다. 오래된 골동시계를 판매하는 가게다. 다양한 형태의 구식 시계가 초침소리를 내며 전시돼 있는데 골동품이라는 이유로 가격이 비쌌다. 웬만한 시계 하나에 1,500~2,000코루나이니 침만 꼴깍꼴깍 삼키다가 나왔다.

황금소로에 있는 집들이 2층 구조로 돼 있고, 그 2층 공간들이 하나의 길로 연결돼 있다는 사실을 안 건 시계집에서 나왔을 때였다. 시계집 옆, 그러니까 황금소로가 시작되는 첫번째 집이 기념품 가게인데 가게 입구 왼편에 좁은 계단이 있는 걸 발견한 것이다. 여행객들이 오르내리는 게 신기해 따라가 봤더니 계단은 2층으로 이어져 있고, 다락방처럼 어두컴컴한 2층에는 갑옷과 투구들이 전시돼 있었다. 2층 복도 끝에는 직접 활총을 쏘아보는 체험장도 있는데 따로 돈을 내야 한다. 한쪽에는 중세시대의 고문을 재현한 고문실과 무기들이 전시돼 있고 무기판매점도 있다. 시온이는 그 무기들에 침을 잔뜩 바르고 있는 중이었다.

웬만하면 사주려고 했지만, 가격이 너무 비쌌다. 그냥 나오기는 뭣해서 칼 모형이 매달린 목걸이를 하나 샀는데 이튿날 똑 부러지고 말았다. 그럴 거면 시온이가 잔뜩 탐을 내던 말 탄 기사를 사줄 걸. 돈 아끼려다 김만 샜다.

암만해도 입장권 값이 아까워 우리는 황금소로 끝에 있는 달리보르 탑으로 갔다. 그런데 복병을 만났다. 계단 수십 개를 오르내려야 하는 곳이었다. 그렇잖아도 주원이는 황금소로에서 신나게 놀고 있는 터라 나는 정은 씨에게 주원이를 잠깐 맡기고 시온이와 달리보르 탑으로 갔다.

한번 들어가면 나시는 돌아올 수 없다는 감옥. 15세기에 만들어진 이 탑은 첫 수감자가 청년 기사였던 달리보르여서 그 이름이 달리보르 탑이 되었다고 한다. 깊은 우물처럼 파여 있는 지하 토굴에 갇히면 대부분 굶어죽거나 절망에 빠져 자살을 하고 만다는 이 감옥을 시온이는 들어가고 싶어하지 않았다. 한 사람이 겨우 지나갈 수 있는 아주 좁은 계단을 따라 내려갈 때도 '꼭 구경해야겠어?' 하며 시큰둥해한다. 막상 내려가 둘러본 감옥은 그렇게 으스스하진 않았다. 여러 가지 고문 기구들이 보이긴 했지만, 현실감 있게 느껴지지 않았다.

우리는 살짝 바가지를 쓴 기분으로 황금소로를 빠져나와 프라하 성 정문을 향했다. 황금소로에서 프라하 성 후문 쪽으로 나가면 황금소로보다 몇 배 아름다운 풍광이 있다는 걸 그때는 몰랐다.

프라하와 인연이 있었던 것인지, 우리는 6월 중순 친정부모님이 스웨덴에 오셨을 때 다시 프라하에 갔다. 그때도 역시 '초콜렛 민박'에 머물면서 프라하 성을 제대로 구경할 기회가 있었는데, 저녁 무렵 다리에 아직 힘이 남아 있는 나와 막내 여동생, 그리고 아버지 셋이서 야경을 본다고 프라하 성에 올라갔다가 후문까지 가게 됐고, 거기서 참으로 예쁜 길을 발견한 것이다.

일단 후문으로 나오면 프라하 성의 동쪽 전경이 내려다보이고, 포도 넝쿨이 늘어진 담벼락 사이로 말로스트란스카 광장까지 이어진다는 기다란 계단길을 만난다. 여행객들은 프라하의 석양을 카메라에 담기 위해 성벽에 달라붙어 셔터를 눌렀고, 계단길 초입에 자리한 카페에서는 사람들이 맥주와 와인을 기울이고 있었다. 늙으신 아버지는 성곽

프라하 성에서 바라본 스트라호프 수도원과 시내 전경. 주황색 지붕들이 화사하다.

너머로 내려다보이는 풍광에 취해 하염없이 서 계시다가는 혼잣말로 중얼거리셨다. "하나님의 축복을 받은 도시가 아니고서야 어찌 이리 아름답겠느냐."

분위기를 맞춰드리려고 "저 집에서 체코맥주 한 잔 하실래요?" 하

프라하 성을 오르는 계단에 〈프라하의 연인〉에 나왔던 전도연의 집이 있다. 성의 후문에는 와인바와 레스토랑들이 여행자를 향해 손짓한다.

고 묻자 아버지가 고개를 저으신다. "풍경만으로도 충분히 취한다. 저런 데는 값도 비쌀 텐데 밥은 집에 가서 먹자." 민박집으로 내려오는 길에 우리는 슈퍼에서 독일맥주보다 맛있다는 체코맥주 필스너를 몇 캔 샀다. 드라마 〈프라하의 연인〉에서 전도연이 살았던 집으로 추정(?)되는 건물 앞에서 사진도 찍었다.

삶은 영화보다, 드라마보다 아름답다. 추억은 숭고하다. 지금도 프라하의 그 석양, 늙으신 아버지와 내가 가장 예뻐하는 막내 여동생과 함께 걸어 내려오던 성문 길을 떠올리면 저절로 미소가 번진다.

07

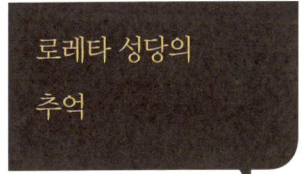

로레타 성당의
추억

▶▶▶▶▶▶▶▶▶ 시간이 허락된다면, 프라하 성은 하루 날 잡아 여유롭게 구경하는 것이 좋다. 성 일대에 자리한 유적지 하나하나가 천천히 음미할수록 그 진가가 느껴지는 데다, 꼭 유적지가 아니라도 어슬렁어슬렁 느린 걸음으로 중세의 골목을 산책하며 진정한 휴식을 취할 수 있기 때문이다.

다행히도 나는 3월 여행 때 들르지 못한 프라하 성의 서쪽 지역을 6월 가족여행 때 가볼 수 있었다. 프라하 성 정문을 기준으로 동쪽에 성 비트 대성당과 대통령 궁이 있다면, 서쪽에는 로레타 성당과 스트라호프 수도원이 있다. 땡볕에 그늘도 없어 아이들과 연로하신 부모님을 모시고 로레타 성당까지 걸어가는 일이 그야말로 불땀나는 일이었지만, 성당 앞에 도착하니 그 수고를 보상하고도 남을 즐거움이 있었다.

로레타 성당은, 성모 마리아와 관련 있는 곳이다. 수태고지! 즉 천사장 가브리엘이 마리아 앞에 나타나 예수의 잉태를 예언한 곳으로 전해지는 산타 카사^{Santa Casa}를 그대로 재현해놓은 성당이다. 산타 카사의 외벽은 성모 마리아의 일생을 새긴 부조로 장식되었고, 안쪽의 은으로 된 제단에는 흑단나무로 만든 성모 마리아상이 서있다. 성당 2층에는 16~18세기의 예배의식용 소품들이 포함된 성물^{聖物} 전시실이 있다. 그 중 6,222개의 다이아몬드로 장식된 성체안치기^{聖體安置器}가 가장 유명하다. 한 백작부인이 자신의 드레스에 박혀 있던 다이아몬드를 빼서 기증했다고 한다.

하지만 로레타 성당의 진짜 매력은 따로 있다. 굳이 성당 안으로 들어갈 필요도 없다. 바로 종소리! 성당 정면의 탑 안에 27개의 종이 달린 '로레타의 종'이 그 주인공이다. 매시 정각마다 성모 마리아를 찬양하는 종소리가 아름다운 선율로 울려퍼진다. 구시청사 시계탑에서

로레타 성당의 아름다운 모습. 진짜 매력은 매시 정각에 울려퍼지는 27개의 종소리다.

울리던 열두 제자 음악소리처럼 참으로 기발한 관광 아이디어 아닌가.

구시청사와 달리 로레타 성당 앞에는 관광객들이 많지 않았다. 우리는 광장 나무 그늘 아래 앉아 땀을 식혔다. 아마도 친정엄마였던 것 같다. "저기 샘이 있네. 마셔도 되는 물인가?" 그렇잖아도 6월 하순의 찜통더위에 목말라 있던 가족들의 시선이 일제히 엄마가 가리키는 쪽으로 쏠렸다. 진짜 어린아이 오줌처럼 한 줄기 물이 광장 돌담 위에서 쫄쫄 흘러나오고 있었다.

"오염된 물일지도 모르니 마시진 마세요" 했는데도, 대범하고 부지런한 엄마는 듣는 둥 마는 둥, 일단 손수건부터 물에 적셔서 외손주들의 얼굴과 손을 닦아주기 시작했다. 그러더니 "내가 먼저 마셔보고 괜찮으면 느희들도 마셔라" 하신다. 엄마는 언제나 그러셨다. 냉장고에서 유통기한이 1주일 지난 요구르트도 까딱없다며 벌컥벌컥 들이키시고, 손주들이 남긴 음식도 아깝다며 싹싹 당신 입으로 걷어치우신다.

"아~ 물맛 한번 시원하다!" 엄마의 대범한 행동에 다른 식구들도 결국 경계심을 풀었다. 이미 바닥난 물병에 물을 담고 두 손에 물을 담아 마시기 시작했다.

그 순간 성당의 종소리가 울려퍼졌다. 방울소리 같기도 하고 하프 연주 같기도 한 은은한 선율이 작은 광장으로, 청명한 하늘로 잔잔하게 퍼져나갔다. 멜로디는 생소했지만 아름답고 평화로웠다. 늙으신 아버지, 엄마, 막내 여동생, 그리고 조무래기 내 아이들과 조카가 낯선 나라의 한 광장에 앉아 귀를 쫑긋 세우고 그 평화로운 종소리에 침묵했다.

1분이 채 되지 않는 연주. 그래서 더 감질난 추억으로 남은 로레타 성당의 종소리. 배고프다는 시온이의 원성에 성당 근처 작은 식당의 테라스에 자리를 잡았다. 샌드위치와 콜라, 주스를 저마다 주문한 뒤 여전히 땡볕으로 들끓는 거리를 쳐다봤다. 이번엔 아버지였을 거다. "근데 프라하 성은 어디냐?"

나도 모르게 웃음이 쿡 터졌다. 3월 프라하 첫 여행 때 나 또한 똑같은 의문을 가졌기 때문이다. 성이라고 하면 임금이 사는 곳으로 성곽도 있고 궁궐도 있어야 하는데, 그 성은 대체 어디 있냐는 의문! 내가 대답해드렸다. "지금까지 다닌 곳이 다 프라하 성이래요. 비트 성당, 대통령 궁, 로레타 성당, 그리고 저 너머 수도원까지 이게 다 프라하 성이에요, 아버지."

08

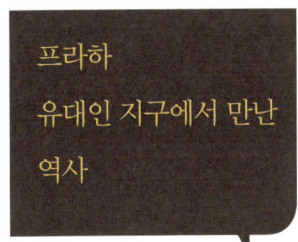

프라하
유대인 지구에서 만난
역사

▶▶▶▶▶▶▶▶▶   시온이는 철문에 매달려 무얼 그리 구경하고 있을까. 창살 너머엔 대체 무엇이 있는 걸까.

무덤이다. 유대인들의 무덤, 공동묘지다.

프라하의 구시가지 광장에서 성 미쿨라쉬^{St. Mikulase} 성당 옆 도로로 나서면 '유대인 지구'로 알려진 요제포프 블럭이 나온다. 프라하에서 유대인의 시련은 제2차 세계대전 훨씬 이전으로 거슬러 올라간다. 13세기 신성로마제국이 유대인과 기독교인의 분리를 요구하면서 유대인들은 게토 지역으로 강제 이주당했는데 그곳이 바로 요제포프 지역이다. 2차 대전 때는 요제포프에 거주하는 유대인의 4분의 3이 나치에 의해 학살당했다고 한다. 이후 요제포프는 프라하의 빈민가로 전락했다.

유대인의 삶에 특별한 관심이 없으면 구시가지 광장을 거쳐 카를교로 빠져나가거나 바츨로프 광장으로 나서기 마련이다. 3월에 프라하에 왔을 때는 우리도 시온이처럼 쇠창살에 매달려 공동묘지를 살짝 훔쳐 보았을 뿐이다.

6월 여행에서는 작심하고 요제포프를 찾아나섰다. 목회를 하시는 아버지가 유대인의 삶에 관심이 지대하시니 필수 관람코스로 격상됐다. 요제포프 지구엔 '시나고그'로 불리는 유대교회당이 서너 곳 있지만, 우리는 '핀카소바 유대교회당'에서 관람을 시작했다. 그곳에 창살 너머로만 봤던 유대인의 공동묘지가 있기 때문이다. 핀카소바 유대교회당은 1479년 랍비 핀카스에 의해 건립되었다가 2차 세계대전 당시 나치에게 학살된 체코계 유대인들을 위한 추모 교회로 1950년대 재건되었다고 한다.

공동묘지는 핀카소바 유대교회당 바로 옆에 자리하고 있고, 이 교회당을 거쳐 들어가야 하기 때문에 우리는 입장권을 끊었다. '죽음의 구역'에 이제 갓 두 돌이 지난 아기를 데리고 들어가자니 좀 찜찜하기도

핀카소바 유대교회당에 자리한 유대인 묘지. 1만 2천여 기의 돌비석이 있다.

했다. 오히려 신난 건 주원이였다. 유모차에서 내려 돌비석들이 삐뚤 삐뚤 세워져 있고 사이사이로 꽃과 잡초가 무성한 이 특별한 공간을 아이는 겁도 없이 뛰어다녔다.

15세기 초에 조성된 이 묘지는 3백여 년 세월이 흐르는 동안 유대인의 매장이 허용된 유일한 장소였다고 한다. 수백 년 동안 죽어간 유대인들이 갈 곳이란 오로지 이곳뿐이니 손바닥만 한 묫자리 한 곳에 무려 12구의 시신을 겹쳐 매장했다고 한다. 한쪽 끝에서 다른 쪽 끝이 한눈

유대인 묘지에 있는 추모의 벽. 추모의 글을 쓴 쪽지와 동전들이 놓여 있다.

에 보일 만큼 그리 넓지 않은 공동묘지에 빽빽이 들어찬 비석의 숫자는
1만 2천여 기이지만 실제 매장된 사람은 10만여 명에 이른단다.

돌비석 사이사이 보랏빛 야생화가 피어 있었다. 묘지를 3분의 2바
퀴쯤 도니 추모의 벽이 나왔다. 벽에는 각 나라의 관광객들이 놓고 간
동전과 추모의 글을 쓴 쪽지들이 구멍마다 빼곡이 꽂혀 있다. 그 자체
로 무슨 설치작품처럼 보였다. 주원이도 그 풍경이 신기한지 추모의
벽을 뚫어져라 쳐다본다.

2005년 베를린으로 출장 갔다가 들렀던 '유대인 박물관'이 떠올랐

다. '다윗의 별'에 착안해 건축했다는 베를린 유대인 박물관에서 관람객들이 가장 인상 깊게 관람하는 곳이 있다. 나치에 의해 학살된 1백만 명 유대인의 죽음을 추모하기 위해 어떤 예술가가 만들어놓은 설치 작품인데, 사람의 표정이 새겨진 커다란 쇠동전들이 수백 개 쌓여 있다. 대여섯 살로 보이는 독일 여자아이는 그 광경을 보고 울음을 터뜨렸다. 어른들이 봐도 가슴이 섬뜩해질 만큼 스산한 풍경이다. 동시에 독일인들이 참 대단하다는 생각도 했다. 자신들이 저지른 죄악을 잊지 않기 위해 이런 박물관, 이런 작품을 만들어놓고 끊임없이 일깨우고 있다는 뜻이니까.

핀카소바 유대교회당에서 구입한 입장권은 유대인 거리 곳곳에 자리한 작은 박물관, 회당들도 함께 볼 수 있는 티켓이라 우리는 공동묘지를 나와 산책하듯 박물관을 관람했다. 당시 유대인들이 사용하던 종교용품과 생활용품들이 전시돼 있고, 유대인 거리 노점상에는 다윗의 별, 시나고그를 형상화한 기념품을 팔고 있다. 유대인 남자들이 머리에 살짝 얹고 다니는 '키파(모자)'를 하나 사고 싶기는 했다. 하지만 충동구매욕을 누르고 대신 박물관에서 나올 때 공짜로 나눠주는 종이 키파를 하나 들고 와 주원이 머리에 얹고는 혼자서 재미있어했다.

요제포프 블럭을 벗어나 블타바 강변으로 나오려는데 한무리의 학생들이 유대인 거리로 몰려갔다. 우리나라에서도 붐이라는 역사체험학습을 하러 온 걸까. 그때 빨간 키파를 쓰고 어디론가 바삐 걸어가는 유대인 청년의 모습이 보였다. 영화에서처럼 동그란 철테 안경을 쓴 앳된 얼굴에 깡마른 청년이었다. 저 청년의 이야기를 들을 수 있다면, 유대인의 후예가 들려주는 과거와 현재의 삶을 생생히 취재할 수 있다면……. 역사는 살아서 오늘도 흐르고 있었고, 나는 그 와중에도 직업 정신에 불타오르고 있었다.

09

카를스테인 성에서 만난 대장장이

▶▶▶▶▶▶▶▶▶▶▶   3월 프라하 여행의 마지막 날, 우리는 어디로 떠날 것인지 고민을 했다. 체코의 다른 지역을 구경하고 싶다고 하자 미영 씨는 세 곳을 추천했다.

첫번째 지역은 '체스키 크룸로프'. 프라하보다 더 아름답다는 체코의 남쪽 마을로 중세의 시골 풍경을 그대로 간직하고 있다고 했다. 문제는 이동거리. 프라하에서 버스로 세 시간 반이나 가야 한다고 해서 입을 딱 벌렸다. 두번째로 강추한 곳은 '카를로비 바리다'. 14세기에 발견된 온천도시로, 영화 〈프라하의 봄〉에 등장해서 더 유명한 곳이란다. 도시도 예쁘지만, 시내 곳곳에 마시는 온천수가 나오는 수도꼭지가 있어 여행객이 주전자처럼 뾰족한 주둥이를 지닌 컵에 물을 받아 마시며 도시를 여행한다고 했다. 버스로 두 시간 15분이라니 체스키보다는 가까웠지만, 기차도 아니고 버스로 주원이를 데리고 갈 생각을 하니 엄두가 나지 않았다.

그런 점에서 '카를스테인 성'은 제격이었다. 프라하 중앙역에서 기차로 45분밖에 걸리지 않는 데다, 왕들의 여름별장으로 쓰였을 만큼 풍광도 아름답다고 했다.

시온이는 기차를 탄다고 하자 신이 났다. 우리 나이로 열한 살인데도, 녀석은 유적지보다 그곳으로 가는 교통수단에 관심이 훨씬 많았다. 프라하 중앙역에서도 철로에 서있는 다양한 모양의 기차를 감상하며 좋아라 했다. 특히 2층 열차에 환호했다. "엄마, 우리도 저런 기차 타는 거야?" "몰라. 엄마도 프라하 처음이야." 그렇잖아도 '1a'라고 적힌 플랫폼을 못 찾아 헤매고 있는데 시온이는 기차 타령이니 살짝 짜증이 났다.

'1a'는 기차표에 적혀 있던 플랫폼 번호였다. 1도 있고 2도 있는데 1a는 뭐란 말인가. 1번 플랫폼으로 올라가 아무리 눈을 크게 뜨고 둘러봐도 1a 플랫폼은 없어서, 마침 숙직하고 퇴근하려던 남자직원을 쫓아가 물었다. 그런데 이 남자 영어를 못 알아듣는지 난색을 표하더니 다른 직원에게 나를 데려갔다. 그 여직원은 그냥 1번 플랫폼에 서있으면 된다고, 아무 문제 없다고 했다.

허름한 생김새의 열차가 플랫폼을 향해 미끄러지듯 들어왔다. 모든 간이역에 정차하는 완행열차였다. 기차가 낡았거나 말거나, 나는 이 열차의 바닥이 승강장과 수평이라 유모차를 그냥 밀고 들어갈 수 있다는 데 감탄했다.

유모차 안에서 주원이는 잠이 들었다. 덜컹덜컹, 삐그덕삐그덕, 수십 년은 된 듯한 기차가 요란스럽게 굴러가는데도 주원이는 낯선 여행지에서 스스로 터득한 처세인 양 잠에 빠져버렸다.

체코의 시골 풍경은 남루했다. 프라하를 살짝 벗어났을 뿐인데도 건물과 도로, 들판의 풍경이 우중충하고 삭막했다. 카를스테인 성 역에 내리니 눈발이 날렸다. 스톡홀름보다 훨씬 따뜻한 프라하이지만 유럽의 3월은 역시나 변덕스럽다. 프라하에 눈발이 날릴 정도면 스톡홀름은 눈보라가 몰아치고 있을 터였다.

역에서 카를스테인 성까지는 20분 남짓 걸어야 했다. 한적한 시골길이라 걷는 맛이 있었지만, 다리를 건널 땐 바람이 많이 불어서 주원이의 유모차를 레인캐노피로 감쌌다. 3월이 성수기는 아닌지, 성으로 올라가는 도로의 식당, 선물가게들이 한산했다. 성 입구에 카프카, 스메

카를스테인 성 올라가는 길. 기차역에서 20분 이상 걸어
야 한다.

타나, 드보르작 등 유명한 체코인들을 밀랍인형으로 만든 왁스 뮤지엄
이 있는데 문이 잠겨 있어 그냥 돌아서야 했다.

눈앞에 잡힐 듯 서있는 카를스테인 성은 또 왜 그리 먼지. 성이 가까
워질수록 오르막길의 경사가 급해져서 나는 그야말로 얼굴이 벌게질
정도로 헉헉댔다. 마침내 카를스테인 성. 성 주변의 경치만 둘러볼까
하다가 무슨 욕심이 난 선지, 나는 성의 내부를 가이드의 안내로 듣는
입장권을 끊어버렸다. 궂은 날씨에 멀리까지 온 수고가 아까워서였을
까. 이른바 성城이니 계단으로 오르내릴 게 뻔하고 유모차를 밀고 들어
가기란 상상할 수도 없는 일인데 그때 나는 무엇엔가 홀린 듯 주원이
를 안고 성 안으로 저벅저벅 걸어 들어간 것이다.

카를교와 마찬가지로 카를 4세가 세운 성. 왕의 휘장, 보석, 유물 등을 보관한 보물의 성답게 가파른 벼랑 위에 아슬아슬하게 세워져 있고, 가이드가 열쇠꾸러미를 안고 다니면서 구경시켜준 방방마다엔 국보급 보물들이 잔뜩 있었지만 시온이는 영 관심이 없어 보였다. 성 구경에 신이 난 건 오히려 주원이었다. 실컷 잠을 자고 난 주원이는 그야말로 에너지가 뻗쳐서 가이드가 조용조용 유물에 대해 설명하는 동안 큰소리로 노랠 부르질 않나, 나지막한 유물 전시대에 달랑 올라앉질 않나, 접근금지를 위해 쳐놓은 줄을 넘어 마음대로 들어가질 않나, 통제 불능이었다.

"안 돼!" 하고 저지하면 칭얼대다가 급기야 울음을 터뜨려서 다른 관람객들의 시선이 온통 우리에게로 쏠렸다. 개중에는 귀엽다는 표정으로 웃는 노인들도 있었지만, 어린아이를 데리고 성 안으로 들어온 건 민폐 중에 민폐였다. 휘황찬란한 보석과 유물은 건성건성 구경하는 둥 마는 둥, 나는 그저 이 시간이 빨리 끝나 성 밖으로 나가게 되기만을 기다렸다. 어찌 된 게 이 성의 관람은 중간에 그만두고 나오고 싶어도 나갈 수가 없었다. 보물들이 모셔진 곳이라 주먹만 한 열쇠로 방을 일일이 따고 들어갔다가 잠그는 일을 가이드가 반복하고 있었기 때문이다. 성에 '갇힌' 상태로 구경을 하는 셈이었다.

그저 기억에 남는 공간이 있다면 황제의 침실이다. 당시엔 화려했을 가구들이 세월을 안아 낡아 있고, 귀빈접대실이라는 곳도 소박하기 그지없었다. 왕이 사용했다는 화장실도 너무 작았다. 재미난 것은 화장실 밑바닥이 뻥 뚫려 있다는 것이다. 배설물이 성 밖 어딘가로 떨어진다는 얘기다.

한 시간쯤 지나서 우리는 성으로부터 해방되었다. 그사이 밖에는 햇살이 나와 있었다. 성의 외관으로 이어진 계단과 회랑에서 시골풍경을 내려다보니 기분이 탁 트였다. 그냥 바깥 풍경만 즐기다 갈 것을!

아치형 성문 밖을 나서는데 웬 아저씨가 놋쇠로 종을 만들고 있었다. 뒤에는 장작불이 있어서 쇠를 불에다 녹인 뒤 망치로 두드려가며 종을 만들어내는 것 같았다. 그게 신기해서 예쁜 모양의 종을 하나 골랐다. 시온이는 장난감 칼이 달린 팬던트를 집어들었다. 순박한 표정의 아저씨는 고맙다는 표현을 간곡하게 했다.

그런데 솔직히 지금도 나는 그 놋쇠종을 아저씨가 직접 만들었을까, 의심하는 쪽이다. 수제로 만드는 것처럼 무대를 설정한 뒤 호기심에 가득찬, 수제에 목마른 여행자들을 손짓하는 건 아닐까. 하긴, 그렇다한들 거기서 낭만을 샀다면 족한 게 아닐까. 시온이는 지금도 '체코 대장장이' 아저씨는 반갑게 추억하면서도 그 지겨웠던 카를스테인 성 이야기를 꺼내면 고개를 절레절레 흔든다.

달콤쌉싸름한 매력,

영국

01

런던행 비행기에서
만난
빠다코코넛 비스켓

▶▶▶▶▶▶▶▶▶▶ 동행이 많을수록 여행은 즐겁다. 4월 첫 주 부
활절 휴가에 떠난 런던 여행에는 정은 씨 말고도 최고의 동반자가 있
었다. 스웨덴에서 중동교사로 일하는 영선 씨, 마침 시온이와 그 집 아
들 민오가 동갑내기라 평소 친하게 지내던 사이였다. 영선 씨는 호주
에서 유학할 때 네덜란드 출신의 과학자 남편을 만나 미국, 노르웨이
에 이어 스웨덴에 정착해 살고 있는 열혈여성이었다. 스웨덴에서 산
지 5년밖에 안 됐지만 스웨덴 말을 거의 완벽하게 구사해서 현지 삼성

주재원들의 스웨덴어 강사로 활동하는가 하면, 중등학교 영어교사로도 일하고 있었다. 30대에 스톡홀름 대학교에 다시 입학해 초등교사, 영어교사 자격증을 따낸 뚝심 있고 지혜로운 한국 여인이었다.

런던 여행은 영선 씨의 주도면밀한 계획 아래 진행됐다. 라이언에어와 민박집 찾아 예약하는 일까지만 내가 하고, 현지에 도착해 5일짜리 버스 쿠폰을 끊는 거며, 런던 시내 지도를 보며 여행루트를 잡는 것은 영선 씨가 주도했다.

우리가 예약한 민박집은 런던 얼쓰코트 Earls Court에 있는 '키소하우스 www.kissohouse.com' 였다. 런던을 먼저 여행한 분들이 추천해준 한국 민박집이다. 1826년에 지어진 집이라 시설은 낡았지만, 주인이 1층에 일식집을 경영하고 있어서 아침, 저녁식사의 퀄리티가 매우 높았다. 가격도 저렴했다. 방 두 개에 우리 식구 셋, 영선 씨 모자母子, 정은 씨까지 여섯 명인데, 하루 숙박비가 다 합쳐 150파운드였다. 런던에서 별 세 개짜리 호텔방 하나도 이 가격에 구하기는 힘들었다. 숙박비 얘기를 듣고, 런던을 밥 먹듯이 여행하는 스톡홀름 대학교 동료연구원이 "진짜? 아침, 저녁밥을 다주고도 그것밖에 안 내?" 하고 놀라며 자기에게도 소개해달라고 했을 정도다.

드디어 런던으로 떠나는 날. 일요일 오후 4시 비행기라 여유도 있었고, 일행이 많으니 공항버스를 타고 스캐브스타 공항까지 가는 것도 그리 힘들지 않았다. 꼼꼼한 영선 씨는 샌드위치 하나도 돈 내고 사먹어야 하는 라이언에어라는 것을 알고, 미리 집에서 샌드위치와 주스를 준비해왔다.

라이언에어가 런던을 향해 이륙했다. 두 시간으로, 로마보다는 짧지만 프라하보다는 긴 비행시간. 시온이와 민오, 정은 씨가 나란히 앉고, 나와 영선 씨는 주원이를 가운데 두고 앉아서 수다를 떨었다. 주원이가 몸을 배배 틀기 시작했다. 복도로 내려서겠다는 의지를 강하게 표시하며 칭얼대기 시작한 것이다. 올 것이 왔구나, 싶은데 그때 영선 씨가 가방에서 뭔가를 주섬주섬 꺼냈다. 세상에나! 한국 과자 '빠다코코 넛 비스켓'이었다. 칭얼대던 주원이를 한입에 잠재웠음은 물론이요, 세상에서 제일 맛있다고 해도 과언이 아닌 한국 과자를 라이언에어에서 맛보면서 우리는 5박 6일의 런던 여행이 매우 즐거울 것이란 예감, 아니 즐거워야 한다는 의지를 눈빛으로 나누고 있었다.

02

빅토리아
익스프레스는 멋져!

▶▶▶▶▶▶▶▶▶▶ 라이언에어가 착륙한 곳은 런던 개트윅^{Gatwick} 공항이었다. 저가항공들이 뜨고 내리는 런던의 공항인데, 히드로 공항만큼이나 규모가 커서 시온이 눈이 휘둥그레졌다. 공항에서 런던 시내까지는 빅토리아 익스프레스^{Victoria Express}라는 고속철도를 이용했다. 런던 남부의 교통요지인 빅토리아^{Victoria} 역까지 30분 내에 직행하는 편리한 교통수단이다. 거기서 일반 지하철을 갈아타고 얼쓰코트 역까지 갈 계획이었다. 얼쓰코트 역에서 우리가 묵을 민박집은 걸어서 10분 거리에 있었다.

빅토리아 익스프레스는 한산하고 쾌적했다. 짐칸은 물론 유모차 놓을 공간도 따로 있어서 주원이는 유모차에 실린 채 승차했고, 시온이와 민오는 또 저희들끼리 따로 테이블을 마주하고 앉아 바쿠간*과 비행기를 가지고 이야기꽃을 피웠다. 옆자리에 금발의 젊은 여성 셋이 앉아 있기에 이 열차가 빅토리아 역까지 가는 게 맞는지 물었더니, "우

---

* 공 모양이었다가 펼치면 사자, 용 등이 되는 캐릭터 장난감

리 스웨덴에서 왔어요"한다. 웃음이 터졌다. "우리도 스톡홀름에서 왔
는데……" 빅토리아는 삽시간에 런던 시내로 돌진했다.

빅토리아 익스프레스 덕분에 런던 도심에 가뿐히 안착한 우리는, 표
지판을 보고 얼쓰코트로 가는 일반 지하철 노선을 찾았다. '디스트릭
트 라인 District Line' 이라고 했는데, 워낙 여러 노선이 엉키다 보니 찾기가
힘들었다. 갈아타는 통로가 온통 계단이라 유모차 때문에 애를 먹기도
했다. 매번 일행들에 부탁해 들고 내려야 하니 민망할 지경이었다. '이
길이 아닌개벼~' 하고 다시 계단을 올라와야 할 때는 정말 스웨덴이
그리웠다. 스웨덴은 모든 통로에 에스컬레이터나 엘리베이터가 있어
서 이런 고생을 안 해도 된다.

드디어 디스트릭트 라인을 찾았고, 얼쓰코트 방향 지하철의 플랫폼
에 섰다. 키소하우스 주인장은 내게 민박집 찾아오는 길을 이렇게 알
려줬었다.

"런던 개트윅 공항에 도착하면 빅토리아 역까지 빅토리아 익스프레
스를 타고 오셔서 지하철 디스트릭트 라인을 타시고, 얼쓰코트까지 온
다음 얼쓰코트 로드 Earls Court Road 쪽으로 나오세요. 역을 빠져나오면 오른
쪽 방향으로 길을 잡아 걸으시면 되고, 버거킹과 막스 앤 스펜서가 나
오면 잘 오고 계신 겁니다. 이들을 지나면 두번째 신호등(첫번째 신호등은
아주 작음)이 나오는데 거기서 오른쪽으로 회전하면 바로 건널목이 보이

고 그 앞에 KISSO JAPANESE RESTAURANT이 보입니다."

친절한 주인장의 설명으로 우리는 얼쓰코트 역에서 내려 밖으로 빠져나왔다. 런던 1지구에 해당하는 동네라 그런가 지하철역이 많이 붐볐다. 런던 지도에서는 서쪽에 자리한 동네인데, 자연사 박물관^{Natural History Museum} 정도만 가깝지, 대영 박물관^{British Museum}, 웨스트민스터 사원, 런던 타워^{London Tower} 쪽으로 나가려면 최소 30~40분 이상 버스를 타고 나가야만 했다. 다행히 민박집 바로 앞에 주요명소로 가는 버스정류장이 있어서 그리 어렵지 않게 우리는 런던 여행을 할 수 있었다.

주인장이 말한 대로 키소하우스는 버거킹과 막스 앤 스펜서를 지난 사거리 오른쪽에 네온사인을 빛내며 서있었다.

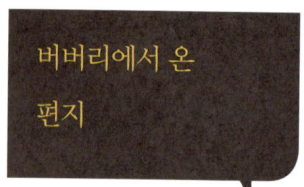

03
버버리에서 온 편지

▶▶▶▶▶▶▶▶▶ 민박집에서 우리를 맞아준 사람은 키소하우스 안주인 박경숙 씨였다. 1층에 자리한 레스토랑의 옆문을 밀고 들어서니 좁다란 계단이 나왔고, 그걸 따라 올라가니 우리가 묵을 2층 숙소

가 나왔다. 3층은 박 씨 가족의 살림집이라고 했다. 2층의 방 두 칸과 주방, 샤워실을 우리만 쓸 수 있어서 좋았다.

늦은 저녁식사를 마련해준 안주인과 함께 이런저런 얘기를 나누게 됐다. 여행의 기쁨은 새로운 사람을 만나고, 새로운 인생이야기를 듣는데 있다. 박 씨 부부의 입지전적인 영국 정착기를 듣고 나니 이 낡은 아파트와 저 아래 일식당이 '성공시대'의 감동으로 다가왔다.

남편 오강 씨와 박경숙 씨는 1991년 거의 빈손으로 런던에 왔다고 했다. 한국에서 하던 사업이 잘 안 되어 이곳저곳을 떠돌다 임신한 아내와 함께 런던 생활을 시작했단다. 은행잔고가 달랑 1파운드에 불과했던 상태에서 출발해 부부는 온갖 시련과 역경을 헤쳐가며 무역업과 레스토랑을 시작했다. 두 남매를 영국 유명 사립학교에 진학시킨 뒤에는 한국에서 온 영국 유학생들의 진로상담까지 해주고 있다. 부부는 그 이야기를 두 권의 책으로 펴내기도 했다. 『버버리에서 온 편지』와 『잃어버린 검정고무신』. 박경숙 씨의 첫 직장이 버버리 매장이었다고 했다.

밤 늦은 술도 모르고 커피를 마시며 안주인과 우리 세 여자가 수다를 떠는데, 주방으로 순한 인상의 중년 남자분이 들어왔다. 이제껏 일식당에서 일하다 온 남편 오강 씨였다. 당차 보이는 아내와 달리 남편은 수줍음이 많아 보였다. '불편한 점 있으면 언제든 말해달라, 밥이든 반찬이든 마음껏 드시라'며 따뜻한 마음을 전해주었다.

솔직히 런던에 대한 나의 인상은 그리 좋지 않았다. 그동안은 출장이 목적이라 앞뒤 둘러볼 겨를도 없이 일만 하고 다른 장소로 이동하는 식이라 사람들 사는 풍경을 즐길 시간이 없었던 탓도 있다. 그림책 작가 존 버닝햄의 햄스테드 자택을 찾아가던 기억과 뮤지컬 〈오페라의 유령〉을 보고 눈물을 훔쳤던 기억 정도다.

그런데 고속철을 타고, 지하철로 갈아탄 뒤 다시 걸어서 도착한 민박집에서 느낀 사람의 온기로 이번 런던 여행은 출발부터 느낌이 남달랐다. 언제나 느끼지만, 여행은 '걸어서' 해야 한다. 땅을 내 몸의 일부로 밟고 지나야 그 땅을 몸이 기억한다.

민오네 모자母子가 작은 방을 쓰고, 우리 식구와 정은 씨가 큰 방을 썼다. 큰 방 큰 침대엔 나와 주원이가 자고, 이층침대에 시온이와 정은 씨가 올라갔다. 오래된 집이라 그런지 바깥에 자동차 지나가는 소음, 사람들 떠드는 소리가 그대로 들려왔다. 몸은 피곤한데 낯선 잠자리라 쉽게 잠이 오질 않았다. 시온이가 잠들고 정은 씨가 잠들고 주원이가 잠들었다. 유모차 밀고 돌진한 런던 여행 첫날의 밤이 깊어가고 있었다.

04

대영 박물관이
부러웠던 이유

▶▶▶▶▶▶▶▶▶▶ 　런던 여행의 가장 큰 행운은 날씨였다. 흐리기
일쑤고 비도 곧잘 흩뿌리는 런던인데, 우리가 런던에 머물렀던 2010
년 4월 첫 주는 비 한방울 오지 않는 맑은 날씨가 계속됐다.

　우리의 첫 목적지는 '대영 박물관'이었다. 『카트라이더 세계일주』〈영
국〉편을 거의 외우다시피 읽은 시온이가 런던에 가면 제일 보고 싶은 것
첫 손가락에 꼽은 것이 대영 박물관의 미라였기 때문이다. 우리는 민박
집 앞에서 74번 버스를 타고 하이드 파크 앞까지 갔다가 다시 대영 박
물관으로 가는 버스를 갈아타기로 했다.

　런던의 시내버스는 빨간 색이지만 모두 2층 버스는 아니었다. 버스
도 유모차에 그리 호의적이지 않았다. 스웨덴 버스는 뒷문(중간 문)으로
유모차가 승하차할 수 있는데, 런던 버스는 일반 승객과 마찬가지로
앞문으로 타서 검표 과정을 거쳐야 한다. 유모차를 세울 공간도 스톡
홀름 버스처럼 널찍하지 않아서 애를 먹었다.

　숙소에서 대영 박물관까지는 한 시간 정도 걸렸던 것 같다. 워낙 보
물이 많은 데다 입장료가 없다 보니 박물관은 늘 도떼기시장처럼 붐볐

관람객의 가장 큰 사랑을 받는 이집트관의 람세스 2세 흉상.

다. 시온에게 입장료가 없는 이유를 설명했다. "자기 나라의 전시품이 일정 수 이상 되지 않으면 입장료를 받을 수 없대. 이 박물관에 전시된 세계 각 나라의 진귀한 보물, 유물들이 영국이 세계에서 힘이 가장 셀 때 다른 나라에서 강탈해온 것들이라 입장료를 받기도 미안하겠지. 대영 박물관을 세계의 유물을 훔쳐다 보관하는 창고라고 비아냥대는 사람들도 많아. 어쨌거나 이름은 대영 박물관인데 영국이 아니라 다른 나라들의 유물을 더 많이 보게 될 거야."

1층에 들어서자 전시기념품을 판매하는 매장 왼쪽으로 오디오 가이

대영 박물관의 '파르테논 신전'. 콧구멍을 벌름거리고 있는 말머리상은 그리스 달의 여신 셀레네의 이륜 전차를 끌던 말로, 전차의 말머리 하나만 수탈해 대영 박물관에 전시하고 있는 셈이다.

드를 빌려주는 데스크가 보였다. 한국말 오디오 가이드가 있다는 표지판에 반색을 하고 달려갔더니, 이미 대여가 완료됐다며 오후에나 오란다. 그만큼 한국 여행자가 많다는 뜻일까. 대한항공^{KAL}이 스폰서했다는 설명도 왠지 가슴 뿌듯했다.

세계 3대 박물관 중 하나인 대영 박물관은 런던 블룸스버리 지역, 러셀 광장 맞은편에 있다. 명문 런던 대학이 근처에 있다. 1759년에 세워진 이 유서 깊은 박물관은 4층 건물인데, 1층과 2층에 주요 유물이 모여 있다.

나는 영선 씨에게 따로 구경을 다니자고 제안했다. 하루는커녕 몇날

며칠을 봐도 제대로 못 볼 그 넓은 박물관에서 서로가 보고 싶어하는 유물의 내용도 다를 것이고, 시간도 절약해야 했기 때문이다. 더구나 주원이가 있는 우리로서는 일행에게 민폐를 끼칠 가능성이 높았다.

람세스 2세의 잘생긴 석상이 있는 1층 이집트 고대유물관을 휘 둘러본 뒤 그 다음부터는 헤어졌다. 우리는 일행과 헤어지자마자 '목적지'를 향해 엘리베이터를 탔다. 오로지 2층에 있는 미라를 구경하기 위해서였다.

시온이는 미라와 사람이 웅크리고 죽은 채 화석처럼 굳은 모습 앞에서 눈을 떼지 못했다. "똑같아, 책에서 본 사진이랑 똑같아." "안 무서워?" 하고 묻자 "무섭진 않고 조금 징그러워" 한다. 아직 죽음이라는 말이 실감나지 않는 아이여서일까. 수천 년이 지나도록 시체를 보존하는 고대 이집트 사람의 매장술에 우리는 감탄했다.

미라 말고도 대영 박물관에는 세계적으로 희귀한 고고학, 민속학 수집품들이 소장돼 있다. 800만 점에 달한다는 유물을 다 둘러보는 건 불가능한 일이어서, 우리는 이집트 상형문자 해독의 열쇠가 되어준 로제타석, 파르테논 신전의 아름다운 부조, 아시리아 제국의 거대한 사자상 등만 집중해서 관람했다.

대영 박물관에서는 영국의 초등학생들이 단체로 관람을 와서 선생님 설명을 듣는 모습을 심심치 않게 발견했다. 바닥에 엉덩이를 붙이고 앉아 궁금한 게 많은지 손을 번쩍번쩍 드는 모습이 예뻤다. 살아 있는 교육이었다. 아름다운 조각상들 앞에서 스케치하는 젊은 대학생들도 많았다. 이탈리아 우피치 미술관에서도 그랬다. 꼭 미술학도가 아니라도 박물관에 갈 땐 조그만 스케치북을 가져가는 것도 괜찮은 방법인 듯했다.

많이 걸어다녀서인지 박물관 문을 나설 때는 배에서 꼬르륵 소리가 났다. 이미 박물관 마당에는 샐러드 또는 샌드위치로 점심을 때우는 사람들이 벤치를 차지하고 앉아 있었다. 햇살 아래 휴식을 취한 뒤 그들은 다시 박물관으로 들어갈 모양이었다. 부러웠다.

05

하이드 파크에서
생긴 일

▶▶▶▶▶▶▶▶▶ 점심을 먹기 위해 우리는 버스를 타고 '하이드 파크' 쪽으로 다시 나왔다. 식당을 찾아헤매다 아사 직전에 눈에 띈 곳이 '피자헛'이다. 시온이와 민오의 환호성은 월드컵 4강 진출을 확정 지은 순간처럼 대단했다.

하이드 파크를 가로질러 흐르는 서펜틴 호수.

한국에서처럼 런던의 피자헛도 북적이긴 마찬가지였다. 피크타임인데다, 일행이 여섯 명이나 되는 우리는 자리가 나기까지 한참을 기다렸다. 테이블 간격은 왜 그리 좁은지, 식사를 마친 손님들이 자리에서 일어나거나 불친절한 종업원들이 피자를 들고 오갈 때 이리저리 부딪치기 일쑤였다.

기름진 피자조각을 걸신들린 듯 먹어치운 뒤 우리는 느린 걸음으로 하이드 파크로 향했다. 하늘은 청명하고, 날씨는 따뜻했다.

걸어도 걸어도 끝없이 넓은 하이드 파크는 서펜틴 호수^{Serpentine Lake}를 중심으로 양쪽으로 갈라져 있다. 이쪽에 있으면 반대쪽이 더 예뻐 보이고 반대쪽에 오면 다시 저쪽이 더 멋져 보이는 공원을 왔다갔다 하며 우리는 여유를 만끽했다.

호숫가에 놓인 초록색 줄무늬 접이식 의자 때문에 약간의 실랑이도 있었다. 허리에 돈주머니를 찬 남자가 가까이 오더니 의자 사용료를 내라는 거였다. 조금만 있다가 갈 테니 좀 봐달라고 하자, 중동 이민자로 보이는 남자는 안 된다며 고개를 저었다. 살짝 빈정이 상해, 이 의자가 당신 거냐고 묻자 그렇단다. 할 수 없이 주원이를 안아 의자에서 내렸다. 선진국이나 후진국이나 장삿속은 마찬가지라는 생각에 짜증이 났다.

그사이 화장실에 갔던 민오와 영선 씨가 만면에 의기양양한 미소를 지으며 달려왔다. 민오가 자랑스럽게 내민 것은 사진이었다. 화장실에 다녀오는 길에 뱀을 목에 걸어주고 사진을 찍어주는 장사꾼을 만난 모양이었다. 겁 없는 민오가 특유의 장난스런 표정을 하고는 내 팔뚝보다 두꺼운 뱀을 목에 칭칭 감고 있었다. "시온이도 해보라고 해요" 민오의 말에 시온이는 기겁을 했고, 나 또한 꿈에 나올까 무서워 진저리를 쳤다.

꿈에 나올까 무서운 일은 바로 그 다음 순간에 벌어졌다. 접이식 의자 쪽으로 도망친 시온이가 "엄마, 주원이 어디 갔어?" 하고 외친 것이다. 뱀 사진에 정신이 팔려 주원이를 깜박 잊었던 것이다. "어머나!" 사방을 둘러봐도 주원이가 보이질 않았다. 혼자서 어디로 걸어간 건가, 누가 데려간 건가. 가슴이 쿵쾅쿵쾅 뛰는데 호숫가에서 오리 떼를 구경하고 있던 정은 씨가 "주원이 저기 있네요!" 한다.

순간 나는 "으악!" 하는 외마디 비명을 질러야 했다. 호수 바로 앞 난간에 주원이가 작은 몸을 웅크리고 앉아 있었던 것이다. 헤엄치는 오리들을 뚫어지게 바라보면서! 한 발만 더 나가면 물이었다.

스톡홀름에서 1년 살면서, 유럽을 여행하면서 이런 아찔한 순간은 몇 차례 더 발생했다. 지금 생각하면 그저 내가 믿는 하나님께 감사할 뿐이다. 스웨덴의 유명한 조각가 칼 밀레의 '보이지 않는 손'이란 작품처럼, 덤벙대는 엄마들로부터 아이들을 보호하기 위해 신의 손길은 작동하고 있었다.

06

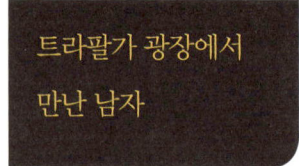

트라팔가 광장에서 만난 남자

▶▶▶▶▶▶▶▶▶▶   여행의 묘미는 우연에 있다. 예고 없이 만나는 사람들, 사건들, 구경거리들. 런던 트라팔가 광장에서 만난 '묘기대행진' 아저씨도 그랬다.

우리는 하이드 파크에서 걸어나와 9번 버스를 타고 '트라팔가 광장'으로 갔다. 버스가 광장 코앞까지 가는 줄도 모르고, 내가 피카딜리 서커스 역 앞에서 내리면 된다고 우기는 바람에 일행은 10여 분이나 걸어서 광장을 찾아가야 했다. 트라팔가 스퀘어는 언제봐도 근사했다. 가운데 뾰족하게 솟은 조형물과 분수, 그 앞에 우뚝 선 '내셔널 갤러리The National Gallery'와 '세인트 마틴 인 더 필즈St. Martin in the Fields'라는 이름의 아름다운 교회가 조화를 이루고 있었다.

묘기대행진의 주인공은 내셔널 갤러리 앞에 있었다. 그는 자신의 공연을 보러 오라고 호객행위를 하는 중이었다. 하나둘 사람들이 모여들자, 호기심 많은 민오가 우리도 구경하고 가자며 제 엄마 팔을 붙잡고 늘어졌다. 다리나 쉬어갈 겸해서 나도 주원이 유모차를 들이밀고 맨 앞자리로 갔다.

주인공은 영어로 쏼라쏼라 빠르게 자기소개하더니 이른바 '요요'라 불리는 아이들 장난감을 가지고 묘기를 선보였다. 나쁘지 않은 솜씨였지만 크게 감탄할 수준도 아니었다. 이탈리아계로 보이는 작은 체구의 남자는 손님들이 실망해 돌아갈까 봐 재빨리 다음 묘기를 선보였다. 줄에다 접시를 걸고 돌리는 묘기였다. 흥미를 돋우기 위해 구경꾼 한 명을 앞으로 나오게 하고는 그의 입에 나무막대를 물린 뒤 요요를 돌려 아슬아슬하게 쳐내는 볼거리도 선사했다.

이제 그만 갈까, 싶은데 남자가 히든카드를 내밀었다. 여성 관람객 한 사람을 불러낸 뒤 자기 몸을 쇠사슬로 꽁꽁 묶게 했다. 쇠사슬로 묶기 전 긴 소맷자락이 있는 코트로 이미 자기 몸을 묶어놓은 상태였다. 꽁꽁 묶인 남자는 3분 이내에 이 쇠사슬과 자물쇠 옷에서 빠져나오겠다고 선언했다.

준비, 시작! 하고 여성 관객이 초시계를 눌렀고, 남자는 이를 악물고 쇠사슬을 풀기 시작했다. 남자의 비법이란 건 그저 몸을 열심히 흔드는 것뿐이었다. 구경꾼이 보기에도 숨이 찰 정도로 어깻죽지부터 세차게 흔들었다. 저렇게 해서 사슬이 풀릴까 싶은데, 실제로 어깨를 묶고 있던 쇠사슬이 철렁하고 떨어져 내린다. 어깨가 풀리니 가랑이 사이로 몸을 묶었던 쇠사슬도 맥없이 풀어졌다. 관중들의 탄성이 쏟아졌다. 이제 자물쇠 옷에서 풀려나는 일만 남았다. 남자는 또 소맷자락을 묶어놓은 고리가 느슨해지도록 몸을 좌우로 가열차게 흔들었다. 그런 다음, 교차된 두 소맷자락을 풀어냈고, 결국 자물쇠 코트를 머리 위로 벗어내는 것으로 미션을 해결했다. 정확히 3분만이었다.

시온이와 민오는 펄펄 뛰며 환호했다. 박수갈채가 쏟아졌다. 내셔널 갤러리의 테라스에 나와 구경하던 사람들도 휘파람을 불었다. 속임수가 아니라, 무식할 만큼 애를 쓰며 성공한 묘기라 더 감동적이었다. 남자의 몸은 땀으로 범벅이 되었고 얼굴은 시뻘개져서 숨을 몰아쉬고 있

1824년에 개관한 '내셔널 갤러리'와 세인트 마틴 인 더 필즈 교회.

었다. 그러나 남자는 박수갈채에 안주할 상황이 아니었다. 흥분한 구경꾼들 앞으로 모자를 던졌다. 구경값을 내라는 것이다. 절반은 그냥 돌아서고 절반은 동전을 던졌는데, 우리는 시온이와 민오를 시켜 모자에 공연관람료를 내게 했다.

"구경 한번 잘했지?" 하고 신이 나서 내려오는데 시온이가 "엄마, 아저씨 좀 봐" 한다. 돌아보니 예의 그 남자는 다시 공연에 들어갔다. 1차 공연에서 만족할 만한 수입을 거두지 못한 걸까. 그 진땀나는 묘기를 처음부터 다시 해야 할 남자를 생각하니 안쓰러운 마음이 들었다. 세상 어느 곳에서나 사람들은 생업을 위해 치열하게 산다. 동전 한 닢도 공짜로 얻어지는 세상이 아닌 것이다.

동선대로라면 우리는 내셔널 갤러리로 들어가야 하는데, 오전 내 대영박물관에 시달린(?) 터라 유럽 3대 미술관 중 하나라는 내셔널 갤러리 관람은 다음 기회로 미루기로 했다. 대신 트라팔가 광장으로 내려섰다. 하루에도 수만 명의 관광객이 지나간다는 이곳은 부활절 휴가를 맞은 여행자들로 붐볐다.

〈해리포터〉 시리즈의 마지막 영화 시사회도 트라팔가 광장에서 했다. 그 사이 성숙한 여인이 된 엠마 왓슨은 트라팔가 광장의 레드카펫을 밟고 올라가며 환호하는 팬들을 향해 감동의 눈물을 흘렸다.

광장은 1805년 스페인 트라팔가 해전에서 나폴레옹 군대를 무찌르고 승리한 것을 기념하여 지어졌다. 광장 중심에 50미터 높이로 뾰족하게 솟은 기념비 위에 서있는 사람이 트라팔가 해전을 승리로 이끈 넬슨 제독이다. 기둥 아랫단 네 개의 면에는 전쟁의 주요 장면을 묘사한 청동부조가 새겨져 있고, 그 아래 네 마리의 사자상이 거룩한 자태

늠름한 장군처럼! 트라팔가 광장의 넬슨 제독 기념비 앞에 선 시온이.

로 관광객을 내려다본다. 전쟁을 통해 획득한 스페인-프랑스 연합군의 총포를 녹여 만들었다는 이 사자상은 여행자들의 단골 사진촬영지여서, 시온이와 민오는 다슘에 사자상까지 올라가 이폼저폼을 잡고 사진을 찍는다고 법석을 떨었다.

광장에서 올려다본 내셔널 갤러리는 무슨 특별전을 하는지 붉은 플래카드가 내걸렸다. 프라하의 민박집에서 만난 30대 한국 여자의 말이 떠올랐다. 회사를 그만두고 여행을 떠난 그녀는 수많은 나라와 도시를 다녔지만 "런던이 최고!"라고 단언했었다. 박물관이 공짜라 더더욱 좋다고 했다. 사람 많고 불친절하고 택시비 비싼 대도시 런던이 뭐가 좋아서? 살인사건도 곧잘 일어나지 아마? 하며 그땐 입을 삐쭉거렸는데, 트라팔가 광장에 앉아 있으니 그 이유를 조금 알 것 같았다. 런던엔 내가 알지 못하는 뭔가가, 한마디 말로 딱히 설명할 수 없는 묘한 매력이 있었다.

07

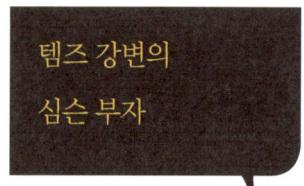

템즈 강변의
심슨 부자

▶▶▶▶▶▶▶▶▶▶   지금은 그렇지 않지만, 주원이는 스톡홀름에 있을 때 아무런 이유도 없이 한밤중에 자지러지게 우는 일이 있었다. 어디가 아픈 것 같지는 않은데, 아무리 달래도 몸부림을 치며 악악 울어젖혀서 이웃주민들이 경찰에 신고할까 봐 가슴을 졸인 적이 많았다. 그렇게 20여 분 발작을 일으키다가 언제 그랬냐는 듯 다시 평온하게 잠들어서, 대체 그 원인이 무얼까 고민했던 기억이 난다.

문제는 여행 중에도 가끔 주원이가 '발작'을 일으켰다는 점이다. 런

빅벤 시계탑 옆의 국회의사당. 역대 영국 국왕들이 살았던 궁전이다.

던 여행 3일째 되는 날 우리는 웨스트민스터 사원과 빅벤을 거쳐 런던 아이 London Eye, 테이트 모던 미술관 Tate Modern Collection 쪽으로 방향을 잡았다. 민박집에서 웨스트민스터 사원까지는 버스를 한 번 갈아타고 갔고, 그 다음부터는 계속 걸었다.

　'수도원 중의 수도원'이란 의미로 정관사 'The'를 붙여 '디 애비 The Abby'라고도 불리는 웨스트민스터 사원까지 간 때만 해도 우리는 평화로웠다.

　'사건'은 빅벤을 구경한 뒤 웨스트민스터 사원 쪽으로 걸어 내려왔을 때 시작됐다. 유모차에서 내린 주원이는 사원 앞마당을 뛰어다니며 좋아라 했다. 사원 기념품 가게도 구경하고, 관광객들을 졸졸 따라다니기도 해서 귀여움을 받았다. 주원이가 '삐뚤어지기' 시작한 것은 울타리 너머 정원 안으로도 들어가려는 것을 내가 제지하면서부터였다. "그 안에 들어가면 아저씨들이 이놈~ 해" 하면서 겁을 준 상태인 데다. 민오네 모자가 다리를 건너 런던 아이 쪽으로 내려가보자고 제안을 해서 마음도 급했다.

말을 듣지 않는 주원이를 번쩍 안아 올려 유모차에 태우고 질주하기 시작한 순간, 아이의 울음이 터졌다. 처음엔 몸을 비틀며 투정하는 수준이었는데, 다리를 건너 반대편 템즈 강변으로 내려설 때쯤 울음소리는 비명이자 괴성으로 변했다. 안아서 달래려는 순간 내 안경이 날아갔다. 힘은 또 어찌나 좋은지 녀석의 거센 몸부림에 뒤로 벌렁 나자빠질 지경이었다.

강변에서 한낮의 태양을 즐기던 사람들의 시선이 집중됐음은 물론이다. 주원이는 이제 내 품에서 벗어나 거의 바닥을 뒹굴다시피 했다. 영선 씨가 안아서 달래려고 해도 말을 듣지 않아서 내가 강제로 아이를 끌어안고 런던 아이 쪽 잔디밭으로 뛰어갔다. 차가운 시멘트 바닥보다는 푹신한 잔디밭에서 울며 뒹구는 게 나을 것 같았다.

30분이나 지속된 주원이의 발작은 잔디밭 위에서 서서히 잦아들었다. 엄마가 저를 포기하고 넋 놓고 앉아 있는 모습이 불쌍해 보였을까. 웨스트민스터 사원 앞에서 본 그 초록 잔디와 비슷한 곳에 와서 기분이 조금 좋아진 걸까. 마침내 울음을 그친 주원이는 잔디를 살살 기어 다니더니 민오 엄마가 사온 아이스크림을 받아먹기 시작했다.

내가 왜 저 어린 주원이를 데리고 여행을 떠나온 걸까. 어차피 떠나야 했던 여행이라면 절대 타이트하게 여행일정을 짜서는 안 된다는 걸 절감했다. 박물관 관람 중간중간 널찍한 공원에서 여독을 풀 수 있게 끔 뛰놀게 해야 하고, 아이가 지쳐서 '이제 그만 갈래' 할 때까지 기다려주는 여유가 필요했다.

런던 아이는 아래에서 올려다보기만 하고 타지는 않았다. 세계에서 가장 높은 회전관람차이고, 135미터 꼭대기에 올라가면 40킬로미터 떨어진 곳까지 보인다는 명물이었지만, 대기자 줄이 너무 길었다. 대신 우리는 점심밥을 해결할 식당을 찾아 템즈 강 동쪽으로 걸어 내려갔다.

'보물'을 만난 건 그때였다. 헌책시장이 열리고 있던 것이다. 어린이 그림책부터 시집, 소설책, 사전까지 그 종류가 얼마나 다양한지 우리는 입을 딱 벌렸다. 시온이는 비행기 사진이 잔뜩 수록된 책을 한 권 발견하고 환호성을 질렀다. 울나 시친 주원이가 잠이 든 덕분에 우리는 실컷 헌책들을 구경했다. 나는 파올로 코엘료의 소설책 한 권과 그림책을 몇 권 샀고, 영선 씨는 민오에게 읽힐 스토리북을 샀다.

'심슨 부자父子'를 만난 게 점심식사를 하기 전이었는지, 후였는지는 모르겠다. "엄마, 저기 좀 봐" 하는 시온이와 민오의 외침을 듣고 우리

템즈 강변에서 열린 헌책시장. 동화책부터 전문학술서까지 다양한 책들이 나와 있다.

는 모두 난간 아래를 내려다보았다. 모래사장에 아빠와 아들로 보이는 두 사람이 삽을 들고 뭔가를 작업하고 있었다. 처음에 우리는 그 캐릭터를 알아보지 못했다. 워낙 그림이 컸기 때문이다. 누군가 "심슨이야!" 하는 소리에 깜짝 놀라 다시 보았더니 정말 심슨 부부의 모습이 모래(진흙인가?)사장 안에 새겨지고 있었다. 원본이 있고, 그걸 따라 모래 위에 밑그림을 그린 뒤 아빠와 아들은 그림 가장자리의 모래를 파

미국의 유명 만화 '심슨'의 캐릭터를 모래사장에 새기고 있는 아빠와 아들.

내고 있었다. 이것도 '쇼'인가 싶어 동전바구니를 찾으니 보이지 않는
다. 단순히 두 사람의 놀이일 뿐일까? 분명한 것은 아마추어의 솜씨는
아니라는 것이었다. 비가 오면 다시 뭉개질 텐데, 저 아빠와 아들은 왜
저리도 열심히 '작품'을 만들고 있는 건까. 그때였다. 곁에 있던 시온
이가 혼잣말로 중얼거렸다. "아, 아빠 보고 싶네."

빅벤과
한물간 마술사

▶▶▶▶▶▶▶▶▶▶ 　나에게 런던, 하면 가장 먼저 떠오르는 두 곳은
빅벤과 테이트 모던 미술관이다. 잘생긴 외모에 매시 정각 울려퍼지는
빅벤의 종소리가 유난히 아름답기 때문이고, 발전소를 세계 최대 규모
의 현대미술관으로 변신시킨 테이트 모던 미술관의 위대한 아이디어
가 그곳에 소장된 작품들과 더불어 오랜 여운을 안겨줬기 때문이다.

　애니메이션 〈일루셔니스트illusionist〉에서 빅벤은 수채화풍의 그윽하고
도 환상적인 색채로 그려진다. 한물간 늙은 마술사가 무대 뒤에서 대
기 중이다. 바로 앞순서에 생쇼를 하며 여자 관객들을 열광시키는 아
이돌그룹 때문에 무려 한 시간 넘게 기다리는 중이다. 빅벤이 현재의
시각을 알리는 종소리를 런던 전역에 웅장하게 뿜어낸다. 아이돌그룹
의 퇴장과 함께 관객이 썰물처럼 빠져나가고 달랑 할머니와 손자뿐인
객석을 향해 늙은 마술사가 공연을 시작한다.

　시온이에게 빅벤이 왜 빅벤인 줄 아느냐고 물었더니, "크니까" 하며
씨익 웃는다. 시계탑 공사를 담당했던 벤자민 홀Benjamin Hall 경의 이름
'Ben'과 '크다'를 뜻하는 영어 'Big'에서 그 이름이 유래했다고 알려

주자 "내가 만들었으면 빅조, 아니 빅시온이 되는 거야?" 한다.

테이트 모던 미술관은 템즈 강변에서 헌책시장을 구경하고 점심을 먹은 뒤 한 10여 분 다시 걸어 도착했다. 현대미술을 아이들에게 보여주기 위해서라기보다는, 발전소였던 건물이 어떻게 미술관으로 변신했는지 보여주고 싶었다.

흉물이 되어버릴 뻔한 화력발전소는 다시 봐도 아, 하는 탄성이 나올 만큼 그 자체로 '설치미술'이었다. 내부로 들어서면 그 감동은 배가 된다. 발전소 지하 기계실이었다는 널찍한 지하공간으로 내리막길이 이어지고, 굴뚝을 그대로 둔 덕에 독특한 공간감이 느껴진다. 층층마다 에스컬레이터, 엘리베이터가 연결돼 있어 유모차를 밀고 관람하기에도 수월했다.

우리는 일단 4층으로 올라가 한층한층 내려오면서 관람을 시작했다. 모네, 마티스, 뭉크, 피카소, 달리, 드가, 모딜리아니, 몬드리안, 앤디 워홀, 잭슨 폴락에 이르기까지 20세기를 빛낸 예술가들의 작품이 한곳에 모여 있으니 하나라도 놓칠까 봐 머리가 아플 지경이었다. 미술책에서 본 뒤샹의 '샘^{Fountain}'을 보고 시온이는 "저거 변기 아니야?" 하며 신기해했다. 수화기가 바닷가재로 돼 있는 달리의 '바닷가재 전화기^{Lobster Telephone}', 피카소의 '우는 여자^{Weeping woman}'처럼 뒤죽박죽 기묘한 그림들을 재미있어 하는 걸 보면, 아이들에겐 현대미술이 훨씬 어

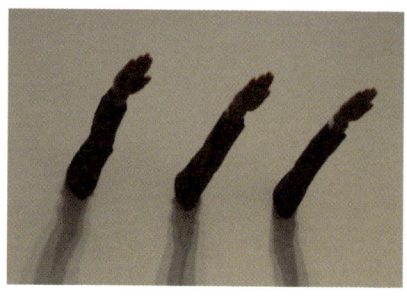

뉴욕 모마(MOMA)와 함께 현대미술의 명작들을 소장하고 있는 테이트 모던 미술관.

필하는 것 같다.

　나는 달랐다. 로댕의 '키스'는 어쩜 저리도 애틋한지, 드가의 조각상 '열네 살 소녀 댄서'도 아름다웠고, 자코메티의 기형적으로 깡마른 조각상들 앞에서도 떠나기 싫었다.

물론 우리는 테이트 모던의 유명 작품들을 다 보지 못하고 떠나야 했다. 아이들의 참을성에는 한계가 있었고, 종일 걸어다니다 보니 어른들도 지쳐 있었다. 좀 쉬었다가 다시 보자고 제안했지만, 시온이와 민오가 고개를 절레절레 젓는다. 잔디밭에 앉아 어른들은 레모네이드를 마시고 아이들은 템즈 강을 바라보며 뛰어놀았다. 우리가 런던 시민이라면 오늘 못 본 작품들을 다음 주말에 다시 와서 보면 좋을 텐데, 하고 어른들은 아쉬워했지만 아이들은 아니었다. 런던이든, 스톡홀름이든, 서울이든, 그저 자유롭게 뛰어놀 수 있는 시간과 공간이 있다면 그걸로 즐겁고 행복했다.

09

옥스포드 대학
다니기 싫다고!

▶▶▶▶▶▶▶▶▶ 런던 여행 4일째 되던 날 우리 일행은 두 그룹으로 나뉘었다. 내가 기차를 타고 옥스포드Oxford 대학교를 구경하러 가

겠다고 하자, 영선 씨는 고개를 저었다. 아들 민오와 둘이서 런던 시내를 관광하겠단다. 단순히 취향의 차이가 아니었다. 오리지널 한국 엄마인 나는 옥스포드라는 세계 지성의 산실, 아니 '명문' 대학을 아들에게 보여주고 싶은 욕심이 앞섰지만, 오랜 외국 생활에 유럽적인 가치관을 가지고 있는 영선 씨에겐 옥스포드 대학이 별 의미가 없었던 것이다. "민오와 저는 런던이나 실컷 즐기고 갈래요."

버스를 타고 우리는 패딩턴 Paddington 역으로 갔다. 거기서 옥스포드로 가는 열차가 출발하고 있었다.

패딩턴에서 옥스포드까지는 한 시간 남짓 걸렸다. 우리가 끊은 왕복 기차표는 유효기간이 한 달이나 남아 있어서, 그전이라면 아무 때나 그 표를 가지고 런던으로 돌아오는 기차를 탈 수 있었다.

옥스포드는 소박한 대학도시였다. 스톡홀름에도 기차로 40분 거리에 웁살라라는 유명한 대학도시가 있는데, 두 도시가 자아내는 공기가 비슷했다. 조용하고, 평화롭고, 지적이고. 성수기가 아니라 그런지 관광객은 많지 않았다.

유모차 캐노피 위에 옥스포드 시내 지도를 펼쳐놓고 나는 열심히 일행을 이끌었다. 투어버스가 눈에 띄었지만 우리는 걸었다. 오랜(?) 경험, 짬밥에 비춰볼 때 걸어서 구경하기 충분한 도시였던 것이다. 역에서 시내로 들어가는데도 15분 정도밖에 걸리지 않았던 것 같다.

전망대가 있는 세인트메리 교회까지 걸어간 다음, 우리는 '크라이스트 처치' 쪽으로 우회전해 내려갔다. 12세기에 헨리 2세가 옥스포드에 흩어져 있던 대학을 통합했고, 현재는 38개 칼리지의 연합체로 이뤄진 옥스포드 대학교에는 '정문'이 따로 없다. 가장 유명한 칼리지이자 영화 〈해리포터〉의 촬영지로도 널리 알려진 크라이스트 처치가 정문 역할을 하는 셈이다.

크라이스트 처치를 구경하기 전, 우리는 정문 앞 한 식당을 찾아 들어갔다. 운 좋게도 그 식당의 테마가 『이상한 나라의 앨리스』였다. 한쪽 벽면에 거대한 토끼를 비롯해 동화 속 한 장면이 그려져 있었다. 조금 비싸긴 했지만 음식도, 커피도 맛있었다. 식당에서 나와 보니 바로

옥스퍼드 '크라이스트 처치' 정문 앞에 있던 레스토랑 내부. 『이상한 나라의 앨리스』의 한 장면이 벽화로 그려져 있다.

옆 건물에 '앨리스 샵'이 있다. 『이상한 나라의 앨리스』를 쓴 루이스 캐럴이 옥스포드대 수학과 교수였다더니, 크라이스트 처치 앞에는 앨리스를 테마로 한 식당과 기념품 가게들이 손님들을 즐겁게 하고 있었다.

크라이스트 처치는 캠퍼스라기보다는 한적한 시골마을 같았다. 캠퍼스를 둘러싸고 오밀조밀 이어진 흙길을 걷고 있자니 마음이 다 평온해졌다. 흙을 발로 차며 걷고 있는 시온이에게 물었다. "옥스포드 참 좋지?" "아니, 재미없어. 민오랑 런던 시내 구경갈 걸 그랬어." "여기

38개 칼리지의 연합체인 옥스포드 대학의 전경. 수도원처럼 고요하다.

가 얼마나 유명한 대학인 줄 아니? 하버드만큼이나 좋은 대학이야. 시온이가 나중에 커서 이런 학교에서 공부하면 얼마나 좋을까." 순간 시온이 펄쩍 뛰었다. "싫어! 이렇게 재미없는 시골에서 살라는 거야? 이런 심심한 동네는 딱 질색이라구."

그 말에 웃음이 터졌다. 시온이의 말에도 일리가 있어서다. 철대문 너머로 들여다본 캠퍼스는 개미새끼 한 마리 지나가지 않는 게 그 자체로 적막이었다. "대체 학생들은 죄다 어디 간 거야?" 나중에 스톡홀름 대학교에 안식년을 맞아 와 계시던 홍익대 이유미 교수에게 들어보니, 학생들이 강의를 듣는 곳은 일반에 개방되지 않아서 어차피 구경할 수가 없는데, 캠퍼스 안에서조차 학생들이 웃고 떠들고 노는 풍경은 거의 볼 수 없다고 했다.

수도원 같다고 해야 할까. 아무튼 옥스포드 대학은 정말 학문이 좋아서, 책 파고드는 일이 세상에서 제일 행복한 사람들이 와야겠다는 생각이 들었다. 공부보다 놀기, 책보다 사람들 만나 수다 떨며 여행하는 게 미치도록 좋은 나 같은 사람들은 우울증 걸리기 딱 좋은 도시인지도 모른다.

정은 씨는, 그러지 말고 우리도 크라이스트 처치 관람티켓을 끊어서 들어가 보자고 했다. 실제로 줄이 길게 늘어선 곳이 있었다. 영화 〈해리포터〉에 등장하는 학생식당을 구경하기 위해 관람티켓을 끊으려는 사람들이었다. 우리는 줄의 맨 끝에 섰다.

10여 분 지났을까. 얌전히 앉아 있던 주원이가 유모차에서 내리겠다고 우기더니 그예 모래가 깔린 마당으로 자박자박 걸어간다. 우리 차례가 얼마 안 남았다는 생각에 초조한데 주원이는 모래장난을 멈출 생각을 하지 않았다. 마침내 티켓을 구입할 차례가 되어 나는 놀고 있는 주원이를 번쩍 안고 매표소로 향했다. 주원이가 자지러지게 울기 시작했다. 템즈 강변의 악몽이 되살아났다. 나는 해리포터 식당이고 뭐고 다 던져버리고 주원이를 안은 채 줄을 이탈했다. 시온이와 정은 씨가 매우 실망한 표정으로 터벅터벅 뒤따라나왔다.

주원이는 크라이스트 처치의 숲길에 돌아다니는 새들을 보고 금세 울음을 그쳤지만, 그렇다고 해서 다시 티켓을 끊으러 갈 수도 없는 노릇이었다. 시온이에게 정은 씨와 둘이서 보고 오라고 하자 고개를 젓는다.
"그럼 나중에 커서 다시 와보자. 영화에서 실컷 봤잖아. 괜찮지?"

크라이스트 처치에서 나온 우리는 다시 세인트메리 교회 쪽으로 올라왔다가 옥스포드 대학의 다른 칼리지들이 모여 있는 구역으로 산보를 했다. 대로변이라 많은 상가들이 있었다. 그중에서 우리는 두 군데 매장에 들어갔다. 옥스포드 대학 티셔츠와 모자를 판매하는 가게와 옥스포드 사전을 파는 서점. 티셔츠는 한 장에 무려 5~6만 원일 만큼 비싸서 만지작거리기만 하고 돌아나왔다. 서울에 똑같이 생긴 1만 원짜리 티셔츠가 천지일 터였다. 대신 서점에서 옥스포드 영영사전을 한

권 샀다. 서울로 돌아와 그 사전을 펼쳐본 일이 다섯 번도 채 안 되지만, 그 사전을 보면 옥스포드의 추억이 오롯이 떠오른다. 지루할 정도로 조용하고 평화로운 그 도시의 질감이 고지식한 영영사전과 참 닮아 있다는 생각이 든다.

10

자연사 박물관은 살아 있다

▶▶▶▶▶▶▶▶▶▶   엄마 따라 옥스포드에 간 걸 몹시 후회한 시온이는 런던 여행 닷새째 날에는 민오와 영선 씨만 졸졸 따라다녔다. 민오네는 런던 타워에 갔다가 총리 공관이 있는 다이닝가 10번지까지 구경한 모양인데, 특히 '런던 타워'가 멋졌다며 민오의 자랑이 대단했다.

일단 오전에는 자연사 박물관에 가기로 했다. 순전히 시온이와 민오를 위해 선택한 장소라 정은 씨는 이날만큼은 혼자 다니기로 했다. 첫날 대영 박물관 유물들을 제대로 보지 못했다면서 다시 그곳을 관람한 뒤 우리 식구와 오후에 런던 타워에서 만나기로 했다. 민오가 하도 자랑을 해서 안 가볼 수 없는 상황이었다.

자연사 박물관은 민박집에서 서너 정거장밖에 떨어져 있지 않아 좋았다. 74번 버스를 타면 우리 국립중앙박물관에서도 초대전을 했던 '빅토리아 & 앨버트 박물관'을 거쳐 자연사 박물관 앞에 선다. 1882년 대영 박물관으로부터 분리된 자연사 박물관은 오전 10시가 조금 넘었을 뿐인데도 입구부터 줄이 길게 늘어서 있었다. 영선 씨는 엊그제 버스 타고 갈 때 봤던 줄보다 짧다며 좋아했지만, 나는 아무리 유명한 박물관이라지만 이렇게 줄을 서가면서까지 기다릴 필요가 있을까 싶었다. 스톡홀름에도 자연사 박물관이 있어 공룡 좋아하는 시온이와 이미 본 적이 있고, 자연사 박물관이 거기서 거기지 뭐, 싶었던 것이다.

그러한 고정관념은 런던의 자연사 박물관에 들어간 순간 사라졌다. 시온이를 감탄하게 만든 '뼈대만 남은 공룡'을 시작으로 흥미진진한 동선으로 구성해놓은 박물관은 주원이마저 행복하게 했다. 영선 씨는 시온이와 민오는 자기가 데리고 구경시킬 테니 주원이만 데리고 가뿐하게 관람하시라고 나를 배려했다.

지구상에 한때 존재했거나 지금 존재하고 있는 동식물과 광물의 표본, 그리고 인간 생태의 다양한 모습들. 그곳엔 장구한 생명의 역사와 인간의 의미를 되새기게 하는 무언의 힘이 있었다. 그저 아이들 흥미를 끌 공룡화석이나 있고, 간간이 체험학습을 제공하는 과학관인 줄 알았는데, 웅장한 외관부터 심상치 않더니 박물관 내부는 어느 유구한

런던 자연사 박물관 1층 로비에 전시된 '뼈대만 남은 공룡'.

성당, 아니 궁전 못지않은 위엄이 있었고, 전시물도 흥미진진했다.

　나중에 알게 된 것이지만, 런던 자연사 박물관은 영화 〈박물관이 살아 있다〉의 촬영지였다고 한다. 박물관 이야기가 책으로도 나와 있다는데, 서평만 봐도 꼭 사서 읽어보고 싶은 욕구가 생긴다. 제목이 『런던 자연사 박물관』이었다. 박물관의 전면에 드러난 전시 기능이 아니라 이면에 감춰진 연구 기능을 소개한 책이란다. 고래 뼈나 구석기 유물이 전시된 방 너머, '직원 외 출입 금지' 문으로 들어서면 펼쳐지는 세상, 수십만 개 표본들을 기록하고 분류하여 컬렉션으로 다듬어내는 과학자들의 서식처를 안내하는 책이라고 해서 구미가 당겼다. 저자인 리처드 포티는 런던 자연사 박물관 고생물학부에서 36년을 몸담은 사람이라고 했다.

주원이는 나비 표본, 새 표본을 유심히 바라봤다. 나비 표본이 무려 1만 5천여 종이라더니 나비만 모아놓은 유리장 안이 장관이었다. 크고 작은 새들이 저마다의 자태로 서있는 전시장 앞에서 주원이는 처음엔 멀찌감치 떨어져 경계하다가 움직이지 않는다는 것을 알고 조금씩 다가섰다.

발길 닿는 대로 가다 보니 '지구'와 '환경'을 테마로 한 전시장이 나왔다. 녹슨 철판으로 만든 거대한 지구본 사이로 에스컬레이터가 통과하게 해놓은 아이디어가 기발했다. 우리는 2층으로 올라가지 않고 공룡 뼈대가 있는 박물관 입구로 걸어나와 로비 양 옆에 전시된 호랑이, 코끼리 등 각종 동물들의 박제를 구경했다. 박물관 아트샵 위로, 마치 정글 탐험하듯 꾸며놓은 통로도 유모차를 밀고 올라갈 수 있어서 재미있게 구경했다. '숲속'인 만큼 약간 컴컴하지만, 오솔길을 돌면 두 마리의 토끼가 앞발을 세운 채 서서 아이들을 즐겁게 한다.

약속한 12시에 나는 시온이 일행을 만났다. 두 볼이 발갛게 상기된 시온이가 말했다. "동물들이 살아 있는 것 같아. 분명히 죽은 것들인데, 나를 바라보는 눈빛이 반짝이는 게 꼭 살아서 움직일 것만 같았어."

11

런던 타워의
영광과 비극

▶▶▶▶▶▶▶▶▶▶   자연사 박물관에서 나와 우리는 민오네와 헤어졌다. 민오가 전닐 보고 지랑해마지 않았던 런던 타워를 구경하기 위해 우리 세 식구는 버스를 탔고, 런던 타워에 다시 가고 싶다는 민오를 설득해 영선 씨는 소호로 향했다. 우리는 오후 2시를 전후해 런던 타워 입구에서 정은 씨를 만나기로 약속했었다.

우리는 별 어려움 없이 런던 타워에 도착했다. 문제는 2시가 훨씬 넘

영국 중세 시대의 왕궁이자 감옥
이었던 런던 타워. 피의 역사가
서린 요새 안에서도 아이들은 마
냥 즐겁다.

도록 정은 씨가 나타나지 않는다는 거였다. 시온이와 내가 '피쉬 앤 칩
스fish & chips' 라는 영국 대표 음식을 매표소 앞 벤치에 앉아 다 먹어치울
때까지 정은 씨는 나타나지도, 휴대전화를 받지도 않았다.

다 큰 성인이니 어련히 알아서 입장하려니 믿고, 우리는 3시가 다돼 런던 타워에 입성했다. 영국 왕권의 상징이자 노르만 군사건축의 전형적인 형태를 지닌 런던 타워. 그런데 이 왕궁은 지금까지 보아온 국왕의 거처와는 사뭇 다른 분위기를 연출하고 있었다. 스산하다고 해야 할까.

이유가 있었다. 11세기 처음 세워진 이래 런던 타워는 왕궁으로, 방어용 성채로, 감옥이자 처형장으로, 무기고이자 왕실 보물 저장고로, 조폐국으로 다양하게 이용됐다고 한다. 특히 감옥이자 처형장이었다는 사실이 굉장히 중요해서, 런던 타워는 마치 요새처럼 고립되고 갇힌 공간으로서의 어둠과 우울함이 진하게 배어 있었다.

런던 타워로 들어서자 관람 출발지점에 오디오 가이드를 대여하는 곳이 있었다. 운 좋게도 한국말로 소개되는 오디오가 있어서 시온이와 나는 귀에다 꽂고 관람을 시작했다. 오디오 속 가이드가 지시하는 대로 이리 갔다 저리 갔다 하며 열심히 청취했건만, 주원이 유모차도 밀어야 하는 탓에, 그리고 '가이드'가 매우 불친절한 탓에 우리는 곧잘 헤맸다. 화이트 타워를 설명하는데 블러디 타워 Bloody Tower 앞에 서있었으니 말이다.

런던 타워가 유명해진 이유는 그곳에서 벌어진 권력과 왕좌를 둘러싼 '피의 역사' 때문이다. 왕족을 비롯한 고위층들의 감옥이자 고문장, 처형장으로 쓰이면서 비극의 무대가 된 것이다. 12세에 왕위에 오른 에드워드 5세와 헨리 8세의 부인이자 엘리자베스 1세의 어머니인 앤 불린, 헨리 7세의 증손녀로 왕위에 오르기도 했던 제인 그레이 등 많은 이들이 이곳에서 처형되었고, 엘리자베스 1세를 비롯해 유폐되었다가 풀려난 이들도 부지기수란다.

견고한 외부 성곽과 내부의 크고 작은 타워들이 모인 복합체인 런던 타워의 핵심은 11세기 노르만의 정복왕 윌리엄이 1078년에 세운 화이트 타워White Tower다. 흰빛으로 칠을 해서 화이트 타워라고 불리는데, 높이가 30미터로 11세기에는 런던에서 가장 높은 건물이었단다. 그 옆 블러디 타워는 에드워드 5세와 동생이 삼촌에 의해 유폐되었다가 처형당한 곳이라고 했다. 타워 그린Tower Green에서도 헨리 8세의 아내 앤 불린을 비롯해 모두 일곱 명이 사형을 당한 곳으로 악명이 높다 하니 목덜미가 섬뜩했다. 밤이면 이 일대가 원혼들로 북적이지 않을까 하는 엉뚱한 상상도 해봤다. 템즈 강변으로 이어지는 '반역자의 문Traitor's Gate' 앞에서도 우리는 기념촬영을 했다. 처형을 앞둔 죄수들이 배를 타고 들어올 때 사용하던 문이라고 했다. 그 문 너머로 런던의 상징인 '타워 브리지Tower Bridge'가 보였다.

싫다는 시온이를 억지로 중세시대 복장을 한 영국 아저씨 옆에 세워 놓고 사진촬영을 한 뒤 우리는 '주얼리 하우스Jewel House'로 갔다. 다른 타워와 달리 주얼리 하우스는 줄이 꽤나 길게 늘어서 있었다. 값비싼 보물들이 수두룩하니 제한된 숫자의 입장객을 들여보내고 있는 듯했다.

드디어 입장! 어두컴컴한 건물을 줄지어 관람순서에 맞게 따라 돌아야 하는 탓에 주원이가 걱정되었지만, 의외로 말썽을 피우지 않았다. 유모차에서 내려 걷겠다고 칭얼대면 아이를 안아 올려 주위의 볼 것들로 관심을 유도했다. 신기하게도 주원이는 흑백 영상으로 보여주는 영국 여왕들의 대관식을 아주 재미있게 봤다. 뚫어져라 그 장면을 지켜보더니 비디오가 끝나 다른 방으로 넘어가려 하자 안 가겠다고 떼까지 썼다. 무엇이 이 어린 '공주님'을 감동케 한 건지.

우리는 주얼리 하우스의 하이라이트인 주얼리 방으로 넘어갔다. 1303년 이래 영국 왕가의 진귀한 보물들을 보관하고 있는 곳이다. 실제로 열두 개나 되는 왕관에 왕홀, 보주, 검 등 영국 왕실의 호화로운 보물들이 소장돼 있다. 그중에서도 왕관은 인기 만점이었다. 가장 아름다운 왕관들을 한 줄로 진열해놓고 관람객들은 그 주위를 컨베이어 벨트 같은 것에 올라탄 채 구경한다. 세계 최대 다이아몬드인 '아프리카의 별'을 비롯해 1837년 빅토리아 여왕을 위해 2천800개의 다이아몬드로 제작한 왕관 등, 그 우아하고 아름다운 기품에 탄성이 절로 나왔다. 한 바퀴만 돌고 가려던 것을 '언제 이 왕관을 다시 볼 수 있겠나' 싶은 마음에 두 바퀴 돌았고, 주원이가 또 칭얼거리는 바람에 한 바퀴를 더 돈 다음에야 우리는 주얼리 하우스를 빠져나왔다.

두 여인이 감탄한 정도에 비하면 시온이의 반응은 시큰둥했다. "임금님 칼은 한번 만져보고 싶더라"가 최고의 반응이었다. "우리 늦둥이가 여왕에 관심을 보이는 걸 보니 대성할 것 같다. 안 그러냐?" "그건 잘 모르겠고, 대체 민박집엔 언제 돌아갈 거야?"

그 시각이 되도록 정은 씨는 그림자도 보이지 않았다. 대체 무슨 일이 생긴 걸까?

12

타워 브리지 위에
올라가니

▶▶▶▶▶▶▶▶▶▶ 주원이를 위해 런던 타워 앞 템즈 강변에서 놀다가 우리는 타워 브리지로 향했다. 다리 중간쯤까지 와서 돌아본 런던 타워의 정경은 뒤쪽의 현대식 유리건물들과 어우러져 기묘한 감동을 자아냈다.

템즈 강 하류에 빅토리아 스타일로 건축된 교각인 타워 브리지는 호레이스 존스 경의 디자인으로 1887년 착공돼 1894년에 완공되었다고 한다. 런던 타워 옆에 있어 이름이 타워 브리지가 됐다. 100년이 넘는

런던 타워 옆에 자리한 타워 브리지. 중세시대의 성을 연상시키는 카리스마가 있다.

유구한 역사를 입어 그런가, 크고 작은 고딕풍의 첨탑들이 중세의 성을 연상시키는 타워 브리지는 다리에 발을 들여놓는 순간부터 행인들을 압도하는 카리스마가 있었다.

교각의 중앙이 개폐식으로 돼 있다는 것도 타워 브리지가 유명한 이유다. 큰 배가 통과할 때 90초 동안 무게 1천 톤의 다리가 수압을 이용해 열린다고 한다. 다리 위를 지나는 교통량이 증가하면서 그 횟수를

타워 브리지에서 건너다본 런던 타워. 런던 타워 뒤로 현대 건축물들이 보인다.

줄였다는데, 배가 지나갈 땐 보행자들은 엘리베이터를 타고 2층의 보행로를 이용해 건넌다고 했다.

다리 위를 걷다가 관광사무소 같은 곳이 보여 호기심에 문을 열고 들어갔더니, 안내원이 타워 브리지 전시관과 빅토리아 시대부터 있었던 엔진실을 구경할 수 있다고 한다. 어른이 7파운드, 아이가 3파운드다. 티켓을 샀더니 사진도 찍어준다. 합성사진이었다. 마음에 드는 타위 브리지 사진을 선택하면 우리 가족사진을 그 위에 합성하는 식이다. 어차피 야경은 보지 못할 것 같아서 나는 야경이 아름다운 타워 브리지 풍경을 선택했다.

사진을 찍고 나서 우리는 엘리베이터를 타고 다리의 가장 높은 층으로 올라갔다. 전시관이 대단하지는 않았다. 타워 브리지의 공사 모습, 설계도와 함께 '세계에서 가장 유명한 다리'들이 사진과 함께 전시돼 있다. 아쉽게도 한국의 다리는 없었지만, 우리가 보았던 프라하의 카를교, 그로부터 몇 달 뒤 보게 될 스위스 루체른의 카펠교를 비롯해 샌프란시스코의 골든 게이트 브리지, 시드니의 하버 브리지 등 저마다 독특한 역사와 디자인을 지닌 교각이었다.

전시장에서 나와 우리는 빅토리아 시대부터 있었다는 엔진룸으로 향했다. 안내원은 파란 선을 따라가면 된다면서 지도 한 장을 주었는데, 엘리베이터를 타고 1층으로 내려가 그대로 따라가보니 타워 브리지 남단이 나왔다.

갑자기 다리 위로 나온 우리로서는 당황하지 않을 수 없었다. 엔진실이 타워 브리지 내부 어딘가에 있어야 하는 것 아닌가. 우리가 잘못 나왔나? 다시 지도를 들여다봤다. 자세히 보니 남쪽 교각 밑으로 나온 것까지 정확했고, 엔진실은 그로부터 100여 미터 거리의, 다리를 벗어난 독립된 건물에 자리하고 있었다.

서울에서라면 관람객의 항의가 빗발칠 일이었다. 곳곳에 가이드가 서있어서 안내를 해야 하는데, 지도 한 장 덜렁 주고 찾아가라니 말이다. 지도 자체도 약간 수상해서, 엔진룸이 있는 건물을 빙빙 돌게 한 다음 도착하게 했다.

엔진룸은 지하 보일러실을 연상케 하는 풍경이었다. 기계라면 편두통이 생기는 나는 건성건성 구경하다가, "여기가 타워 브리지를 밀어올리던 엔진이 있는 곳이래" 하는 말로 설명을 끝냈다. 다행히 기계실 다음 칸에 아이들을 위한 공간이 있었다. 손으로 엔진의 손잡이를 돌리면 미니어처로 제작된 타워 브리지의 교각 중앙이 들어 올려졌다. 오빠가 하는 걸 저도 해보고 싶어 주원이는 눈을 반짝였다.

우리는 엔진룸에서 나와 템즈 강변으로 내려갔다. 아직 햇살이 남아 있었고, 언제 다시 볼 수 있을지 모를 타워 브리지와 런던 타워, 템즈 강 양 옆으로 펼쳐진 최첨단 건축물들의 풍광을 눈에 실컷 담아가고 싶었다. 강변의 초록 잔디도 우리를 유혹했다. 드넓은 잔디밭에 내려놓자 주원이는 깡충깡충 뛰어다녔다. 아무런 놀이기구도 없는데 시온이와 주원이는 뭐가 그렇게 재미있는지 서로를 쫓아다니며 까르르 웃어댔다.

그때 내 머릿속엔 잊고 있던 일이 하나 스쳤다. 정은 씨! 아무래도 뭔 일이 있지, 싶더니 저녁나절 어둑어둑해진 시간에 도착한 얼쓰코트의 민박집에선 '엄청난' 소식이 우리를 기다리고 있었다.

13

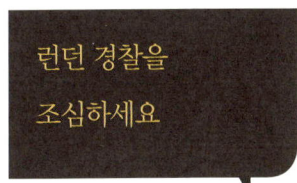

런던 경찰을
조심하세요

▶▶▶▶▶▶▶▶▶▶ 저녁 7시 넘어 민박집에 도착하자, 영선 씨가 '그렇잖아도 왜 이렇게 늦나 걱정하고 있었다'며 반색했다. 정은 씨는 어디 있냐고 묻자, 영선 씨 뒤로 사색이 된 정은 씨가 힘없이 나타났다. "무슨 일이 있었던 거예요? 런던 타워에는 왔었어요?"

정은 씨를 런던 타워에 오지 못하게 한 사건의 전말은 이러했다. 오전 내 대영 박물관을 다리가 욱신거릴 정도로 구경한 정은 씨는, 관람 도중 알게 된 이탈리아의 젊은 여성과 친구가 되었단다. 함께 전시장을 오르내리며 서로 의견도 나누고 근처에서 샌드위치도 함께 먹었다고 했다.

문제는 런던 타워로 오기 위해 박물관 앞 버스정류장에서 그 이탈리아 여성과 함께 버스를 기다리고 있을 때였다. 갑자기 '경찰'이라면서 여권과 신용카드를 보자는 남자가 나타난 것이다. 제복을 입은 데다 너무나 단호하게 요구를 해서 얼떨떨한데, 옆의 이탈리아 여자가 흔히 있는 일이라는 듯 여권과 신용카드를 보여주더라는 것이다.

'경찰'은 정은 씨에게도 재차 요구를 했다. 여권은 모르겠는데, 신용카드는 왜 보여줘야 하느냐고 묻자 "그래야 당신의 신원을 확실히 알 수 있기 때문"이라며 인상을 쓰더란다. 하는 수 없이 신용카드를 건네줬더니, 이번엔 무슨 단말기 같은 것을 꺼내 비밀번호를 누르라고 하더란다. 의심은 걷잡을 수 없이 커져 가는데, 먼저 시범을 보인 이탈리아 여자가 태연자약한 표정으로 어깨를 으쓱해 보이길래 비밀번호 네 자리를 하나하나 눌렀다고 했다.

마지막으로 엔터^{enter} 버튼을 누르려는 찰나, 아무래도 안 되겠다 싶어 정은 씨는 정류장에 있던 다른 영국남자에게 달려가 "저 사람이 진짜 경찰인지 확인 좀 해달라"며 부탁했다. 순간 '경찰'이 단말기를 쥔 채 자동차들이 쌩쌩 달리는 대로를 가로질러 뛰기 시작했다. 이탈리아 여자도 간 곳이 없었다. 한패였던 것이다. 가슴이 쿵쾅거리고 다리가 벌벌 떨리는데 우리 정은 씨, 그 자리에서 꼼짝을 못하겠더란다.

민박집에 도움을 요청하려고 전화를 걸었지만 다들 식당에 내려가 있는지 불통! 완전 패닉 상태에 빠졌다. 비밀번호까지 눌러줬으니, 비록 엔터 키를 누르지 않았다고는 하나, 그건 그 가짜경찰이 대신 누르면 끝 아닌가. 그때 생각난 사람이 한국에 있는 엄마였단다.

역시나 해법은 한국의 엄마에게서 나왔다. "걱정마. 침착하라구. 그런 위험이 해외에서는 늘 도사릴 것 같아서 엄마가 3개월에 한 번씩 네 신용카드 비밀번호를 바꾸고 있단다. 바로 어제 바꿨고, 오늘 너에게 바뀐 비밀번호를 알려주려고 전화할 참이었다." 신*이 없는 곳에 대신 어머니를 두었다더니, 어떻게 이런 극적인 해결이 나올 수 있는지 믿어지지 않았다. 그 정신으로 다시 런던 타워까지 버스를 타고 찾아갈 수가 없어서 바로 민박집으로 되돌아왔다고 했다. "이젠 저 혼자 구경 안 다닐 거예요. 꼭 같이 다닐 거예요." 30대 초반의 이 소녀 같은 여인의 울상을 보고 나와 영선 씨는 급기야 웃음을 터뜨렸다. 그렇잖아도 깐깐한 교사인 영선 씨는 아침에 정은 씨가 대영 박물관까지 어떻게 찾아가야 하냐고 물어서 면박을 준 '전과'가 있었다. "첫날 다 같이 찾아갔었잖아요. 무조건 겁만 먹지 말고, 여기 지도를 자세히 보란 말이에요. 74번 타고 마블아치까지 가서 다시 버스를 갈아타면……."

고기를 잡아주지 말고 고기 낚는 법을 가르쳐야 한다는 교사로서의 신념이 확실한 영선 씨였지만, 패닉 상태가 되어 돌아온 정은 씨 얼굴을 보고는 더이상 핀잔을 주지 못했다.

물론 정은 씨에겐 이날의 사건이 여행의 특효약이 되었다. "혼자서는 절대 여행 안 가요" 하던 사람이 그로부터 2개월 뒤 혼자서 파리를 4박 5일 동안 여행하고 왔던 것이다. 지도 읽는 법, 여행서 활용하는 법, 낯선 사람 대하는 법을 런던 여행에서 톡톡히 공부한 덕분이었다.

14

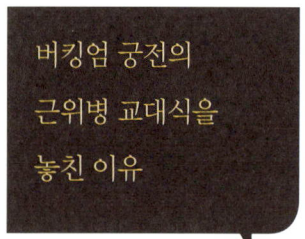

버킹엄 궁전의
근위병 교대식을
놓친 이유

▶▶▶▶▶▶▶▶▶▶ 런던에서의 마지막 날이 될 아침이 밝았다. '왕립 식물원 큐가든 Royal Botanic Gardens Kew', '그리니치 천문대' 등 아직 가야 할 곳이 많은데 우리는 많이 지쳐 있었다. 큐가든은 남쪽으로 한참 내려가야 하고, 그리니치 천문대는 동쪽으로 또 한참을 가야만 닿을 수 있는 곳이었다. 그래서 우리가 결정한 곳이 '버킹엄 궁전 Buckingham Palace' 이다. 지도를 보니 근처에 그린 파크와 세인트 제임스 파크가 널따랗게 펼쳐져 있어서 우리는 주저 없이 버킹엄 궁전으로 방향을 잡았다.

런던 여행에서 가장 자주 우리의 '발'이 되어주었던 74번을 타고 하이드 파크에서 내린 뒤 천천히 걸어 그린 파크로 향했다. 80여 개의 공원을 보유하고 있는 런던에서 하이드 파크, 그린 파크, 세인트 제임스 파크는 3대 공원에 속한다. 이 유명하고도 아름다운 공원을 산보하듯 걸어서 즐길 수 있다는 것은 런던 시민들의 복이다.

그중에서도 그린 파크는 16세기까지만 해도 왕실의 사냥터로 사용되었다가 17세기에 들어와 일반시민들의 휴식공간이 되었다고 한다. 대로변을 벗어나 그린 파크로 들어설 때부터 아이 셋은 신이 났다. "내려줘, 내려줘" 하고 주원이가 졸라댄 것은 물론이다. 아이들 걸음에 맞추느라 버킹엄 궁전의 근위병 교대식 시간을 놓칠까 봐 어른들만 애가 탔다.

부활절 휴가시즌이라 버킹엄 궁전에는 이미 관광객들로 인산인해였다. 눈부신 햇살 속에 낯익은 버킹엄 궁전이 거대한 위용을 자랑하며 버티고 서있었다. 저 안에 영국 여왕이 산단 말이지? 여행자들은 곧 벌어질 교대식을 가장 좋은 전망에서 보기 위해 금빛 천사가 우아한 자태로 서있는 빅토리아 여왕 기념비 주위를 서성이며 자리를 잡고 있었다.

버킹임 궁진은 1703년 버킹엄 공자 존 셰필드가 뽕나무 밭에 버킹엄 하우스라는 이름의 저택을 세우면서 유래했다고 한다. 이 집을 1761년 조지 3세가 왕비 샤를로트를 위해 구입했고, 그의 아들 조지 4세가 건축가 존 내시의 조언에 따라 벽돌집이었던 버킹엄 하우스를 바스^{Bath}산 석재로 장식해 외관을 바꾸고 정문을 설치하면서 네오클래식 양식의 건축물로 태어났다. 왕의 사저로 쓰이던 이곳이 궁전으로 격상된 것은 1837년 빅토리아 여왕이 즉위하면서란다. 여왕은 등극하자마자 바로 이 궁전에 거처를 정했고, 존 내시가 설계한 마블아치^{Marble Arch} 위에 궁정의 깃발이 펄럭이게 된다. 이후 지금까지 역대 군주들이 상주하는 주거지이자 집무실로서의 왕궁이 된 것이다.

직접 보지는 못했지만, 궁궐 안에는 2만 평방미터의 호수를 포함해 17만 평방미터에 이르는 대정원, 그리고 무도회장, 음악당, 미술관, 접견실과 도서관 등이 들어서 있다고 한다. 버킹엄 궁전에는 손님을 맞는 방도 특급 호텔급이란다. 스위트 룸만 19개, 손님용 침실 52개, 스태프용 침실 188개, 사무실 92개, 욕실 78개…… 궁전에 근무하는 직원들 숫자만 450여 명에 연간 초대객이 4만 명에 이른다고 하니 과연 세계 최고의 역사와 권위를 자랑하는 왕실답다. 왕궁은 일반에 개방되는 달이 따로 있다고 했지만 여왕이 집무 중이면 불가능하고, 왕실 마구간인 로열 뮤스^{Royal Mews}와 아트샵만 일반에 공개한다.

예정대로라면 오전 11시 30분에 근위병 교대식이 펼쳐졌어야 했다. 왕실의 호위를 담당하는 영국 군인들의 그 유명한 교대식!

그런데 40분이 되도록 궁전 앞에서는 검은 곰털 통모자는커녕 날파리 한 마리도 보이지 않았다. 관광객들이 술렁이기 시작했다. 교대식이 12시였나? 나는 군중 속을 뛰어다니는 주원이를 쫓아다니느라 정

버킹엄 궁전 앞에 서있는 사자 동상. 〈나니아연대기〉에 등장하는 아슬란처럼 위엄이 넘친다.

신이 빠질 것 같으면서도 행여나 교대식을 놓칠까 봐 흘끔흘끔 궁전의 정문을 살폈다. 그때 영선 씨가 비보를 가지고 돌아왔다. "근위병 교대식을 매일 하는 게 아니래요. 얼마 전부터 이틀에 한 번만 하는 걸로 바뀌었고, 특히 이빈 달은 짝수 날에 교대식을 한다나 봐요. 속상하네."

어떻게 날을 골라도 요렇듯 홀수날(4월 9일)을 골랐을꼬, 생각하니 허탈했다. 며칠 더 여유가 있으면 내일 다시 와도 좋으련만, 오늘이 런던 여행 마지막 날로, 우리는 저녁 비행기를 타고 스톡홀름으로 돌아가게 돼 있었다. 관광객들은 실망한 표정으로 뿔뿔이 자리를 떠났다. 아쉬움을 달래기 위해 굳게 닫힌 궁전의 황금빛 철문 앞에서 기념촬영을 했지만 마음은 여전히 허전했다.

공원에 가서 아이들이나 실컷 뛰어놀게 하자고 발걸음을 옮기는데 갑자기 사람들이 우~ 하고 몰려가는 곳이 있었다. 기마병이 나타난 것이다. 근위대 교대식에 실망한 사람들을 위해 서비스하려는 것이었는지 몰라도, 갑자기 등장한 기마병들 때문에 일대는 순식간에 아수라장이 됐다. 경비병들은 호루라기를 불며 사람들을 제지했지만, 시온이와 민오는 좋아서 어쩔 줄을 몰랐다. 주원이를 태워 이미 멀찌감치 유모차를 밀고 공원 쪽으로 나가고 있던 나도 돌아봤는데, 멀리서 봐도 백마를 탄 병사들의 행렬은 멋졌다. 우리는 기마병들이 그린 파크의 서쪽 입구로 사라질 때까지 한참을 바라봤다.

15

런던 여인이
불러준 노래,
〈반짝반짝 작은 별〉

▶▶▶▶▶▶▶▶▶   버킹엄 궁전의 아쉬움을 우리는 그린 파크에서

달랬다. 시계풀이 무리지어 피어난 잔디밭에 저마다 한바닥씩 차지하고 누워 한가로이 이야기를 나눴다. 나뭇가지로 시온이와 장난을 치던 민오가 시계풀꽃을 꺾기 시작했다. 뭘 하려는 거지, 하고 물끄러미 쳐다보는데, 아니나 다를까, 이 장대같이 커다란 녀석이 시계풀로 팔찌를 만들어서는 자기 엄마의 손목에 묶어주는 것이다.

"와, 민오 멋지다. 낭만이 넘치는 총각일세~." 그러자 영선 씨의 화답이 걸작이다. "아들이랑 남편이 서로 경쟁이에요. 저한테 잘 보이려고. 더 많이 사랑 받으려고."

실제로 민오 아빠는 요즘 세상에 보기 드문 애처가였다. 네덜란드 남자로 과학자인 그는 호주 유학시절 만난 한국인 아내 영선 씨를 끔찍이도 사랑했다. 보수적인 처갓집의 반대로 결혼이 무산될 뻔했지만 민오 아빠는 허락을 받을 때까지 인내심 있게 기다렸고, 결혼에 골인한 뒤로도 지금까지 그 사랑의 총량이 붙었으면 붙었지, 절대 줄어들지 않은 것처럼 보였다. 칼퇴근은 그에게 너무나 당연한 일이었다. 그런 아빠를 오늘 민오는 질투하는 모양이어서, 어떻게든 엄마를 아빠로부터 차지하기 위해 저렇게 꽃시계를 만들어 바치는 거였다. 지난 학기 바느질 시간엔 구슬을 이어 목걸이를 선물했단다. "시온아, 민오 하는 거 봤지? 너도 빨리 꽃반지 하나 만들어 엄마한테 바치거라."

풀밭 위 수다를 떨고 난 뒤 우리는 허기를 달래기 위해 공원을 나와

그린 파크에서 놀고 있는 주원이. 점심시간에는 샌드위치족들이 공원으로 몰려나온다.

피카딜리 서커스 쪽으로 향했다. 도중에 맞춤형 샌드위치 가게인 '서브
웨이'에 들러 바게트빵 길이의 샌드위치를 저마다 하나씩 들고 신나게
먹어치웠다. 그리고는 길 건너 '워터 스톤Water Stone'으로 향했다. 초등생
자녀를 둔 영선 씨와 내가 이견 없이 선택한 영국의 대표 서점!

　워터 스톤을 알게 된 것은, 국제도서전 취재를 위해 런던을 거쳐 프
랑크푸르트로 출장을 가던 도중이다. 런던에서 그림책 작가 존 버닝햄
을 인터뷰한 뒤 동행한 출판사 직원과 런던 시내를 구경하다 들어간

피카딜리역 근처의 '워터 스톤' 서점. 2층에 어린이 책 코너가 있다.

곳이 '워터 스톤'이다. 영미권의 좋은 책들을 끊임없이 살펴야 하는 출판사 직원들은 런던에 출장을 오게 되면 반드시 이 대형서점에 들러 '책 사냥'을 한다고 했다.

몇 년 만에 찾아간 피카딜리 서커스 근처의 워터 스톤은 변한 게 거의 없었다. 2층 어린이 서가는 유치원처럼 아이들용 둥근 책상과 의자들이 있어 사고 싶은 책을 미리 읽어볼 수 있었다. 팝업북이나 멜로디 그림책 같은 영유아 책도 우리처럼 비닐로 싸매지 않고 열람할 수 있게 해놔 주원이는 책상 앞에서 떠날 줄을 몰랐다. 덕분에 우리는 책 구경을 실컷 할 수 있었다. 시온이는 스웨덴 뢰다베리 학교(시립초등학교) 아이들이 즐겨보던 과학백과사진을 한 권 찾아낸 뒤 사달라고 졸랐다. 어디서 발견했는지 심슨 만화책을 또 두 권이나 들고 와서는 "이것도!" 한다.

오후 4시까지는 민박집에 돌아가 짐을 챙긴 뒤 공항으로 가야 해서 우리는 다시 버스를 탔다. 주원이가 유모차를 타기 싫어해 품에 안았는데, 아이가 조금 이상한 표정을 짓고 있었다. "주원아, 왜 그래?" 하고 물으면 다시 품속에 숨었다가 몇 초 후 다시 머리를 내밀고 내 뒷 좌석에 앉은 누군가를 바라보는 듯했다. 슬며시 돌아보니 풍채가 좋은 흑인 여성 2명이 나란히 앉아 이야기를 나누고 있다. 주원이는 엄마나 오빠와는 확연히 다른 피부색깔을 보고 나름 놀란 듯했다. 내가 보기에도 정말 검정색 크레파스로 칠한 것처럼 까만 피부색이었다.

흑인들 말고도 런던에서는 다양한 인종, 민족들을 만났다. 중동 이민자들은 물론, 빨강·검정 키파를 머리에 살짝 얹은 유대인 소년들, 아시아 유학생들에 이르기까지. 런던 토박이들을 비롯해 이른바 '런더너Londoner'로 통칭되는 이들의 공통점은 얼굴에 표정이 없다는 것이었다. 무뚝뚝하기로 유명한 스웨덴 사람들이지만, 그래도 우리는 눈이 마주치면 가벼운 미소를 주고받으며 고개를 끄덕이기는 했다.

런던은 달랐다. 비좁은 버스 안에서는 유모차 공간에도 사람들이 빽빽이 들어차 있어서 유모차는 접고 주원이는 바짝 끌어안은 채 한 시간여 버스를 타기도 했는데, 누구도 자리를 양보해주지 않았다. 나 하나 앞가림하면서 살기도 바쁜 대도시, 특히나 세계가 경제 불황에 시달리는 때이니 각박해질 수밖에 없겠지, 하면서도 왠지 그 냉기가 싫었다.

하지만 이 또한 편견이요, 장님 코끼리 다리 만지는 식의 속좁은 생각이라는 사실을 나는 스톡홀름으로 돌아오는 저녁 비행기 안에서 깨달았다. 이미 어둠이 내린 시각 라이언에어에 오르자 기내 공기는 덥고 습했다. 그래서였을까. 주원이는 아직 비행기가 이륙하지도 않았는데 칭얼대기 시작했다. 통로를 지나가던 할아버지 승객이 나를 향해 비난의 한 마디를 쏟아부었다. "언빌리버블Unbelievable!" 이렇게 어린 아이를 밤 시간에 비행기에 태우다니 믿을 수 없다는 뜻이었다.

주원이의 칭얼거림은 울음소리로 변했다. 장난감, 과자, 사탕, 그림책…… 그 무엇으로도 아이의 잠투정을 달랠 수가 없었다. 이 상태로 두 시간을 버텨야 한다니 끔찍했다. 그때 우리 뒷좌석에 앉아 있던 중년의 영국 여성이 내 어깨를 두드렸다. "아이가 좋아하는 노래를 불러주세요." 그래도 울음이 그치지 않자, 영국 여성은 종이 한 장을 깔대기 모양으로 만 뒤 우리 좌석을 향해 내밀고 직접 노래를 불렀다. "Twinkle twinkle little star how I wonder what you are……" 속삭이듯 작은 목소리로 '반짝반짝 작은 별~'이 흘러나오자 기적처럼 주원이가 울음을 뚝 그쳤다.

"가능하면 아이들은 밤 비행기를 태우지 마세요. 말 못하는 아이들에겐 너무나 힘든 여행이랍니다." 노래를 듣던 주원이가 마침내 잠들었을 때 런던 여인이 내게 건넨 충고였다.

질박한 아름다움,

덴마크

01

스칸디나비아
항공

▶▶▶▶▶▶▶▶▶ 아이슬란드 화산이 폭발해 유럽의 하늘이 쑥대
밭이 된 것은, 우리가 런던을 다녀온 지 겨우 일주일이 지난 뒤였다.
뿜어져 나오는 화산재로 인해 유럽 전역의 공항은 아수라장이 되었고,
항공편이 묶이자 오도가도 못하는 승객들이 공항을 서성이거나 아예
숙식하는 장면들이 CNN을 통해 연일 보도되었다. 주일날 한인교회에
갔더니, 이탈리아로 여행 간 가족이 라이언에어 비행 일정이 취소되어
기차를 타고 독일로, 거기서 배를 타고 코펜하겐으로, 다시 기차를 타
고 스톡홀름으로 돌아오고 있다는 소식이 들려왔다. 스페인으로 성지

순례를 떠났던 목사님과 20여 명의 교인들은 예정보다 일주일이나 더 스페인에 머물러야 했다. 혈압약을 충분히 가져가지 못한 60대 집사님 한 분이 곤경에 빠졌다는 소식도 전해졌다. 화산이 2~3일 먼저 터졌다면 런던에 있던 우리 일행은 어찌 되었을까 상상하니 아찔했다.

화산 재앙이 한 달여 넘게 이어지더니 그나마 5월에는 하늘 사정이 조금씩 나아졌다. 이때를 놓칠세라, 겁도 없이 나는 또다시 여행계획을 세우기 시작했다. 한 달에 한 번씩 여행을 떠나도 7월 말 서울로 돌아가려면 앞으로 세 번밖에는 여행할 기회가 남지 않았다는 생각에 마음이 급했다. 눈만 뜨면 컴퓨터 앞에 앉아 여행 계획을 짰다. 대부분의 시간은 저가항공의 비행기편과 가격을 살피는 데 소요됐고, 비행편이 정해지면 현지의 한인민박집을 물색했다. 덴마크, 노르웨이, 스위스처럼 한국 민박이 거의 없는 곳은 호텔닷컴이나 항공사가 링크해놓은 호텔 소개 사이트에 들어가 별표 평점을 눈여겨보며 호텔 객실 단가와 공항과의 거리, 주요 관광지와의 거리 등을 고려해 선택했다.

5월 중순에 생긴 연휴 3박 4일 여행지를 덴마크로 결정한 것도 이같은 노력 끝에 이뤄졌다. 가장 큰 고민은 역시 비행 여정이었다. 아이들이 껌벅 죽는다는 '레고랜드'를 여행 스케줄에 집어넣으려니 퍼즐이 잘 맞춰지지 않았다. 일단 레고랜드는 코펜하겐에서 기차로 세 시간 거리에 있었다. 주원이가 기차 세 시간을 견딜 수 있을까 생각하니 암담했다. 스톡홀름에서 레고랜드가 위치한 빌룬트[Billund] 공항까지 운항하는 비행편이 있기는 했다. 코펜하겐까지 한 시간, 거기서 다시 비행기를 갈아타면 30분 만에 도착했다. 문제는 그렇게 되면 비용이 배로 불어난다는 것이었다. 여행비용을 줄이기 위해 스톡홀름에서 코펜하겐까지 심야열차를 타고 들어가 코펜하겐에서 1박을 한 뒤 레고랜드로 가는 방법도 생각해봤지만, 예약을 하려고 스웨덴 철도[www.sj.se]에 들어가 보니 침대칸은 이미 마감된 상태였다.

장고 끝에 나는 코펜하겐으로 비행기를 타고 들어가 거기서 바로 기차를 갈아타고 레고랜드가 있는 빌룬트로 가는 것으로 정했다. 레고랜드에서 1박한 뒤 기차를 타고 안데르센의 고향인 '오덴세[Odense]'에 들러 1박, 그리고 코펜하겐에서 1박한 뒤 비행기를 타고 스웨덴으로 돌아오는 여정이었다.

덴마크로 가기 위해 우리 가족은 처음으로 스칸디나비아 항공, SAS를 탔다. 라이언에어나 이지젯, 에어베를린 같은 비행기만 저가항공인 줄 알았는데, 한국의 대한항공 같은 스칸디나비아 항공도 최근 들어 저가항공 정책을 쓰기 시작했다고 교민들이 일러줬다. 예약시기, 목적지에 따라 어떤 경우는 라이언에어보다 싸게 비행기 표를 구할 수 있다고 했다. 물론 물도 사먹어야 하는 것은 라이언에어와 같았지만, 일단 변두리 스캐브스타 공항이 아니라 시내에서 30분 안에 닿는 알란다 공항에서 출발할 수 있다는 것이 가장 큰 장점이었다.

스웨덴, 노르웨이, 덴마크 3국이 공동투자해 설립한 SAS의 신세가 어쩌다 이 지경이 됐는지 의아했다. 가장 큰 원인은 라이언에어 같은 저가항공사들 때문이었다. 라이언에어가 유럽, 아니 세계에서 가장 수입이 높은 항공사라더니, 이런 저가항공들로 인해 SAS나 노르웨이 항공^{Norwegian} 같은 일반 항공사들은 수년째 최악의 적자를 면치 못하고 있었던 것이다.

비행기 값이 아주 저렴한 건 아니었지만, 공항 광장까지 걸어 나가 탑승하지 않아도 된다는 생각에 출발부터 기분이 상쾌했다. 좌석도 라이언에어처럼 선착순, 그러니까 '줄서서 타기'가 아니었다. 출발 14시간 전부터 인터넷으로 좌석예약을 시작하는데, 남아 있는 좌석 중 원하는 자리를 선택해 스스로 지정하면 되었다. 최대 수화물 용량도 20킬로그램. 악착같이 15킬로그램을 재는 저가항공들과는 달랐다. 비록 사양길에 접어들어 저가항공이나 하는 편법을 써서 호객행위를 하는 것이었지만, 기내 화장실 사용료도 받겠다고 선언하고 나선 라이언에어의 천박한 상업주의에 비하면 예의바른 SAS였다.

02

그 커다란
유모차 바퀴는 어디로
갔을까?

▶▶▶▶▶▶▶▶▶ 　코펜하겐 공항에 착륙해 우리가 가장 먼저 한 일은 공항 내 맥도날드에 가서 햄버거를 사먹은 것이었다. 스웨덴 물가보다 1.5배 비싸다더니 치즈햄버거 하나에 1만 5천 원 돈을 받았다. 케첩을 주문하자 추가비용까지 요구했다.

　하긴 물가를 걱정할 때가 아니었다. 공항에서 코펜하겐 중앙역까지 기차를 타고 가서 거기서 레고랜드가 있는 베일레^{Vejle} 역까지 다시 가야만 했다. 도전의 시작이었던 것이다.

　그런데 우리의 도전은 의외로 쉽게 풀렸다. 도착출구를 빠져나오니 덴마크 전지역의 기차운행을 담당하는 덴마크 철도국^{www.dsb.dk} 창구가 보였다. 혹시나 하는 마음에 레고랜드까지 가는 기차편을 물어보니, 그 자리에서 바로 표를 구입할 수 있단다. 그것도 코펜하겐 중앙역에서 갈아타지 않고, 베일레 역까지 직행한다고 했다. 직원은 기차역에서 레고랜드까지 운행하는 버스표도 함께 예약하겠느냐고 물었다. 표 한 장에 모든 것이 해결되는 순간이었다. 철도 시스템 자체가 승객 편의 위주로 짜여 있었다. 두 아이를 데리고 산 넘고 물 건너 레고랜드를 찾아갈 걱정에 우거지상이었던 내 얼굴이 햇살처럼 밝아졌다.

문제는 엉뚱한 데서 발생했다. 친절한 여직원이 끊어준 패밀리 티켓을 받아들고 '출발!'을 외친 순간, 뭔가가 우리 앞으로 데굴데굴 굴러가는 것이었다. 저게 뭐지?

자세히 보니 우리 유모차의 앞바퀴 하나가 몸체에서 빠져나간 것이다. 화들짝 놀란 사람들이 손으로 입을 가린 채 킥킥 웃으며 지나갔다. 눈앞이 캄캄해졌다. 놀란 시온이가 달려가 바퀴를 주워왔다. 고정쇠가 헐거워져 빠졌나 싶어 몸체를 살펴봤지만, 부속품이 완전히 망가졌다는 사실을 확인하고 절망에 빠졌다.

얼마나 혹사시켰으면 구입한 지 1년도 안 된 유모차의 바퀴가 튕겨져 나갔을까. 코펜하겐 시내로 나가 유모차를 수리할 수도 없는 노릇이어서, 일단 나머지 세 바퀴에 의지해 유모차를 밀고 가기로 결심했다. 빠진 바퀴는 손에 들고 갈 수도 없어서 그냥 쇠막대에 아슬아슬하게 끼워놓은 채였다.

그러다 보니 우스운 풍경이 펼쳐졌다. 100미터쯤 밀고 가다 보면 바퀴가 저 혼자 빠져나가 굴러가는 것이었다. 시온이는 "어어어~" 하며 부지런히 바퀴를 주워 날랐다. 시행착오를 수십 번 반복하면서 나는 나름의 운전 노하우를 터득했다. 문제의 바퀴가 빠져나갈 태세로 몸체에서 간격을 벌려 가면 운전대를 반대방향으로 살짝 꺾어서 균형을 맞췄다.

다행히 철도역이 공항과 직결돼 있어서 큰 고생은 하진 않았다. 예정된 시간에 베일레로 가는 기차가 도착했고, 우리는 유모차를 번쩍 들어 올려 승차했다.

기차는 코펜하겐 중앙역을 들러 우리가 나중에 들를 오덴세를 지나 레고랜드가 있는 베일레로 향했다. 차창 밖으로 보이는 덴마크의 풍경이 평화로웠다. 같은 북유럽이지만 스웨덴과는 느낌이 또 달랐다. 스웨덴보다 남쪽에 있어서 그런가. 유채와 비슷한 노란 꽃들이 들판에 물결치고, 풍력발전소의 바람개비가 한가로이 날갯짓을 했다. 농촌은 훨씬 농촌다웠다. 밀레의 이삭줍기에 나오는 정경처럼.

가족칸에는 유모차를 따로 세울 수 있는 공간이 널찍하게 마련돼 있었다. 시온이와 주원이는 마주보는 테이블에 앉아 그림을 그리고 색칠하며 사이좋게 놀았다. 베일레까지는 세 시간이 채 걸리지 않았다. 앞좌석에 주원이 또래의 딸아이를 데리고 승차한 덴마크 여인은 "레고랜드가 아이들에겐 최고!"라며 엄지손가락을 치켜세웠다.

지금도 덴마크의 그 여인을 떠올리면 재미난 장면이 떠오른다. 오빠와 신나게 놀던 주원이가 이유식을 한 통 먹고 곯아떨어진 것을 보고 "너는 좋겠다~" 하고 부러워하던 그녀는, 쉴새없이 기차 복도를 걸어 다니며 놀던 딸아이가 살짝 졸린 눈을 하고 좌석으로 돌아오자 배낭에서 담요와 베개를 꺼냈다. 늘 그렇게 상비해 다니는 모양이었다. 그러더니 아이를 번쩍 안아 올려 자기 옆에 강제로 눕혔다. 그리고 이불을 덮었다. 아이가 일어나려고 하자, "안 돼!" 하고 제지하면서 아이를 다시 눕혔다. 아이가 칭얼대도 무시했다. 몇 차례의 실랑이 끝에 아이가 두 손을 들고 잠이 들었다. 주원이의 잠투정에 어찌할 줄 몰라 쩔쩔매며 아이를 안고 이리 갔다 저리 갔다를 반복하다 30여 분 만에 겨우 재우는 나와는 딴판이었다. "그래, 애들은 저렇게 단호하게 키워야 해. 역시 북유럽 엄마들은 강해, 멋져!" 하며 감탄했지만, 그로부터 세월이 훌쩍 지난 지금까지도 나는 내 머리 꼭대기에서 노는 주원이에 휘둘려 나날이 삭아가는 중이다.

03

**그 비싼 호텔
레고랜드에 묵은 이유**

▶▶▶▶▶▶▶▶▶▶   12시 20분쯤 코펜하겐 공항을 출발한 기차는 오후 3시가 다 돼 베일레 역에 도착했다. 고맙게도 목적지에 도착할 동안 주원이는 한 번도 잠에서 깨지 않았다. 베일레 역은 상행선, 하행선만 있는 소도시의 소박한 기차역이었다. 역 광장으로 나오자 인근으로 승객을 실어 나르는 버스들이 여러 대 서있었다.

우리는 기차역 전광판에서 레고랜드로 가는 버스의 번호를 확인했다. 244번, 또는 X907번이었던 것으로 기억하는데, 반드시 현지 사람들에게 확인을 해야 한다. 잘못하면 빙빙 우회하는 버스를 타게 될지도 모른다.

우리가 탄 버스는 244번이었다. 버스의 종착역이 '빌룬트 공항'이라고 적혀 있었다. 레고랜드에 들러 손님들을 내려주고 빌룬트 공항을 통해 유럽 각국으로 나갈 손님들을 다시 태우는 버스였다.

버스 안은 쾌적했다. 그리 붐비지도 않아서 우리는 주원이까지 한자리씩 차지하고 앉아서 바깥 풍경을 구경했다. 비행기 타고 기차 타고 버스 타고 레고랜드를 찾아가고 있다는 생각에 스스로가 기특했다. 스톡홀름의 다른 주재원들 가족은 레고랜드를 여행할 때 보통 자동차를 이용한다고 했다. 덴마크, 노르웨이 등 이웃한 북유럽 국가들은 대부분 차로 여행하고, 그래야 제대로 즐길 수 있다는 것이다.

그런데 나는 여러 가지 교통수단을 이용해 여행하는 것도 나쁘지 않다고 생각한다. 그 나라의 교통체계를 파악하게 되고, 현지 사람들을 가까이서 '감상'할 수 있어서다. 오르락내리락 몸이 고달픈 게 흠이지만, 체력만 뒤따라준다면 아이들에게도 대중교통을 이용한 여행은 좋은 교육이 된다.

버스는 베일레를 벗어나 레고랜드로 향했다. 버스가 점점 좁은 길로 들어서자 들판과 숲 사이로 덴마크 농가들이 나타났다 사라졌다. 정류장에서 버스를 기다리다 반가운 표정으로 오르는 여학생이 있고, 이 아름다운 숲속 어디쯤에 집이 있는지 서둘러 버스에서 내리는 중년 남자도 있었다.

40여 분 지났을까. 버스가 탁 트인 평지로 나오자 군데군데 호텔들이 보이고 커다란 물류창고들이 띄엄띄엄 나타나는 게 레고랜드가 가까워오고 있음을 알렸다. 공항이 가까워질 때 전형적으로 나타나는 지역 풍경이었다. 확인차 버스 기사에게 물었더니 두 정거장 다음이 레고랜드라고 일러준다.

버스는 레고랜드 후문, 그러니까 우리가 찾아가는 '호텔 레고랜드'

호텔 레고랜드 정문. 모든 장식물이 레고로 이루어져 있다.

앞에 정차했다. 방값이 절대 싸다고 할 수 없는 호텔 레고랜드를 숙소로 정한 데는 이유가 있었다. 보통은 우리나라 콘도 개념으로 밥을 해먹을 수 있는 오두막Cottage형 숙소를 이용하는데, 그건 자동차로 여행할 때 가능한 일이었다. 그런 숙소들은 레고랜드와 거리가 떨어져 있어서 차로 10분 정도 타고 나가야 닿을 수 있었다. 그렇다고 레고랜드 주변에 한인민박집이 있을 리 없어서, 마지못해 호텔 레고랜드를 예약했던 것이다. 코티지 숙소가 하룻밤에 10만 원대라면 호텔 레고랜드는 20~30만 원대로 비쌌다. 대안도 없었고, 2일간의 레고랜드 자유이용권도 포함돼 있다고 해서 큰맘 먹고 예약했다.

호텔 레고랜드에 대해 좀더 설명하자면, 일반 스탠다드 룸의 값이 20~30만 원대라는 거고, 럭셔리급은 더욱 비싸진다. 럭셔리 룸이란 아이들을 위한 캐릭터 룸이다. 어드벤처 룸, 기사와 공주의 방, 해적의 방, 하는 식으로 문패를 걸어놓고 내부 인테리어를 그 주제에 맞게 꾸며놓았다. 스탠다드 룸보다 2배 이상 비싸다고 보면 된다.

호텔도 레고로 지어졌다는 소문은 거짓이었다. 흰색으로 색칠한 깔끔하고 아담한 벽돌건물. 로비엔 레고로 만든 커다란 초록 공룡이 어린 손님들을 맞이했고, 호텔 안 어디를 가나 레고로 만든 조형물, 아이들이 갖고 놀 수 있는 레고 조각들이 널려 있었다.

우리가 묵은 스탠다드 룸은 작지만 쾌적했다. 시온이는 방마다 필수적으로 구비돼 있는 레고 패키지를 보고 환호했다. 신발 벗을 생각도 하지 않고 레고 상자부터 끌어안았으니 말이다. 주원이도 오빠를 따라 레고를 맞춰보겠다고 신이 났다. 그 틈을 이용해 나는 짐을 푼 뒤 깨끗하게 세탁되어 깔린 침대보에 벌렁 누워 여독을 달랬다. 그야말로 산 넘고 물 건너서 찾아온 레고랜드 아닌가. 바퀴 한 쪽은 빠져서 덜덜거리지, 제대로 목적지를 향해 가고 있는지 수시로 체크해야지, 이런 고생길이 없었으니, 방값의 본전을 뽑을 수 있도록 알차게 구경해야 한다고 다짐하고 또 다짐했다.

04

레고
한 조각의 힘

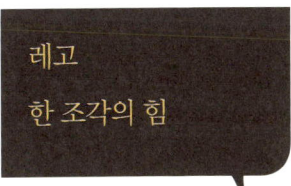

▶▶▶▶▶▶▶▶▶   호텔방에서 휴식을 취한 뒤 우리는 레고랜드로
향했다. 레고랜드 정문은 호텔에서 걸어서 5분 거리에 있었다. 우리의
롯데월드나 에버랜드에 비하면 참으로 소박해서, 여기가 1년에 1백만
명의 관광객이 온다는 세계적인 테마파크가 맞나 싶을 정도였다. 요란
한 음악도 없었다. 인형으로 분장한 청년들이 입장객들과 사진을 찍어
주는 이벤트가 전부였다. 대형 테마파크에 익숙한 나는 레고랜드 여행
에 투자한 돈이 아까워질까 봐 슬그머니 불안했다.

물론 기우였다. 입구를 통과해 레고랜드에 들어서는 순간, 시온이가
무엇을 봤는지 "와~" 하며 뛰어갔다. 유모차를 밀고 따라가 보니 레
고로 만들어진 공항 미니어처다. 그 안에 역시 레고로 만들어진 비행
기 한 대가 이륙을 시도하려는 듯 활주로를 천천히 돌고 있었다.

공항은 시작에 불과했다. 3만 평이 넘는 레고랜드의 메인 전시장이라
고 할 수 있는 '미니랜드'에는 덴마크, 스웨덴, 노르웨이는 물론, 독일, 네덜
란드, 미국, 일본의 상징적인 건축물들을 정교하게 구현해놓고 있었다. 미
니랜드에 사용된 레고 조각만 2천만 개란다. 중요한 건 수십만 개의 레고조

각으로 만든 그 조형물들이 '움직인다'는 사실이었다. 배는 물 위를 떠다니고, 자동차는 도로를 굴러갔다. 여러 모양의 기차들은 서로 상하행선을 교차해 달리며 관람자들의 눈을 현혹했다. 정박해 있던 선박이 기중기에 들어 올려져 항해를 떠나는 장면에선 "이야~" 하는 탄성이 절로 나왔다. 어른들도 아이처럼 입을 헤벌리고 레고의 마법에 빠져들었다. 조그만 토끼 장식물 하나까지도 레고로 조립된 그야말로 '레고의 땅'이었다.

사실 빌룬트 전체가 레고의 도시였다. 레고랜드와 이웃하고 있는 빌룬트 공항만 해도 레고 회사가 1964년 자기네 땅에 직접 공항을 지어 빌룬트시에 기부한 것이라고 한다. 6천여 명의 인구 중 2천 명 정도가 레고에서 일한다고 하니 레고로 먹고 사는 도시라고 해도 과언이 아니다.

레고가 탄생한 이야기도 무슨 동화 같다. 빌룬트의 목수였던 올레 키르크 크리스티얀센은 아내가 네 명의 아이들을 남겨둔 채 일찍 세상을 떠나자, 자녀들을 위해 틈틈이 나무 조각을 다듬어 장난감을 만들었다고 한다. 올레의 목공소에서 만든 나무 인형과 장난감은 점차 소문이 퍼져나갔고, 덕분에 올레는 장난감과 함께 간단한 일상용품을 만들어 판매하게 된다.

그러다 대공황이 위세를 떨치던 1932년 올레는 직원 10명과 함께 장난감업체 '레고'를 창업한다. 레고[Lego]는 덴마크어 'leg'와 'godt'의

3만 평이 넘는 레고랜드에는 풍차, 인디언, 백악관, 비행기 등 수만 개의 레고 조각으로 만든 미니어처들이 세계에서 몰려온 관광객들을 환호하게 만든다.

합성어로 '잘 논다play well'는 뜻이란다. 현재의 레고가 나오기까지는 몇 차례의 진화가 있었다. 나무 장난감은 무겁고 잘 부서지는 데다 화재의 위험이 있었고, 실제로 40년대 초 레고 공장에 불이 나 큰 손해를 입자 올레는 내구성이 뛰어난 플라스틱에서 해결책을 찾았다는 것이다. 1947년 덴마크에서는 처음으로 플라스틱을 이용해 장난감을 생산하기 시작했고, 이 플라스틱 장난감은 2차 세계대전 뒤 일어난 베이비붐을 타고 불티나게 팔려나갔다.

레고 블록의 효시가 된 플라스틱 블록이 생산된 것은 1949년이다. 블록을 단지 쌓는 게 아니라 서로 끼우고 결합시키면서 다양한 모양의 장난감을 아이 스스로 만들 수 있게 하는 방법으로 올레는 블록의 윗부분에 요철(凹凸) 모양을 고안해낸 것이다. 그 작은 아이디어 덕분에 레고는 전세계에서 1초당 7박스씩 팔려나가고 있다. 연간 생산량인 블록 190억 개는 지구를 다섯 바퀴 감고도 남는다니 혀를 내두를 수밖에 없다.

산보하듯 천천히 미니랜드를 둘러본 우리는 놀이기구가 있는 익스플로어 랜드로 가볼까 하다가 '모험'은 다음날로 미루고 놀이터로 향했다. 시온이는 미니랜드를 더 구경하고 싶다고 징징댔지만, 주원이를 위해 우리에겐 '몸을 풀' 시간이 필요했다. 아기자기하게 꾸며놓은 레고랜드 놀이터는 아이들이 높은 곳에서 떨어져도 크게 다치지 않게끔 안전하고도 예뻤다. 부모의 손이 따로 가지 않아도 되어서 나는 벤치에 앉아 아이들 노는 걸 흐뭇하게 지켜보았다.

더불어 이 변두리 도시까지 한국의 아줌마와 아이들을 제 발로 찾아오게 한 '레고 한 조각의 힘'에 대해 새삼 감탄했다. 멍하니 앉아 있는데 시온이가 뛰어왔다. 그리고 속삭인다. "엄마, 우리 레고랜드에 그냥 쭉 있으면 안 돼? 다른 데 구경 가지 말고. 나 여기서 살고 싶어." 아이에겐 미안했지만, 나는 1초도 주저하지 않고 고개를 저었다. 3박 4일을 호텔 레고랜드에서 묵으려면 천문학적인 돈이 필요했으니까.

05

레고랜드에
스릴은 없다,
동화만 있다

▶▶▶▶▶▶▶▶▶ 아침에 스톡홀름을 떠나 코펜하겐, 베일레를 거쳐 레고랜드까지 온 강행군이라, 우리는 저녁식사 후 방에 올라가자마자 곯아떨어졌다. 이튿날 아침엔 방값에 포함된 아침식사를 한 다음 일단 짐부터 꾸렸다. 체크아웃을 한 뒤 짐을 프론트에 맡기고 오전 내

레고랜드에서 놀다가 오후에 오덴세로 갈 계획이었다. 우리 같은 투숙객들이 많은지 직원이 열어준 창고에는 이미 체크아웃한 손님들의 짐 가방들이 들어차 있었다.

아침에 보는 레고랜드의 풍경은 또 달랐다. 좀더 활기찼고, 좀더 사람들이 많았다. 우리도 살짝 흥분되어 정문 앞에서 아이들을 맞이하는 공주, 왕자 분장의 젊은이들과 기념사진을 찍었다. 시온이는 입장하자마자 어제 본 비행기 레고를 향해 달려가 유심히 살펴더니, 놀이기구를 타러 가자는 엄마의 의견에 동의했다.

놀이기구라는 게 롯데월드식 위험천만한 것들이 아니었다. 주원이만 한 영유아들도 탈 수 있는 안전만만 놀이기구들뿐이어서 우리는 마음 놓고 골라 타기 시작했다. 처음엔 미니열차를 타고 레고랜드를 한 바퀴 돌았다. 석탄 캐는 광산을 오르내린다는 컨셉의 화물열차는 좀더 높은 곳으로 올라갔다. 바위산을 계속 오르는 듯하더니 인디언 레고가 멋지게 조립돼 있는 언덕배기까지 올라가서 관람객들의 탄성을 자아냈다. 급강하가 있을지도 모른다는 생각에 잠시 긴장을 했지만 열차는 지극히 평온한 분위기로 종착역에 도착했다. 그나마 '스릴' 감을 연출한 것은 조각배 어드벤처였다. 호수 중간중간에 레고로 조립한 악어와 공룡, 해적들이 느닷없이 나타나 관람객을 놀라게 했는데, 어찌나 무섭지 않던지, 주원이가 깔깔대고 웃을 정도였다.

레고랜드는 분수대, 놀이터, 놀이기구 등 아기자기한 볼거리와 재미를 선사한다. 안데르센도 어김없이 레고 조각으로 만들어졌다.

35미터 창공으로 올라가는 관람차는 타볼 만했다. 승객을 태운 우주선 모양의 관람차는 빙글빙글 돌며 하늘 높이 올라갔다. 레고랜드는 물론, 빌룬드 공항, 그 너머 마을들까지 한눈에 들어왔다. 이때도 경계를 늦추지 않았다. 서울의 놀이기구라면 갑자기 아래로 급강하하기 때문이다. 물론 그런 일은 일어나지 않았다. 내려올 때도 천천히, 아주 평화롭게 관람차는 승객들을 태우고 안전지대에 착륙했다.

분수 광장도 재미있다. 레고로 조립된 갖가지 악기들이 음악에 맞춰 춤을 추고 그 주위를 둘러싼 분수대에서는 연방 물줄기가 솟구친다. 시온이는 물이 뿜어져 나오는 구멍이 신기한지, 잠시 휴식 중인 분수대를 들여다보다가 갑자기 솟구친 분수에 물벼락을 맞았다. 모두 배꼽을 쥐고 웃었다.

지나가는 해적선을 향해 물총을 쏘아대는 놀이터도 있었다. 시온이가 겁도 없이 물총대를 잡더니 서서히 다가오는 해적선을 향해 물을 뿜어댔다. 질세라, 해적선에 타고 있던 30대 금발머리 아빠의 물대포 역공이 이어졌다. 분수대에 이어 물대포 벼락까지 시온이는 완전 물에 빠진 생쥐가 되었다.

자극적인 스릴은 없지만 아기자기한 재미, '구닥다리' 동심을 즐길 줄 아는 사람들로 가득한 레고랜드. 시온이와 주원이가 이렇게 행복한 표정을 지은 적도 없었던 것 같다. 오덴세로 향할 시간이 되어 나는 시온이의 손을 잡아끌었다. "엄마, 여기 다시 또 오자. 아빠랑 다시 오자." "그래. 돈 많이 모아 또 여행 오지 뭐. 그때는 우리도 캐릭터 룸에 묵는 거야." 그렇게 허세를 부리는 것으로 아쉬움을 달래며 우리는 베일레 역으로 가는 버스를 타기 위해 정류장으로 갔다. 빗방울이 듣기 시작했다. 오덴세까지 또 무사히 갈 수 있을까. 동화 속을 헤매다 나온 느낌도 잠시, 나는 다음 여정을 위한 걱정으로 신경을 곤두세웠다.

06

안데르센 박물관 옆 호텔

▶▶▶▶▶▶▶▶▶　베일레에서 오덴세까지는 기차로 한 시간 거리였다. 안데르센의 고향이니, 아주 작은 시골마을일 거라 상상했다. 마차가 다닐 리는 없겠지만 빨간 지붕의 주택들이 옹기종기 모여 있고, 작은 골목들 사이로 선술집이 자리한, 가난하지만 아름다운 동화 속 마을일 거라 기대했다.

그 상상과 기대는 기차가 오덴세 역에 도착했을 때 와르르 무너졌다. 기차역부터가 작은 규모가 아니었다. 왜 아니겠는가. 안데르센이야말로 세계적인 동화작가이고, 그가 태어난 고향이니 세계 각국에서 관광객들이 몰려드는 건 당연했다. 오덴세가 걸어서 한바퀴 돌 수 있는 면 단위 마을이 아니라 버스를 타고 움직여야 하는 소도시라는 사실은 우리가 숙소인 래디슨 호텔을 찾아가는 계획에도 차질을 빚었다. 도보로 10분이면 호텔에 충분히 도착하고도 남을 거라고 생각했던 거다.

기차역 앞 널찍한 대로와 광장에 서서 잠시 망설이던 나는, 다시 떨어지기 시작하는 빗방울에 정신이 번쩍 들어 무조건 유모차를 밀었다.

이제 와 택시를 잡아타는 것도 엄두가 나질 않아서 지도에서 숙지한 호텔 방향을 향해 유모차를 밀었다. 대로를 따라가는 대신, 주택가의 소로로 진입했더니 소도시 특유의 오밀조밀한 풍경이 나타나기 시작했다. 붉은 벽돌에 뾰족한 지붕을 얹은 3, 4층짜리 주택과 그 사이사이 들어앉은 레스토랑과 옷가게들. 갈림길이 나오면 지나가는 사람들에게 래디슨 안데르센 호텔을 물었다. '안데르센 박물관' 뒤에 있다는 설명도 덧붙였다. 하지만 사람들은 어깨를 으쓱해 보이며 고개를 저었다.

하늘이 더욱 컴컴해지더니 빗방울이 굵어졌다. 절망감에 우두커니 서있는데 맞은편에서 20대로 보이는 한 여성이 빠른 걸음으로 걸어왔다. 머뭇대다 '혹시 래디슨 호텔의 위치를 아느냐'고 묻자, 뭐라고 중얼거리는 듯하더니 그냥 자기를 따라오라며 가던 길을 되돌아섰다. 이 골목, 저 골목을 따라 들어가니 마침내 널따란 광장이 나왔고, 그 대각선 쪽에 우리가 찾던 래디슨 호텔이 나타났다. 눈물이 나도록 감사해서 고개를 연신 꾸벅이는데, 20대 여성은 "이 호텔이 워낙 찾기가 힘들어. 아이들이 비를 맞아 큰일이네. 모쪼록 좋은 여행되기를 바래" 하며 손을 흔들었다.

비 맞은 생쥐 행색으로 호텔로 들어서자 안도감에 휩싸였다. 고층의 일반 호텔과 달리 오덴세의 래디슨 호텔은 단층으로 길게 지어진 아담한 호텔이었다. 예약서류를 확인한 프런트 직원이 내어준 열쇠로 1층에 자리한 우리 숙소로 들어서는데, 천국이 따로 없었다. 대충 짐을 풀다 창밖을 바라보았다. 1층이라 비오는 거리를 드문드문 지나는 행인들이 보였다. 방금 전 우리가 가로질러온 광장이 보이고, 세탁소며 작은 식당, 상점들이 보였다. 여기서 안데르센이 살았단 말이지?

생각보다 오덴세는 큰 도시였지만, 평화롭고 한산했다. 뭣보다 '관광지' 특유의 북적임, 돈냄새가 나지 않아 좋았다.

07

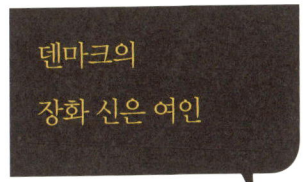

덴마크의 장화 신은 여인

▶▶▶▶▶▶▶▶▶▶ 코펜하겐에서 서쪽으로 160킬로미터쯤 떨어진 핀 섬은 '덴마크의 정원'이라 불리는 아름다운 섬이다. 핀 섬의 중심지가 안데르센의 고향 오덴세이다. 어디선가 오덴세는 '오딘(오덴Oden)을 보라'는 말에서 유래됐다는 말을 들었던 것 같다. 오덴은 북유럽신화에 등장하는 최고의 신으로 그리스 신화의 '제우스'에 해당한다. 스톡홀름에서 내가 살던 동네에도 '오덴플란Odenplan'이라는 유명한 광장이 있었다.

래디슨 안데르센 호텔 입구에 있는 안데르센 동상.

1박 2일만 오덴세에 머물 예정이어서, 이튿날 우리는 호텔 프런트에 짐을 맡기고 시내 구경에 나섰다. 호텔 이름이 '래디슨 안데르센'이더니, 전날 체크인할 때는 경황이 없어 보이지 않던 안데르센 관련 그림과 장식들이 호텔 곳곳에 있었다. 호텔 문 밖에는 벤치에 앉아 있는 안데르센 조각상이 있어서 시온이와 주원이를 앉혀놓고 기념촬영을 했다.

호텔을 나와 처음 찾아간 곳은 안데르센 박물관이다. 초행길에 비까지 흩뿌려 어제는 그렇게도 보이지 않던 안데르센 박물관은 호텔에서 도보로 5분 거리에 있었다. 호텔과 이웃해 있는 오덴세 콘서트 홀 쪽으로 몇 발짝 내려가다가 왼쪽 골목으로 꺾어서 2~3분 걸어가니 안데르센 박물관의 뒷골목이 나왔다. '한슨 옌센 거리'로 불리는 그 골목에 들어서서 나는 잠시 황홀했다. 옹기종기 머리를 맞댄 작은 집들은 물론 일개 기념품 가게도 그림엽서에 나오는 인형의 집 같아서 나는 정신없이 카메라 셔터를 눌렀다. 나중에 안 일이지만 한슨 옌센 거리는 역사보존지구로 지정돼 있다고 했다.

동화 속 마을에 온 듯한 느낌을 주는
한슨 옌센 거리. 역사보존지구로 지정
돼 있다.

안데르센 박물관 입구.

골목을 에둘러 안데르센 박물관 정문에 도착하니 황금빛으로 타오
르는 태양에 사람 얼굴이 새겨진 문장이 먼저 보였다. 인형극 주인공
들을 가위로 오려서 만들기를 즐겼다는 안데르센이 직접 만든 가위그
림 중 하나란다. 이 그림은 박물관에서 조금 떨어져 있는 안데르센 생
가를 비롯해 오덴세 시내 곳곳에 붙어 있었다.

박물관에는 안데르센이 쓰던 책상, 육필원고, 스케치화, 여행용품
같은 유품이 보존돼 있고, 세계 각국의 언어로 번역된 안데르센 작품
집이 전시돼 있다. 대표작인 『인어공주』의 조각상이 천장에 매달려 있

고, 『미운 오리새끼』를 연출한 미니어처도 한구석에 설치돼 있다. 박물관 제일 안쪽에는 안데르센이 동화를 집필했던 당시의 서재가 복원돼 있다. '여행이 곧 인생'이라며 많은 곳을 여행했던 안데르센이 당시 사용했던 우산과 낡은 구두, 가방, 그리고 여행 후의 감상을 쓴 글과 소묘들을 구경하는 재미가 쏠쏠했다.

박물관 바깥 풍경도 운치있다. 기념품 가게에서 매부리코를 자랑하는 안데르센 조각상을 사서 나온 우리 세 식구는 오리가 떠다니는 연못, 초록 정원을 산책하며 좋아라 했다.

박물관에서 나와 '성 크누트 성당'으로 향했다. 성당보다는 그 뒤에 자리한 '안데르센 공원'을 보고 싶어서다. 공원으로 치면 런던의 하이드 파크나 그린 파크 같은 명물들이 있지만, 나는 지금까지 본 공원 중에 최고를 안데르센 공원으로 꼽는다.

하이드 파크처럼 광활하진 않지만, 제법 깊은 냇물과 아치형의 다리, 덤불숲에 숨은 나무 벤치들이 오밀조밀 조화를 이루고 있는 안데르센 공원은 오덴세의 진정한 명물이다. 뭣보다 사람들이 북적이지 않아 햇살 좋은 날엔 벤치에 누워 안데르센 동화를 종일 읽어보고 싶은 곳이었다.

안데르센 공원을 잊을 수 없는 데는 또 다른 사연이 있었다. 다리 밑으로 흘러가는 냇물과 오리 떼를 구경하다 '사고'가 발생한 것이다.

안데르센 공원에 우뚝 서있는 안데르센 동상, 그 뒤로 성 크누트 성당이 보인다.

주원이가 손에 들고 있던 호랑이 인형이 다리 아래로 툭 떨어지더니 냇물 속으로 퐁당 빠지고 만 것이다. 주원이가 으앙~ 하고 울음을 터 뜨렸지만, 폭이 꽤나 넓고 깊어 뛰어들 엄두가 나지 않았다. 호랑이 인 형은 냇물을 따라 둥실둥실 흘러갔다. 주원이가 잘 때도 품에 안고 자 던 인형이라 나도 눈물이 날 지경이었다.

　그때 구세주가 나타났다. 아들과 공원으로 산책을 나온 젊은 엄마가 상황을 파악한 듯 "내가 도와줄 테니 걱정 마라"며 우리를 안심시켰다. 그러더니 장화를 신은 발로 성큼성큼 냇물로 들어갔다. 그러더니 길다란 나뭇가지로 냇물에 물결을 일으켜 인형을 풀숲 쪽으로 나오도록 유도했다. 얼마나 가슴을 졸였는지, 장화 신은 용감한 엄마가 마침내 호랑이 인형을 건져냈을 때 나와 시온이는 발을 동동 구르며 기뻐했다.

그때까지도 앙앙 울고 있던 주원이는 물에 젖은 호랑이를 끌어안고도 한참을 더 울었다. 역시 북유럽 여성은 강했다. 스톡홀름에서도 비오는 날 장화 신은 여인들을 숱하게 봤는데, 그 장화가 이런 위력을 발휘할 줄은 꿈에도 몰랐다. 한국에서는 그 장화들이 수입돼 패션소품으로 불티나게 팔린다는 것을 그해 여름 서울 들어와 알았다.

장화 신은 엄마는 원더우먼 역할을 한 뒤 아들과 함께 오리 떼에게 먹이를 주었다. 비닐봉지에서 꺼낸 빵 부스러기를 물수제비 뜨듯 오리들에게 던져주었다. 그녀는 빵 부스러기를 시온이에게도 조금 건네주었다. 던져보라고. 너무 많이 울어서 지쳐버린 주원이는 물에 젖은 호랑이를 손에 꼭 쥔 채 잠이 들고, 나는 유모차 뒤에 서서 그 정겨운 풍경을 넋 놓고 바라보고 있었다.

08

**고집불통 안데르센을
찾아가다**

▶▶▶▶▶▶▶▶▶ 안데르센 공원에서 오전 한때를 즐긴 우리는
안데르센 생가를 향해 발길을 돌렸다. 다시 성 크누트 성당 쪽으로 나
가 정문 앞에서 왼쪽 길로 내려가면 훨씬 가까웠을 거리를, 초행인 우
리는 공원 옆문으로 빠져나와 동네 골목을 헤매면서 찾아가는 바람에
10분 넘게 걸렸다. 생가는 현대식 주택들 사이에 아주 평범한 모습으
로 자리하고 있어서 불타오르는 태양에 사람 얼굴이 그려진 안데르센
마크가 없었다면 놓치고 지날 뻔했다.

구두수선공 아버지와 세탁부 어머니 사이에 태어난 안데르센이 열
네 살 무렵까지 살았다는 집. 관광객이 많진 않았지만, 집 내부 공간이
워낙 협소하다 보니 서로 몸을 부딪치지 않기 위해 조심해야만 했다.
한눈에도 참 작은 집은 방 두 개와 부엌으로 구성돼 있다. 이곳에서 다
섯 식구가 오글거리며 살았다.

대문을 들어서면 바로 오른쪽에 있는 방이 구두공이었던 아버지의 작
업장이다. 나무탁자 위에 구두를 만드는 데 쓰는 연장들이 전시돼 있다.
맞은편 가장 넓은 방에는 소년 안데르센을 보여주는 유품과 그림, 사진

들이 전시돼 있다. 안데르센이 태어났을 때 교회에서 보내준 출생신고서, 어린 시절 읽은 동화책, 친구에게 보낸 편지, 당시 오덴세 거리의 풍경을 그린 그림들에 대해 가이드가 유창한 영어로 안내를 한다.

유년기의 곤궁했던 삶은, 몸 하나 겨우 누일 수 있을 듯한 낡은 침대와 세간이라고는 그릇 몇 개뿐인 어두컴컴한 부엌에서 체감됐다. 부엌의 쪽문은 햇살이 내리쬐는 뒷마당으로 연결돼 있어서 주원이를 기쁘게 했다. 궁기가 철철 흐르는 집 안과 달리 뒤뜰은 아름다웠다. 저 마당 한구석에 쪼그리고 앉아 열 살 안데르센은 어떤 꿈을 꾸었을까.

사실 안데르센은 우리가 흔히 떠올리는 동화작가의 이미지와는 거리가 멀다. 심술맞게 생긴 매부리코처럼, 냉소적이고 무뚝뚝하며 신경질적인 성품이었다고 그의 평론들이 전한다. 대표작인 『성냥팔이 소녀』, 『인어공주』, 『빨간 구두』 등 안데르센 작품들에 슬픔과 비극, 때로는 잔혹성이 배어 있는 까닭도 그 자신이 찢어지게 가난했던 유년시절의 삶과 무관하지 않으리라.

가난과 못생긴 외모, 보잘것없는 학력은 안데르센의 지독한 콤플렉스이기도 했다. 그로 인해 안데르센은 대중의 주목을 받지 못하면 곧잘 토라지고 상처를 받았으며, 10년에 한 번꼴로 자서전을 펴내 자신의 천재성과 순수성을 과시하려고 했단다. 아이러니하게도, 그런 유치하고 아이 같은 마음, 언제나 사랑받고 싶고 떼쓰고 미친듯이 질투하

구두수선공 아버지의 작업실. 생가의 가장 큰 방에는 소년시절 안데르센 유품이 전시돼 있다.

세모지붕이 예쁜 안데르센 생가. 부엌을 통해 이어지는 뒤뜰을 주원이가 걷고 있다.

는 성정이 안데르센으로 하여금 불후의 명작들을 발표하게 했는지도 모른다.

분명한 건 동화에 관한 한 안데르센은 혹독한 절망 속에서도 희망을 길어올리기 위해 애를 썼다는 사실이다. 산업혁명 이후 빈부의 격차가 극심해진 상황에서 절망하는 가난한 아이들을 위해 그가 펼쳐놓은 환상의 세계는 눈물겨울 만큼 아름답고 서정적이다. 미운 오리새끼가 백조가 되어 날아가듯, 고집불통 작가는 70세의 나이에 독신으로 늙어 죽을 때까지 상상의 나래를 펼친다. 덕분에 그의 동화 150여 편은 당시 덴마크에 살았던 아이들이 크리스마스 선물 0순위로 기다릴 만큼 사랑을 받았고, 오늘날까지도 불후의 명작이 되어 전해 내려오고 있는 것이다.

나중에나중에 안데르센의 『미운 오리새끼』를 함께 읽은 뒤 이 사진을 보여주면 주원이가 어떤 반응을 할지 자못 궁금해졌다. 이렇게 재미있는 동화를 쓴 사람이 사실은 고집불통에 오만한 데다 아무 여인한 테나 게걸스럽게 애정을 구걸하다 결국엔 혼자 쓸쓸히 죽은 남자라는 애기를 들려준다면 딸아이는 어떤 표정을 지을까. 바로 그 괴상하고 우스꽝스러운 성격 덕택에 기이하면서도 매혹적인 동화들을 우리가 읽게 되었다는 것을 아이는 언제쯤 이해하게 될까.

09

오덴세 시청 광장의 노숙자들

▶▶▶▶▶▶▶▶▶▶　　오덴세 시청사와 성 크누트 성당 사이에 있던 광장이었을 거다. 안데르센 생가에서 크누트 성당 쪽으로 올라오니 왼쪽으로 넓은 광장이 펼쳐졌다. 부슬비가 내리고 있어서 비도 피할 겸, 우리는 상상으로 가기 진 그누트 성당으로 들어갔다 마침 일요일이어서 운이 좋으면 덴마크식 주일 미사를 볼 수 있을지 모른다는 기대도 있었다. 하지만 성당 안은 텅 비어 있었다. 이미 정오를 넘긴 시각이었다. 성당 문지기도 없고, 혼자 기도하는 신도도 없이 내부는 고요와 평화 그 자체였다.

크누트 성당은 13세기에 고딕 양식으로 지어진 건물로 안데르센 공원에 맞닿아 있어 더욱 호젓하고 아름다워 보인다. 크누트 성당 뒤로 보이는 교회는 성 알바니 교회다. 크누트와 같이 고딕 양식이지만 20세기 초에 지어진 근대건축이란다. 시청사는 두 교회 사이에 자리하고 있다. 붉은 벽돌로 지어올린 오덴세 시청사는 이탈리아 토스카니니 지역에 있는 시에나라는 도시의 시청을 모방해 지었다고 한다.

세 개의 건축물보다는 시청 앞 광장이 우리를 즐겁게 했다. 각종 공연, 꽃축제 등 오덴세의 크고 작은 이벤트가 열리는 이 광장은 우리가 방문했을 땐 '전시 중' 이었다. 광장 곳곳에 커다란 조각상들이 서있는데, 대부분 빈민층의 모습이었다. 아예 쭈그리고 앉아 구걸을 하는 형상의 젊은 여인이 있고, 넝마를 걸친 채 흐린 초점의 눈동자로 어딘가를 향해 걸어가는 듯한 초로의 남자도 있다.

추억해보니, 북유럽을 여행하면서 유독 노동자, 서민, 빈민층의 삶을 주제로 한 조각상을 많이 만났던 것 같다. 아마도 사회주의가 뿌리 깊은 나라들이기 때문일 거다. 나중에 오슬로에 갔을 때에도 노벨평화상 시상식장으로 유명한 오슬로 시청 앞 광장에 노동자들의 조각상이 일렬로 서있는 것을 보고 뭉클한 감동을 받았다.

저녁에 코펜하겐으로 기차를 타고 넘어가야 해서 우리는 다시 호텔로 돌아갔다. 트렁크를 찾은 뒤 문 밖 벤치에 앉아 있는 안데르센 동상에게

오덴세 시청 광장에 전시되어 있던 조각상들. 빈민층의 삶과 애환을 묘사했다.

작별인사를 하고, 왔던 길을 되짚어 오덴세 역으로 향했다. 기차시간까지는 아직 한 시간도 넘게 남아서, 도착한 날 길을 못 찾아 헤매는 바람에 제대로 즐기지 못한 오덴세의 골목길을 산보하듯 걸었다.

오덴세 역 바로 앞에 펼쳐져 있던 너른 잔디와 우아한 건물들은 다름 아닌 왕립공원이었다. 공원 주변의 작은 골목들, 주황색 지붕의 주택가가 예뻤다. 물론 오덴세의 백미는 안데르센 박물관과 우리가 묵었던 래디슨 안데르센 호텔, 콘서트 홀이 있던 마을이다. 덧칠하고 또 덧칠한 벽면에 올망졸망 창문이 달렸고, 그 바깥쪽에 나무 덧문이 조르르 매달린 집들을 볼 수 있는 거리. 하루만 더 시간이 주어졌다면 아이스크림 하나씩 물고 게으름을 피우며 아이들과 함께 그 골목을 누비고 또 누볐을 것이다.

10

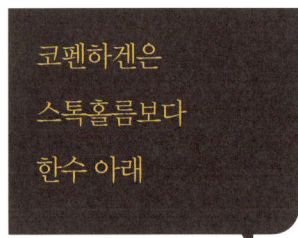

코펜하겐은
스톡홀름보다
한수 아래

▶▶▶▶▶▶▶▶▶ 결론부터 말하자면, 덴마크의 수도 코펜하겐에

대한 나의 인상은 별점 다섯 개 중 세 개에 불과하다. 아마도 나의 주 생활무대가 북유럽에서 가장 아름다운 도시인 스톡홀름이었기 때문인 것 같다. 스웨덴의 경험이 없이, 서울서 비행기를 타고 곧장 코펜하겐으로 날아갔다면, 내 생에 이렇게 아름다운 도시는 본 적이 없다며 호들갑을 떨었을지도 모른다. 하지만 나는 유럽에서도 세 손가락 안에 꼽힐 만큼 아름다운 항구도시 스톡홀름에서 이미 9개월을 살았던 것이다.

오덴세에서 코펜하겐으로 우리는 기차를 타고 이동했다. 숙소는 코펜하겐 중앙역 근처의 호텔로 예약해 놨다. 중앙역이랑 가까워도 너무 가까워서, 나중에 호텔에 들어가 창문을 열어보니 발밑으로 중앙역 뒷광장이 보였다.

정면으로는 코펜하겐의 상징물 중 하나인 티볼리 공원이 보였다. 실은 이 티볼리 공원부터 코펜하겐에 대한 인상이 나빠지기 시작했다. 높은 벽면으로 둘러쳐져 안이 들여다보이지 않는 티볼리 공원은 하이드 파크나 안데르센 공원처럼 산책을 위한 공원이 아닌, 놀이공원이었다. 공원 안끼지 들어가봤으면 생각이 달라질 수도 있었겠지만, 높다란 벽을 올려다보자 들어가고 싶은 생각이 전혀 나지 않았다. 벽면 너머로 롤러코스터 같은 거대한 놀이기구가 오르락내리락 하는 모습이, 내가 상상하던 코펜하겐의 이미지, 인어공주의 도시와는 왠지 거리감이 느껴졌다.

이미 저녁나절이 다 되었으므로 우리는 저녁식사를 할 겸, 중앙역에서 시청사로 이어지는 시내 중심부를 걸어서 구경하기로 했다. 시온이는 호텔방에서 놀고 싶은 마음이 간절했겠지만, 극성 엄마는 내일이면 다시 스웨덴으로 돌아가야 하는데, 한군데라도 더 발도장을 찍어야 한다는 생각뿐이었다.

오른쪽에 거대한 티볼리 공원을 두고 우리는 시청 광장 쪽으로 걸어갔다. 중세시대의 건축이 현대식 빌딩과 섞여 있는 도시의 풍경은 별다른 감흥이 없었다. 스웨덴과 대등한 지위를 누렸을 만큼 번성했던 국가인데, 두 수도의 풍경은 왜 이렇게 다른 걸까. 덴마크 여행서에는 분명 코펜하겐의 건축규제가 엄격하다고 적혀 있었는데, 그 사이 규제가 느슨해진 건지, 곳곳에 고층 빌딩들이 눈에 띄었다.

'라드후스 플라센'이라 불리는 시청 앞 광장의 풍경도 스톡홀름과는 사뭇 달랐다. 규모는 컸지만 운치는 없다고 해야 할까. 흔히 볼 수 있는 비둘기 떼가 사람들이 흘리고 간 빵부스러기를 쪼고 있고, 시민들과 관광객들이 섞여 광장을 가로지르고 있었다.

아직 마음에 드는 식당을 발견하지 못했으므로, 나는 칭얼대는 아이들을 끌고 계속 앞으로 전진했다. 시청 광장을 지나니 스톡홀름의 감라스탄 같은 구시가지가 나왔다. 보행자들만 다닐 수 있는 '스트뢰이어트'였다. 코펜하겐의 주요관광지는 이 스트뢰이어트로부터 5백 미터 이내에 있다고 해도 과언이 아닐 만큼 중요한 장소다. 그렇다고 해서 특별한 운치가 있는 것은 아니고, 우리의 명동처럼 상가들과 식당이 집중돼 있다.

날은 어둑어둑해지는데 도무지 마땅한 식당은 찾지 못하겠고, 주원이마저 유모차에서 내려 걷겠다고 우기는 바람에 할 수 없이 우리는 발길을 되돌렸다. 어둠 때문인지, 낯섦 때문인지는 몰라도 코펜하겐의 도심은 음산했다. 불량한 행색의 중동 이민자들 시선이 자꾸만 느껴지는 데다, 구걸하는 노인들도 심심찮게 눈에 띄었다. 나는 배낭을 단단히 고정한 뒤 주원이를 얼른 유모차에 태웠다. 시온이더러는 엄마 놓치지 말고 바짝 붙어서 따라오라고 주의를 줬다. 아이 둘을 데리고 여행하는 낯선 동양 여자이니 손쉬운 표적이 될 수도 있었다.

다시 시청 광장 쪽으로 나와서야 한숨을 돌릴 수 있었다. 중앙역 숙소 쪽으로 내려가다가 티볼리 공원 담벼락에 붙어 있는 식당 중에 제일 조명이 환하고 사람들이 많은 곳으로 아이들을 데리고 들어갔다. 아이들과 낯신 도시를 여행할 때는 그저 안전제일, 건강제일이라, 나는 빚을 지는 한이 있더라도 숙소와 식당은 퀼리티를 따졌다. 다행히 우리가 고른 식당에서는 시온이와 주원이가 먹을 만한 음식들이 많았다. 주원이가 음료수를 가지고 장난을 치는 바람에 테이블 위와 바닥이 엉망진창이 되긴 했지만, 울고불고 난리를 피우지 않은 것에 감사할 뿐.

단지 하룻밤뿐이지만, 우리 세 식구의 안식처가 되어줄 호텔방에 돌아오자 행복감이 밀려왔다. 아이들과 함께 따뜻한 물로 샤워를 하고 깨끗이 표백된 침대 시트에 누워 시온이와 주원이는 바쿠간을 가지고 놀고, 나는 스웨덴 말과 거의 비슷하게 들려오는 덴마크 TV를 보다가 시큰둥해져 책을 집어들었다. 티볼리 공원의 야경은 좀 괜찮을까 싶어 베란다에 나섰는데, 역시나 감동은 없다. 밤 9시. 이미 퇴근시간은 지났는지, 어둠 속을 거니는 사람들은 기차시간에 맞추려는 사람들, 그리고 데이트를 나온 젊은 남녀들뿐인 듯했다.

11

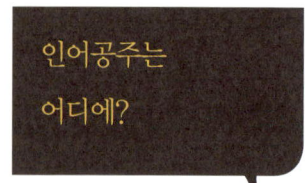

인어공주는
어디에?

▶▶▶▶▶▶▶▶▶▶   아침에 눈을 뜨자마자 나는 호텔 프런트로 내려갔다. 컴퓨터를 사용하기 위해서다. 비즈니스 센터가 따로 있는 호텔은 아니었지만, 다행히 프런트 옆에 숙박객을 위한 컴퓨터 한 대가 놓여 있었다.

스칸디나비아 항공은 탑승 14시간 전부터 온라인을 통해 마음에 드는 좌석을 선택할 수 있게 돼 있다. 화면에 뜬 좌석 그림을 보고, 남아 있는 좌석 중 앉고 싶은 곳을 승객이 지정 예약하는 것이다. 너무 늦게 들어가면 좋은 자리는 이미 차 있어서, 세 식구인 우리는 맨 뒷자리나 따로따로 앉게 될 위험이 있었다. 다행히 게으른 승객들이 많아 9열 좌석 세 개를 잡을 수 있었다.

호텔방으로 올라와 보니 엄마를 찾으러 나가야겠다는 주원이를 시온이가 문 앞에 서서 막고 있었다. 엄마를 보자 와락 달려드는 아이들을 보니 가슴이 짠하다. 이 낯선 곳에 저희들을 버려두고 도망갔을까 봐? 아침을 간단히 먹고 나는 짐부터 쌌다. 트렁크는 프런트에 맡겨두고 코펜하겐 주요 관광지를 구경한 뒤 저녁 6시 비행기로 스톡홀름으로 돌아갈 계획이었다.

아이들과 함께 떠나는 여행지에서는 어떤 돌발 상황이 생길지 모르기 때문에, 꼭 봐야 할 곳을 먼저 정한 뒤 중요한 순서대로 동선을 잡는 것이 좋다. 우리에겐 당연히 인어공주 동상이 최우선이었다. 대충 지도를 보니 중앙역에서 북동쪽, 그러니까 지하철로 서너 정거장쯤에 동상이 있고, 그곳에서 게피온 샘, 처칠 공원, 아말리엔보르 궁전, 로센보르 궁전, 크리스디안보르 성을 거쳐 다시 중앙역으로 돌아오는 방법이 최선인 듯했다. 갈 때는 지하철로, 올 때는 도보로! 좀 무리일까도 싶었지만 일단 강행하기로 했다.

프론트 직원에게는 인어공주상이 있는 바닷가와 가장 가까운 지하철역을 물었다. '외스터포트' 역이란다. 그런데 여직원이 이상한 말을 덧붙였다. 그곳에 있는 인어공주 동상이 가짜라는 것이다. 진짜는 코펜하겐에 없다고 했다. 이건 또 무슨 소리인가. 그렇다고 안 갈 수도 없는 노릇! 진짜든 가짜든 인어공주면 된다는 싶은 마음에 중앙역에서 우리는 전철을 탔다.

그런데 코펜하겐의 전철이 감동이다. 자전거를 끌고 승차할 수 있었다. 아예 자전거를 거치할 수 있는 장소가 전동차에 마련돼 있다. 유모차, 휠체어는 말할 것도 없고 친환경 교통수단의 상징인 자전거에 대한 배려까지, 정말 북유럽 국가다웠다.

외스터포트 역에서 인어공주 동상이 있는 곳까지는 15분 정도 걸어야 했다. 전철역 밖으로 나와 만난 행인에게 동상이 있는 방향을 묻자, 손가락으로 가리키더니, 이 아저씨 또한 이상한 말을 했다. "거기에 인어공주는 없어. 가봤자라구." 호텔 프런트 직원은 가짜라고 하더니, 이 아저씨는 아예 인어공주가 없다고 한다. 대체 이게 무슨 소리란 말인가. 철거라도 했다는 건가, 도둑이라도 맞았다는 건가.

문제는 너무 일찍 방향을 튼 탓에 바닷가 쪽이 아니라 웬 공원(나중에 지도를 보니 처칠 공원) 안쪽으로 들어갔다는 사실이다. 그 오솔길도 소박하고 운치있어서 걷는 즐거움이 컸지만, 유모차를 밀고 가기엔 길이 울퉁

불퉁하고 계단이 많아 불편했다. 다시 바닷가 쪽으로 나가려면 가파른 계단을 올라가야 하는데 시온이와 유모차를 들고 올라가자니 눈앞이 캄캄했다. 그렇다고 길을 다시 되돌아 나가려면 너무 멀었다.

그때 히잡을 쓴 무슬림 여인 둘이 둑방을 지나가다가 우리를 발견하고는 서둘러 내려왔다. 시온이는 비켜서게 하고 뒤에서 유모차를 두 손으로 받치더니 올라가보라는 손짓을 한다. 한 여인은 60대는 족히 넘었을 할머니였고, 한 명은 내 또래인 듯했다. 고맙다는 인사를 하자, 나이 든 여인이 내 등을 두드려주며 뭐라뭐라 말을 한다. '힘내라, 고생하면 좋은 날이 온다'는 말인 듯했다. 그들 눈에 나는 아이 둘 데리고 이국땅에서 온갖 고생을 하며 살아가는 가난한 동양인 여성으로 비쳤을 터. 가슴이 뭉클했다.

둑방으로 올라오자 바닷물이 보이고 커다란 배들이 오가는 모습이 보였다. 조금 더 가면 인어공주상이 있을 게 틀림없다. 이정표도 보이기 시작해서, 우리는 어렵지 않게 동상이 있는 바닷가 쪽으로 길을 잡을 수 있었나. 동상이 다가오는지 인어공주를 테마로 한 관광상품, 사진, 엽서를 판매하는 노점상들이 보였다. 이제 눈앞에 인어공주 동상만 나타나면 되었다. 그런데…….

인어공주는 그곳에 없었다. 전철역 앞에서 만난 남자의 말대로 인어공주는 없고, 그 자리에 인어공주 조각상의 모습을 담은 동영상 스크

인어공주 동상 대신 동영상 스크린이 세워져 있는 모습. 인어공주는 2010 상하이 엑스포에 출품되었다.

린이 설치돼 있었다. 크게 실망할 관광객들을 위해 영어로 안내문이 적혀 있다. 인어공주 동상이 '2010 상하이 엑스포'에 나가 있어 몇 달 뒤에나 돌아온다는 소식이었다. 실제로 인어공주상이 상하이 박람회장에 다소곳이 앉아 있는 모습이 사진으로 걸려 있었다.

　인어공주 동상은 카를스베르 맥주회사의 2대 사장 카를 야콥슨이 왕립극장에서 상연된 발레 〈인어공주〉를 관람한 뒤 조각가 에드바르트 에릭슨에게 의뢰해 제작했다고 한다. 인어공주의 실제 모델은 왕립극장의 프리마돈나로, 훗날 조각가의 부인이 되었다고 했다. 우리가 보지 못한 인어공주는 전체 길이 80센티미터에 불과한 작은 동상이지만 다소곳한 자태에 코펜하겐을 찾는 여행자들의 사랑을 한몸에 받는다. 육지와 너무 가까운 곳에 설치돼 머리가 떨어져나가고 팔이 떨어져나가는 수난을 겪었지만 여전히 덴마크를 찾는 관광객들의 볼거리 1순위에 오르내린다.

인어공주의 부재에 가장 실망한 사람은 물론 나였다. 시온이는 오히려 영상설치물이 신기한 모양인지 뚫어져라 구경을 하고, 주원이는 길바닥의 자갈들을 집어들어 바닷물로 던지기 바빴다. 코펜하겐 도심 풍경에 이어 인어공주까지 나를 실망시키다니! 맥이 빠져 더이상 여행할 기운이 나지 않는데, 시온이가 어딘가를 손으로 가르키며 "엄마, 우리 저기 가보자" 한다.

놀이터였다. 바닷가에 자리한 어린이 놀이터. 아이들 눈엔 인어공주고 뭐고 놀이터밖에 안 보이는구나, 싶은 마음에 웃음이 났다. 다리도 쉴 겸, 주원이도 놀릴 겸 우리는 놀이터로 갔다. 한국 놀이터처럼 총천

인어공주 동상에서 처칠 공원 가는 길에 만난 놀이터. 무채색으로 담백하게 디자인 된 놀이터에서 평화로운 한때를 보냈다.

연색이 아닌, 매우 소박한 무채색의 놀이터에 10여 명의 아이들이 교사로 보이는 사람들과 나와 모래장난을 하고 있다. 놀이터 앞에는 두 마리의 백조가 모래밭에 둥지를 틀고 잠들어 있었다. 나는 벤치에 앉아 놀이터 너머 바닷가를 바라보다 꾸벅꾸벅 졸고, 두 아이는 시간 가는 줄 모르고 흙놀이에 빠져들었다.

12

**장미의 성을
놓치지 마세요**

▶▶▶▶▶▶▶▶▶▶   비행기 시간 때문에 마냥 놀이터에서 놀 수는 없어서 아이들을 달래 우리는 중앙역 쪽으로 방향을 잡았다. 왼쪽에 펼쳐진 바다의 풍광은 공장과 창고 건물, 그리고 해군 군함들 탓인지 그리 낭만적이진 않았다. 대신 처칠 공원으로 이어지는 숲길 '란게리네' 는 오붓하고 예뻤다.

조금 더 내려가니 느닷없이 물줄기가 힘차게 솟아오르는 분수가 나타났다. '게피온 샘' 이었다. 네 마리의 수소와 여신의 동상으로 이루어진 이 분수는 덴마크 건국 전설에 등장한다.

덴마크 건국 신화에 나오는 게피온 샘. 네 마리의 수소에게 여신이 채찍을 휘두르는 형상이다.

분수 뒤로 작지만 고색창연하게 보이는 교회는 세인트 알바니 교회. 교회를 지나 몇 발자국 내려오다 보니 작은 흉상이 놓여 있다. 2차 세계대전 영국의 승리를 이끌어낸 처칠 총리의 흉상이다. 세계대전 때 독일 나치에 섬령당한 덴마크를 구해준 영국군에 대한 감사의 표시로 처칠 흉상을 세우고, 이 일대를 처칠 공원이라고 부른다고 했다. 고개를 약간 숙인 처칠(흉상)은 트레이드 마크인 시가를 입에 물고 있지 않았다. 그 이유가 시가를 떨어뜨린 처칠이 그것을 찾기 위해 아래를 내려다보고 있기 때문이란다.

떨어진 시가를 찾고 있는 처칠 흉상.

처칠 공원을 벗어나자 다시 코펜하겐의 도심으로 이어지는 자동차 도로가 나왔다. 도로를 건너 우리는 아말리엔보르 궁전으로 향하는 골목으로 접어들었다. 아말리엔보르 궁전은 여왕 마르그레테 2세가 거처하는 곳이다. 입헌군주제인 덴마크에서 어떤 연예인보다도 인기 있는 스타가 바로 이 여왕이라고 했다. 지적이고 위트가 풍부한 데다 서민적인 성격으로 국민들의 사랑을 한몸에 받는다고 했다. 입헌군주제가 폐지돼 대통령을 뽑는다면 마르그레테가 선출될 것이라는 말이 나돌 정도다.

왕궁은 화려하지 않았다. 스톡홀름 감라스탄에 있는 스웨덴 국왕의 궁전이 전혀 화려하지 않은 것처럼, 여왕의 거처도 수수하기 그지없었다. 북유럽 사람들의 검박한 기질일까. 드넓은 광장을 오가는 관광객들, 제복 차림의 호위병이 없다면 매우 평범한 중세시대 건축물로밖에

덴마크 여왕이 사는 아말리엔보르 궁전 광장에 서있는 동상.

보이지 않을 게 틀림없었다. 원래 왕이 살던 궁전은 우리가 맨 나중에 보게 될 크리스티안보르 성이었다고 한다. 18세기 말 이 성에 화재가 나 임시로 아말리엔보르로 옮긴 것인데 이후 왕의 거처가 된 셈이다.

사진을 한두 컷 찍고, 나는 아이들을 데리고 로젠보르 궁전 쪽으로 우회전했다. 직진해서 내려가면 크리스티안보르 성으로 곧장 갈 수 있지만, 가장 화려했던 덴마크의 역사가 있다는 로젠보르를 건너뛰고 싶지 않았다.

붉은 벽돌로 지어진 로젠보르 궁. 궁전 앞 드넓은 잔디밭은 코펜하겐 시민들의 휴식처다.

그건 최고의 선택이었다. 10여 분 걸어서 당도한 로젠보르 궁은 지금까지의 코펜하겐에 대한 인상을 완전히 바꿔놓았다. '장미의 성'이란 이름답게 녹음 울창한 정원과 붉은 색 벽돌의 궁전이 어우러져 자아내는 풍취는 탄성이 절로 나올 만큼 아름다웠다.

정원으로 돌진한 우리는 일단 푸른 잔디밭에 일제히 드러누웠다. 온몸의 피로가 풀렸고 행복감이 넘쳤다. 탁 트인 잔디밭은 확실히 아이들에게 해방감을 느끼게 하는 모양이다. 5월의 벚꽃도 만발해서 우리

덴마크의 여걸 마르그레테 1세의 동상.

는 로젠보르 궁을 구경할 생각은 않고 꽃그늘에서 신나게 뛰어놀았다.

잔디밭 너머로 보이는 로젠보르 궁은 화려하다고는 할 수 없지만, 붉은 벽돌 때문인지, 어떤 열정이 느껴지는 성이었다. 38세의 크리스티안 4세가 절세의 미인 키아스텐 뭉크 부인과 뜨거운 사랑을 나누기 위해 만들었다는 여름별장이다. 크리스티안 4세는 죽음도 이 궁전에서 맞이했다고 한다. 지금은 왕실의 보물관으로 용도변경돼, 크리스티안 4세와 절대군주였던 크리스티안 5세의 대관시에 사용된 왕관을 비롯해 왕실의 물건들이 전시돼 있다.

궁전 옆 꽃밭으로 꾸며놓은 마르그레테 1세 여왕의 정원을 한바퀴 돌고 나와 우리는 크리스티안보르 성으로 향했다. 골목길을 다시 헤매며 찾아가기 힘들어 대로로 나왔더니 뇌레포트 전철역이 보였다. 전철역 부근에서 맥도날드를 찾아낸 나와 시온이는 환호했다. 배가 아우성 치고 있었기 때문이다.

13

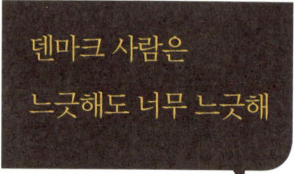

덴마크 사람은
느긋해도 너무 느긋해

▶▶▶▶▶▶▶▶▶▶   크리스티안보르 성은 코펜하겐 시청사와 아주 가까운 거리에 있었다. 골목골목을 찾아헤매느라 고생을 엄청 한 것 같 았는데, 막상 당도하니 바로 옆에 시청사가 보여 허탈했다. 공사 중이어 서 그랬는지, 시온이가 화장실을 급히 찾아서였는지, 크리스티안보르 성에서는 커다란 감흥을 느끼지 못했다. 현재 국회의사당으로 사용되고 있어서 우리 같은 관광객보다는 말쑥한 양복 차림의 신사들이 드나들고 있었다. 기념촬영만 간단히 한 뒤 시온이의 화장실을 찾기 위해 두리번 거리다가, 더이상은 참을 수 없다는 아이의 절규로 어느 건물 뒤편에서 노상방뇨를 하고야 말았다. 나중에 보니 국립박물관 후문이었다.

국립박물관을 지나 시청 옆길로 해서 다시 시청 광장으로 빠져나온 우리는 중앙역으로 향했다. 비행기 시간까지는 아직 여유가 있어서,

현재 국회의사당으로 사용되고
있는 크리스티안보르 성.

코펜하겐 시청사에서 다운타운으
로 이어지는 길목은 도보여행자
들의 사랑을 받는다.

중앙역에서 코펜하겐 공항으로 가는 기차표를 끊었다. 유모차 바퀴가
한쪽 빠져나간 것, 주원이의 호랑이 인형이 공원 냇물에 빠진 것 말고
는 큰 불상사 없이 여행했다는 생각에, 공항행 기차를 기다리는 마음
이 홀가분했다. 노선을 보니 공항행 기차의 종착역은 말뫼였다. 스웨
덴 남쪽 도시 말뫼. 해협 하나를 사이에 두고 덴마크와 스웨덴은 이렇
게 가깝게 이어져 있는 것이다.

덴마크 여행의 마지막 불상사는 기차간에서 벌어졌다. 공항을 향해 잘 달리던 열차가 10여 분 만에 멈춰선 것이다. 그래봤자 2~3분이겠지, 했는데 아니었다. 15분, 20분이 되도록 열차는 꿈쩍도 하지 않았다. 덴마크 말로 방송이 한두 번 나오기는 해서, 친절해 보이는 20대 여성 승객에게 물어보니, 철로에 약간의 문제가 생긴 것 같다며 어깨를 으쓱해 보였다. 멈춰선 지 20분이 지나자 나는 마음이 조급해지기 시작했다. 조금만 더 늦어지면 비행기를 놓칠 수 있는 상황이었다.

나를 더 열받게 한 것은, 태평한 표정의 덴마크 승객들이었다. 전동차가 그토록 오랫동안 정차해 있는데도 술렁임이라고는 없이 모두 제자리에 앉거나 선 채로 차창 밖을 응시하거나 책을 읽고 있었다. 우리처럼 공항으로 가는 승객도 다수였는데, 시계를 보며 초조해하고 발을 구르는 사람은 나밖에 없었다.

천만다행히도 열차는 다시 스르르 미끄러져나갔다. 거의 30분이나 정차돼 있던 열차가 움직이자 나는 눈물이 날 듯 기뻤다. 물론 나만 그랬다. 덴마크 사람들의 표정엔 어떤 변화도 읽히지 않았다. 대체 나와 저들의 유전자는 어떻게 다른 것인가. 역시 내가 문제인 건가? 저렇게 무디게 살아도 되는 건가? 온갖 잡생각들을 하다 보니 어느새 공항. 미리 탑승수속을 인터넷에서 끝내온 덕분에 우리는 트렁크와 유모차만 부친 뒤 바로 게이트로 갈 수 있었다.

코펜하겐에서 스톡홀름까지야 비행시간이 단 50분. 비행기를 놓칠까 봐 노심초사했던 우리는 9열 좌석에 나란히 앉아 안도의 한숨을 쉬었다. 그런데 스톡홀름 하늘에 거의 당도할 즈음 스튜어디스 한 사람이 노래를 부르기 시작했다. 무슨 일인가 싶어 눈을 떠보니, 스튜어디스의 대장 격인 모양으로 나이는 50대쯤 보이는 여인이다. 동요 같기도 하고 가곡 같기도 한 노래가 부드러운 목소리로 들려왔다. 승객들에 대한 선물이란다. 이 가족적인 분위기라니! 그녀의 노래 덕분에 우리 세 식구의 3박 4일 덴마크 여행은 행복하게 막을 내렸다.

따뜻한 눈의 나라,
핀란드

01

헬싱키의 겨울로
떠나다

▶▶▶▶▶▶▶▶▶▶ 핀란드 헬싱키에 처음 가본 건 2007년 2월이
었다. '팬솔트'로 대표되는 저염소금 산업을 취재하는 출장이었는데,
저염소금을 개발한 헬싱키 대학 교수와 핀란드 식약청쯤 되는 부서의
간부를 만난 뒤 런던으로 넘어가는 일정이었다.

처음 헬싱키 출장 소식을 듣고 얼마나 환호했던지. 그때만 해도 핀
란드는 멀고도 먼 설원의 나라, 소설에나 등장하는 북구의 나라, 산타
의 나라였기 때문이다.

결론부터 말하자면, 헬싱키의 풍광은 적막하고 삭막했다. 한 나라의

꽝꽝 얼어붙은 호수를 스키를 타고 출퇴근하는 헬싱키 시민들. 이들에게 스키는 교통수단이다.

눈 덮인 헬싱키 시내의 한 공원을 가족들이 산책하고 있다. 썰매를 탄 아이의 심드렁한 표정이 귀엽다.

수도라기엔 지나치게 소박해서 당황스러웠다. 단지 눈이 많이 와 있기 때문만은 아니었다. 스톡홀름처럼 고풍스런 건물이 많지도 않았고, 그저 휑하니 넓고 황량한 평지와 공장처럼 보이는 회색 빌딩들로 둘러싸여 있었다. 북유럽 사람들은 '엄마 뱃속에서부터 스키를 신고 태어난다' 더니, 꽝꽝 언 호수를 스키를 타고 출퇴근하는 사람들, 썰매를 타고 산책길에 나선 아이들의 모습만 강렬하게 뇌리에 남아 있다.

헬싱키에서는 시간도 천천히 흘러가는 듯했다. 무라카미 하루키는 『먼 북소리』라는 책에서 헬싱키를 이렇게 묘사한다.

"헬싱키 거리는 도쿄에서 온 사람이 보면 어딘가 텅 빈 것 같은 인상을 받는다. 경제효율을 생각하지 않고 만든 도시 같다. 사람들은 친절하고 얌전하며 무엇보다도 사람 수가 적다. 일단 행렬을 볼 수가 없다. 도둑도 없을 것 같고 경찰관도 거의 보이지 않는다."

저염소금을 취재하던 중에 방문한 헬싱키 외곽의 맥도날드도 기억난다. 맥도날드라고 해서 다 같은 맥도날드가 아니란 것을 헬싱키에서 알았다. 헬싱키 맥도날드에서는 저염소금을 이용한 건강 햄버거를 만들어내고 있었다. 빵 사이에 끼우는 고기도 모두 그 나라에서 생산되는 육류를 사용해 안심하고 먹을 수 있었다. 건강한 패스트푸드였다.

헬싱키를 출장이 아니라 여행으로 가게 된 것은, 스웨덴 연수 중이던 2010년 2월이다. 마침 서울에서 언니와 조카 둘이 스톡홀름에 여행 와 있던 때라 우리는 스톡홀름에서 헬싱키까지 2박 3일로 다녀오는 유람선여행을 하기로 했다. 스웨덴에서 장기체류하는 사람들이 한번은 꼭 해보는 유람선여행인데, 엄청 비싸다는 소문만 듣고 차일피일 미뤄오던 터였다.

북유럽의 대표적인 유람선 여행업체인 '탈린크 실리아www.tallinksilja.com' 홈페이지에 들어가 예약을 했다. 생각했던 것보다 그렇게 비싸지도 않았다. 저가항공처럼 인터넷으로 미리 예약할수록 비용이 적게 들고, 묵을 층수와 선실 크기에 따라서도 가격이 천차만별이었다. 우리는 어른 둘, 학생 셋, 아기 한 명이어서 가족실 한 칸으로 예약했다. 가족실은 유람선의 상층부에 자리하고 있어서 바다 쪽에 창이 나 있을 경우 전망이 좋다. 식당 이용료를 줄이기 위해 스톡홀름에서 먹을 것을 바리바리 싸가지고 승선하는 사람들도 많았지만, 우리는 아이들이 많아서 짐의 부피를 줄이는 게 급선무였다. 아이들과 함께하는 여행에서는 그저 안전이 최우선인 만큼, 나는 식당과 사우나, 바^{Bar} 이용료가 모두 포함된 패키지 티켓을 끊었다. 우리 돈으로 120만 원 정도 들었던 것 같다.

문제는 유람선여행을 떠난 시점이 또 겨울이라는 사실이다. 헬싱키와는 겨울에만 인연이 닿나 보다 싶어 아쉬웠지만, 유럽 여행이 처음인 언니와 조카들은 겨울이면 어떠랴, 게다가 유람선여행이라니 한껏 들떠 있었다.

02

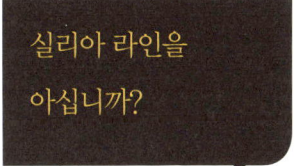

실리아 라인을
아십니까?

▶▶▶▶▶▶▶▶▶▶ 발트해를 오가는 유람선은 크게 탈린크, 실리아, 바이킹이 있다. 탈린크와 실리아는 같은 업체에서 운영하는 유람선이고, 바이킹은 다른 회사다. 유람선이 출발하는 장소도 다르다. 탈

린크, 실리아 유람선은 스톡홀름 도심에서 지하철로 20여 분 떨어진 외곽 항구에서 출발하고, 바이킹 유람선은 스톡홀름 시내 항구에서 떠난다. 노선도 조금씩 다른데, 가장 큰 차이점은 유람선의 규모와 시설이다. 같은 실리아 유람선도 세레나데, 심포니, 유로파 등으로 분류돼 선실 구성이 조금씩 다르고 가격에도 차이가 난다.

스웨덴에 있는 동안 헬싱키로 두 번의 유람선여행을 다녀왔는데, 그때마다 우리는 실리아 라인을 이용했다. 탈린크 유람선은 규모가 작고 낡았다는 선입견이 있었고, 바이킹은 겨울바다에서 얼음에 갇힌 채 바다에 멈춰서 있었다는 뉴스가 나와 지레 겁을 먹었다.

오후 5시 헬싱키로 떠나는 유람선을 타기 위해 우리는 스톡홀름 중앙역까지 간 다음 롭스텐행 전철로 갈아탄 뒤 괴데 역에서 내렸다. 2박 3일 일정의 헬싱키 여행은 오후 5시 스톡홀름을 출발해 유람선에서 하룻밤을 자면 이튿날 아침 9시쯤 헬싱키 항구에 도착하게 돼 있었다. 헬싱키에서는 간단히 배낭만 챙겨 유람선을 나와서는 시내 여행을 한 뒤 그날 오후 5시 헬싱키 항구를 출발, 밤새 스톡홀름으로 돌아오는 여정이다.

내가 물을 무서워하는 데다 일종의 폐소공포증이 있어서, 떠나기 전부터 약간 걱정이 되긴 했지만, 유람선에 발을 들여놓는 순간 걱정은 순식간에 사라졌다. 승선 수속을 마친 뒤 유람선 입구에 들어서자 느닷없이 카메라맨들이 우리를 막아섰다. 승선 기념으로 가족사진을 촬영해준다고 했다. 사진이 마음에 들면 배에서 내릴 때 구입하면 되고, 안 사도 그만이다. 나중에 보니 포토 갤러리처럼 꾸며진 공간에 가족들, 연인들의 사진이 잔뜩 전시돼 있었다.

11층 가족실에서 내려다본 유람선 로비.

기념촬영을 한 뒤 배 안으로 들어가니 이번엔 경쾌한 클래식 연주가 우리를 맞이했다. 로비에는 각종 기념품과 의류를 판매하는 가게들과 레스토랑, 바가 즐비한데, 국경을 넘는 유람선이라 모든 곳이 면세 지역이었다.

각층의 숙소는 엘리베이터를 타고 이동했다. 카드형 키로 문을 따고 들어서자 아담한 가족실이 나타났다. 접었다 폈다 할 수 있는 이층침대가 양쪽 벽에 붙어 있고, 가운데에는 소파 겸 침대로 활용할 수 있는 푹신한 의자가 있었다. 화장실 겸 욕실이 비좁아서 불편했지만 견딜 만했다. 아쉽게도 우리 가족실의 창문은 내부 쪽으로 나 있어서 바다 대신 로비를 오가는 사람들을 구경해야만 했다. 나쁘지 않았다. 로비에서는 밤 늦게까지 승객들을 위

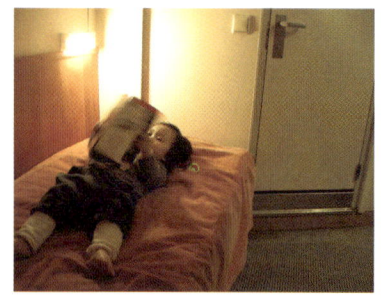

어른과 아이들 여섯 명이 묵은 가족실. 유람선 로비에는 면세점과 식당, 바가 즐비하다.

한 공연들이 펼쳐졌고, 건너편 가족실 풍경을 훔쳐보는 재미도 컸다.

배가 움직이기 시작하는지 선실이 살짝 흔들거렸다. "와~ 출발이다!" 시온이가 제일 신났다. 이종사촌 누나들, 수다스럽고 유머가 많은 큰이모와 함께하니 행복한가 보다. 타지에서 세 식구만 외롭게 살다가 아군들이 왔으니 어찌 아니 기쁠까. 주원이의 컨디션도 나쁘지 않았다. 배 멀미에 약한 나만이 이 배가 칠흑 같은 북구의 밤을 지나어서 빨리 헬싱키 항구에 무사히 도착하기만을 기도하고 또 기도했다.

03

헬싱키의 명물
바위교회에서 예배를

▶▶▶▶▶▶▶▶ 간간이 배가 흔들려 잠을 깨긴 했지만, 우리는
무사히 헬싱키 항구에 도착했다. 선상 뷔페에서 아침식사를 한 뒤 간단
한 짐을 챙겨 항구로 나오자, 과연 설국雪國이다. 항구의 가장자리를 따
라 10여 분 내려가면 '마켓 광장Kauppatori'이라고 불리는 유명한 재래시
장이 있는데, 겨울에는 온 세상이 꽝꽝 얼어붙어 시장이 서지 않는다.

온통 눈밖에 보이지 않는 항구 앞에서 나는 막막하기 그지없었다. 3년
전 출장으로 한 번 와본 곳이긴 하나, 그때는 현지 가이드가 있는 상황
이었고, 지금은 내가 여섯 식구를 이끌고 가이드 노릇을 해야만 했기
때문이다. 다른 관광객들은 배에 싣고 온 자동차를 운전하거나, 미리
예약한 투어버스에 올라탔다. 예약하지 않아도 투어버스를 탈 수는 있
었지만 유모차가 있는 네나 버스의 답답한 공기를 싫어하는 주원이 때
문에 망설여졌다.

하는 수 없이 터미널 내부에 있는 인포메이션 센터로 가서 조언을
구했다. 아이들 이야기를 했더니, 버스 대신 전차(트램)를 이용해도 주
요 관광지를 둘러볼 수 있다고 한다. 스톡홀름과 달리 헬싱키는 땅 위

헬싱키 시내를 가로지르는 전차. 투어버스보다는 전차를 타고 시내 여행을 하는 것이 훨씬 즐겁다.

를 오가는 전차가 대표적인 대중교통수단이었다.

실리아 라인이 정박하는 올림피아 터미널 앞에서는 3T라고 적힌 전차를 타면 '헬싱키 대성당'을 거쳐 일명 '락 처치(바위교회)'로 유명한 '템펠리아우키오 교회'까지도 갈 수 있었다. 대성당에서 락 처치로 가는 길에 도심을 거치기 때문에 헬싱키 중앙역도 볼 수 있고, 핀란디아 홀도 지나가는 셈이었다.

우리는 가장 먼저 여행할 곳으로 락 처치를 선택했다. 헬싱키 대성당은 오며가며 멀리서도 보이는 데다, 항구와 걸어서도 갈 수 있는 거리라 맨 마지막에 들를 생각이었다. 프라하에서도 그랬지만 전차 타는 재미가 쏠쏠했다. 철도가 아니라 자동차들과 나란히 골목골목을 누비기 때문이다.

락 처치와 가장 가까운 정류장을 헬싱키 시민 두 명에게 재차 확인한 뒤 우리는 전차에서 내렸다. 기억의 힘이란 대단한 것이라, 나는 아주 약간만 헤맨 뒤 정확히 템펠리아우키오 교회로 들어서는 골목을 찾아냈다. 멀리서도 교회의 특별한 아우라가 보였기 때문이다. 2007년 헬싱키 출장에서 가장 감명받은 곳이 바로 이 교회였다.

3년 전 그날은 마침 일요일이어서 주일예배를 볼 수 있었다. 관광객들이 많다 보니 영어예배로 진행했는데, 바위 사이를 뚫고 들어오는 햇살 아래 경건하게 진행되던 예배에 감동을 받았었다. 마침 성찬식까지 거행되어, 이방인이지만 세례자인 나는 목사님 앞에 무릎을 꿇고 빵 한 조각과 포도주를 얻어먹을 수 있었다.

템펠리아우키오 교회는 1969년에 세워졌다. 티모와 투오모 수오말라이넨 형제의 작품으로, 도심에 있는 커다란 바위의 속을 파내고 천장을 통해 자연광이 들어오도록 설계한 건물이다. 그러니까 땅속에 지어진 건축물인 셈이다. 내부는 다듬지 않은 거친 돌로 되어 있고, 지붕만 구리를 사용해 돔 모양으로 제작했다. 구리 천장은 콘크리트 들보로 바위와 연결돼 있고, 구리 천장과 바위 외벽 사이의 공간을 투명한

헬싱키의 명물 템펠리아우키오 교회. 바위 안에 지은 교회로 '락 처치' 로도 불린다.

유리로 처리해 건물에 자연광이 들어올 수 있게 했다. 바위 틈으로는 물이 흐르고 있다 하니 정말 아름답지 않은가.

락 처치의 아름다움은 건물 안으로 들어가야 확연히 느낄 수 있다. 밖에서는 누가 설명해주지 않으면 그냥 지나칠 만큼 눈에 잘 띄지 않는다. 지붕과 교회 외벽에는 파낸 돌들을 쌓아놓아서 그냥 높은 둔덕인 줄 아는 사람도 많단다. 더구나 함박눈이 쌓이는 겨울이니 눈에 띌 리 만무하다.

언니네 일행은 락 처치에 환호했다. 주일이 아니라 교회는 어둡고 한산했지만 트럼펫 연주로 클래식 음악이 흘러나오고 있어 성스럽게 느껴졌다. 유럽의 여느 교회와 마찬가지로 1유로를 내고 양초를 사서 불을 밝히는 제단이 있었는데, 기독교가 박해받던 시절 어느 굴속에 들어와 불을 밝히듯 우리는 바위벽에 설치된 제단에 하나씩 촛불을 켜면서 소원을 빌었다.

성악을 전공한 언니는 설교단 옆에 마련된 오케스트라석에 관심을 보였다. 울림이 굉장히 좋겠다고 했다. 외벽이 바윗돌로 둘러싸여 있어 바깥의 소음이 전혀 들리지 않는 데다 진공감이 있어 어떤 연주를 해도 아름답게 들릴 것이라고 했다. 실제로 이 교회는 콘서트 공간으로도 사랑받고 있었다.

문득 서울 장충동에 있는 경동 교회가 생각났다. 한국 건축의 거장 김

수근 선생이 설계한 교회로, 파이프오르간 연주의 최고 장소로 꼽히는 곳이었다. 목사님이 설교하는 강대상이 신도석보다 훨씬 위에 자리하는 일반 교회와는 정반대로, 본당 바닥이 입구에서부터 경사지기 시작해 강대상을 가장 낮은 자리에 위치시킨 특이한 건축물이다. 그래서인지 경동 교회에 들어서면 나도 모르게 마음이 숙연해지고 그래서 위로가 됐다. 건축 자체가 사람들에게 기쁨과 안식을 줄 수 있다는 것을, 경동 교회와 템펠리아우키오 교회를 통해 새삼 느꼈다.

04

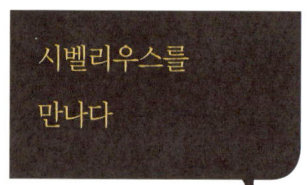

시벨리우스를
만나다

▶▶▶▶▶▶▶▶▶▶▶ 강동석의 바이올린 연주회에 간 건, 2011년 겨울이었다. 독주회가 아니라, 저소득층 아이들을 위해 12년째 이어오고 있는 '희망콘서트'였다. 내가 만년 미소년인 강동석의 왕팬이기도 하지만, 마침 오케스트라에 관심을 갖게 된 시온에게도 보여주면 좋을 것 같아 아이 손을 잡고 예술의 전당으로 향했다.

상하이 심포니 오케스트라와 함께하는 연주회의 레퍼토리에는 시벨리우스의 〈바이올린협주곡〉과 림스키 코르사코프의 〈세헤라자데〉가 들어 있었다. 〈세헤라자데〉는 피겨 스케이트 선수 김연아가 2009 세계 선수권 대회에서 우승했을 때의 안무곡이다. 시온이에게 "이 곡이 김연아 선수가 경기할 때 울려퍼지던 그 아름다운 음악이야" 하고 설명해줬다.

문제는 시벨리우스의 〈바이올린협주곡〉. 핀란드의 국민음악가 시벨리우스라고는 하지만 그의 단 하나뿐이라는 〈바이올린협주곡〉은 내게도 생경했기 때문이다. 연신 하품을 하며 몸을 배배 꼬기 시작해 주위의 눈총을 사게 된 시온이의 흥미를 어떻게 돋울까 고민하다가 떠오른 것이 핀란드 여행이었다. 2010년 2월, 눈이 펑펑 쏟아졌던 그날, 락 처치에 이어 우리가 찾아간 곳이 '시벨리우스 공원'이었다.

실은 락 처치를 구경한 뒤 근처 맥도날드에서 햄버거를 하나씩 먹는 것으로 점심을 때우고 우리는 다시 헬싱키 대성당으로 전차를 타고 돌아왔다. 나는 대성당의 그 높은 계단을 주원이를 안고 오를 엄두가 나지 않아 밖에서 기다리고, 언니 일행과 시온이는 대성당 내부까지 구경하고 나왔다. 유럽 성당의 내부 모습은 솔직히 거기서 거기, 큰 차이가 없지 않던가.

대성당을 구경한 뒤 시계를 보니 2시. 5시에 출발하는 유람선으로 돌아가기엔 아직 시간이 남아 있어서 우리는 잠시 고민을 했다. 밖에

순백색의 헬싱키 대성당. 핀란드 루터파 교회의 총본산이다.

서 추위에 떤 나는 유람선으로 돌아가 배의 맨 꼭대기층에 있다는 사우나에서 몸을 따끈하게 데우고 싶은 생각이 간절했지만, 언니가 반대했다. "우리가 언제 또 핀란드엘 와보겠냐. 갈 수 있는 데까지 구경하고 가야겠다!"

시벨리우스 공원은 그렇게 해서 가게 됐다. 음악을 전공한 언니가 선택한 곳이다. 마침 대성당 앞에서 공원 앞으로 가는 14번 전차가 있어서 우리는 다시 유모차를 밀고 시벨리우스 공원을 향했다. 물어물어 공원 근처 정류장에서 내리긴 했는데, 온통 눈밭인 데다 공원처럼 생긴 장소는 전혀 보이지 않았다. 사람들에게 물어보니 걸어서 10여 분을 가야 한단다. 주택가로 난 도로를 따라 눈바람을 뚫고 가는 길은 한 시간처럼 길게 느껴졌다.

마침내 벌판이 나타났고, 눈에 덮인 나무숲 같은 게 보였다. 온통 눈뿐인 이 공원을 보자고 그 고생을 하며 찾아왔던가. 그래도 언니는 신난다는 표정이다. "와, 이렇게 많이 쌓인 눈은 처음이야."

공원을 찾아 들어가니 멀리 괴상한 조형물이 보였다. 에일라 힐투넨이라는 조각가가 시벨리우스를 기념하기 위해 스테인레스 파이프를 모아서 만들었다는 기념비였다. 여행서에서 봤던 그 특이한 조형물이 흰 눈에 쌓여 우뚝 서있었다. 인적없는 한겨울의 공원에서 이 독특한 기념비를 마주한 느낌은 기묘했다. 바로 그 옆에 화난 듯 우리를 내려다보는 시벨리우스의 얼굴 조각상이 있어서 괴기스럽기조차 했다.

우리는 기념비 앞에서 눈을 맞으며 사진을 찍었다. 마침 잠에서 깬 주원이도 유모차 밖으로 기어 나와 눈밭을 아장아장 걸어다녔다. 일행이 모두 즐거워하니 여기까지 걸어온 수고가 아깝지 않았다. 여행서에는 공원이 바닷가와 인접해 있어서 해안가를 걸으며 산책할 수 있다고 적혀 있었지만, 우리에겐 시간이 없었다.

항구로 돌아가는 전차를 기다리며 사진을 찍었다. 헬싱키 시민인 듯한 어느 할머니가 우리에게 질문을 했다. 핀란드 말이라 알아들을 수는 없었지만 할머니의 얼굴에 인자한 미소가 가득했다. 그보다 젊어

한겨울의 시벨리우스 공원, 스테인레스 파이프를 모아 제작한 기념비가 여행자들의 사랑을 받는다.

보이는 한 여성이 영어로 말을 건네왔다. 어디서 왔냐고. 한국에서 왔다고 하니, 오늘이 헬싱키에 30년 만에 가장 큰 눈이 내린 날이라며 고개를 저었다. 이 '기념비적'인 날에 헬싱키를 여행한 것이 기특하게 느껴졌다.

나는 시벨리우스 공원에 그해 6월 한 번 더 가게 된다. 친정부모님을 모시고 두번째 유람선여행을 했을 때다. 그때는 편하게 시내 투어버스를 이용했는데, 투어버스는 헬싱키 최고의 명소가 이곳이라는 듯 시벨리우스 공원에 관광객들을 내려놓았다. 여름에 본 시벨리우스 공원은 낯설고 낯설었다. 한겨울 눈 덮인, 그 적막하고 광활했던 시벨리우스 공원이 아니었다. 관광객이 어찌나 많은지 파이프 기념비 앞에서 사진 찍을 차례를 기다리는 것만도 시간이 걸렸고, 주위에 푸른 숲이 있긴 했지만, 그 겨울날의 시리도록 아름다웠던 영상이 퇴색될까 봐 나는 서둘러 부모님을 모시고 관광버스에 올랐다.

강동석의 시벨리우스 〈바이올린협주곡〉을 들으면서도 나는 핀란드의 겨울을 그리워했다. 단조의 음울하면서도 묵직한 선율, 금방이라도 눈을 쏟아부을 듯한 청회색 하늘 아래에서의 추억을 음미하면서.

05

핀란드 사람, 스웨덴 사람

▶▶▶▶▶▶▶▶▶▶ 전차를 타고 올림피아 터미널로 돌아오면서 우리는 눈에 파묻힌 헬싱키 시내를 지겹도록 감상했다. 『먼 북소리』의 무라카미 하루키가 헬싱키에서의 무료함을 달래기 위해 연주회를 보러 갔다던 핀란디아 홀을 지나 중앙역, 다시 대성당을 거쳐 항구로 돌아왔다.

화려하진 않지만, 높은 지대에 위치하고 있어 웅장해 보이는 헬싱키 대성당은 둥그런 돔을 축으로 좌우 대칭을 이루는 디자인으로 카를 엥겔이란 사람이 설계했다고 한다. 처음에는 중앙에 돔이 하나뿐이었지만 엥겔이 죽은 뒤 다른 건축가의 손에 의해 작은 돔들이 덧붙여지면서 오늘의 모습이 되었다고 했다.

6월, 여름에 다시 왔을 때 대성당 앞 광장은 졸업식을 한 대학생들로 붐볐다. 대성당 옆에 헬싱키 대학이 있어 졸업을 축하하는 가족들, 친구들과 어울려 졸업생들이 한껏 멋을 내며 기념촬영을 하고 있었다. 우리처럼 검정색 사각모가 아니라 경찰모자 비슷한 모자를 일제히 쓰고 있었던 게 기억난다. 스웨덴 학생들도 쓰고 있던 모자였다.

그러고 보니 스웨덴의 오랜 식민지여서 그런지 핀란드는 스웨덴과 비슷한 점이 많다. 핀란드 국민이 가장 많이 쓰는 언어는 핀란드어, 그 다음이 스웨덴어다. 헬싱키에서 20~30분 자동차로 가는 거리에는 스

헬싱키 대성당 광장에서 졸업 기념 사진을 찍고 있는 대학생들. 대성당 옆에 헬싱키 대학이 있다.

웨덴 마을이 따로 형성돼 있다. 스웨덴 전통마을로, 그만큼 스웨덴 삶의 흔적, 역사의 체취가 남아 있다는 얘기다.

민족은 전혀 다르다. 스웨덴, 덴마크, 노르웨이가 게르만족이라면, 핀란드는 핀족이다. 언어도 다르다. 나머지 3국이 인도유럽어족, 그러니까 영어와 독어와 한 뿌리인 언어라면, 핀란드의 언어는 우랄알타이어에 속한다. 그래서인지 국민성도 좀 다르게 느껴졌다. 무뚝뚝한 스웨덴 사람들에 비해 핀란드 사람들은 따뜻하고 친절하다. 영어는 스웨덴 사람들보다 잘 못하지만, 낯선 이방인에게 어떻게든 도움을 주려고 애를 쓴다.

스웨덴에 있을 때 북유럽 국가들의 영어교육을 취재해 기사를 쓴 적이 있다. 스웨덴과 핀란드 학교들에서 이뤄지는 영어교육을 취재해야 하는데, 내가 살고 있던 스웨덴보다 핀란드 취재가 훨씬 수월했던 기억이 난다. 공무원은 물론 대학교수들도 이메일로 질문이 날아가면 한 시간 이내에 답장이 왔다. 스웨덴 교수들은 2, 3일이 지나도록 깜깜 소식. 낮새 만에 딥징을 주면서도 '도움이 돼주지 못할 것 같다' '내가 잘 모르는 분야다' 식의 회피성 답변이 대부분이었다. 스톡홀름보다 도시의 미적 감각, 운치는 훨씬 떨어지지만 헬싱키가 좋은 기억으로 남는 것은 아마도 이런 따뜻함 때문이리라.

겨울에는 너무 추워서 열리지 않던 항구의 마켓도, 6월에 갔을 때는

템펠리아우키오 교회로 가는 방향을 알려주는 이정표. 여름날 헬싱키 항구는 한폭의 그림처럼 아름답다.

실컷 구경할 수 있었다. 일명 마켓 광장이라고 불리는 이곳은 신선한 과일과 야채를 가득 쌓아놓고 파는 노점상이다. 버찌나 딸기는 물론, 완두콩, 당근까지 날 것으로 맛있게 먹으면서 걸어다니는 여행자들이 부지기수다. 우리도 버찌를 한 움큼 산 뒤 와플과 프라페를 파는 노점 상에 자리를 잡고 앉아 점심을 때웠던 기억이 난다. 연로하신 친정부 모님도 어찌나 맛있게 드시던지. 어느 나라나 재래시장에 흘러넘치는 생동감은 비슷했다.

시장 앞이 바로 올림피아 항구인데, 출장으로 헬싱키에 왔던 2007년, 가이드가 해준 말이 생각났다. "헬싱키보다는 핀란드의 옛 수도인 투르크Turku가 아름다워요. 여기서 배를 타고 가면 되는데, 겨울엔 바다가 꽝꽝 얼어 배가 뜨지 못한답니다. 에스토니아로도 갈 수 있지요. 어떤 배는 얼음을 깨면서 천천히 나아간다는데, 잘못하면 바다에 갇힐 수도

'마켓 광장'에는 각종 야채와 과일을 판매하는 노점상들이 즐비하다. 삶의 활력이 느껴진다.

있지요." 그때는 유람선에 대한 감도 없고, 투르크니 에스토니아에 대한 정보도 진혀 없어서 한귀로 흘려들었는데, 스톡홀름에서 헬싱키로, 그야말로 꽁꽁 언 바다를 헤치며 와보니 가이드의 그 말이 실감났다.

　유람선에 돌아온 우리는 저녁식사를 하기 전 후딱 사우나에 다녀오기로 했다. 가족 패키지에 사우나 공짜 티켓이 들어있었기 때문에 쓰지 않으면 손해를 보는 셈이었다. 사우나광인 나는 신났지만 풀장은

꽁꽁 얼어붙은 발트해. 얼음을 깨며 유람선은 항해한다.

생각보다 협소해서 실망했다. 덩치 큰 백인들이 두셋만 들어가도 꽉 차는 탕들이 대부분이라 우리는 자리가 나기만을 기다려야 했다.

주원이와 시온이를 언니와 조카들에게 맡기고 나는 샤워실에 딸린 핀란드 사우나로 들어갔다. 불덩이 돌에 물을 끼얹어 수증기를 뿜게 하는 전형적인 핀란드 사우나로, 그 정갈하고도 향긋한 나무 냄새를 맡으며 뜨끈뜨끈하게 몸을 데우자, 아, 여기가 바로 천국이었다.

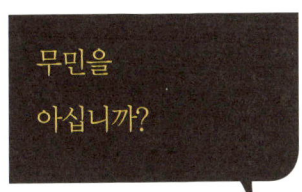

06

무민을
아십니까?

▶▶▶▶▶▶▶▶▶▶ 　　　목욕을 하고 내려와 우리는 저녁식사를 하러 6층 식당으로 내려갔다. 실리아 세레나데 유람선에는 식당이 서너 곳 있다. 그중에서 가장 많이 이용되는 곳이 뷔페 식당으로, 승객이 많을 땐 일찌감치 내려가 자리를 잡지 않으면 식사를 못할 수도 있다. 겨울여행 때는 손님이 별로 없어서 바로바로 자리를 구할 수 있었지만, 여름여행 때는 프런트 직원과 실랑이를 할 만큼 자리를 구하는 데 어려움을 겪었다.

뷔페 음식도 맛있다. 아이들을 위한 메뉴들이 따로 마련돼 있어 시온이는 줄곧 그쪽으로만 접시를 가지고 달려갔다. 식당에서 우리에게 일어난 서프라이즈는 '무민Moomin'의 출연이었다. 무민은 핀란드의 동

실리아 세레나데 유람선에 나타난 무민과 꼬마 미이. 세상에서 제일 착하고 귀여운 '괴물'이다.

화작가 토베 얀손이 창조해낸 캐릭터로 북극에 산다는 트롤, 그러니까 초자연적 괴물이다. 그런데 괴물 같지 않고 참으로 귀엽다. 몸 색깔은 희고 포동포동하며 주둥이가 커서 전반적으로 하마를 닮았다. 무민 가족들은 핀란드의 숲속에 있다는 무민의 골짜기에서 살면서 많은 모험을 떠난다.

스톡홀름 집에 있는 TV에서도 곧잘 무민이 등장했던 터라, 우리는 식당에 나타난 무민과 꼬마 미이를 보고 환호했다. 주원이는 이모가 사준 무민 가방을 지금도 보물 1호로 아끼며 무민을 좋아한다. 무민의 모습을 한 거대한 인형과 꼬마 미이가 다가와 볼을 쓰다듬어주자 아이들은 좋아서 어쩔 줄 몰라했다.

한국에 돌아와 보니 무민은 우리나라에선 크게 흥행하지 못했던 것 같다. 일본에서는 애니메이션으로 만들어져 꽤 인기를 누렸다는데, 왜 한국에서는 만화영화, 동화책 모두 별 재미를 보지 못했을까. 우리에게는 뽀로로가 있기 때문일까. 좀 밋밋하기는 했다. 주원이에게 무민 그림책을 읽어줄 때 '다시!' 를 외치지 않는 걸 보면 말이다.

식당 창밖으로 망망대해가 펼쳐졌다. 그 풍광을 보기 위해 사람들은 창가에 자리를 잡으려고 경쟁을 벌였다. 물론 창밖 바다 풍경은 겨울보다 여름이 아름답다. 겨울에는 그저 회색 일색이고, 얼음이 쩍쩍 갈라지는 모습만 보이지만 여름에는 가까운 해안선을 따라 드문드문 나타나는 북유럽 전통의 빨간 통나무집들과 숲이 어우러진 풍경을 한 폭의 그림처럼 감상할 수 있다. 유람선이 얕은 바다, 해안선을 따라 여행하기에 가능한 일이다.

핀란드에 꼭 다시 가야겠다는 생각을 한 선, 오기가미 니오코 감독의 영화 〈카모메 식당〉을 뒤늦게 보고 나서다. 스웨덴 연수를 마치고 돌아와 한국에서 그 영화를 DVD로 빌려보았는데, 너무나 좋아서 책으로도 읽었다. 〈안경〉 등 나오코 감독의 다른 작품들까지 죄다 찾아보았을 만큼 그녀가 영화를 만드는 문법이 좋았다. 인터뷰하고 싶어서

유람선에서 바라본 발트해 연안의 풍경은 그림처럼 아름답다.

도쿄로 연락까지 하고 날짜도 잡았는데, 일본 대지진이 일어나는 바람에 전격 취소됐다. 아쉬운 일이 아닐 수 없다.

헬싱키 어딘가에 있다는 카모메 식당을 찾아가 오니기리 주먹밥을 먹을 수 있다면. 지금은 핀란드 음식을 위주로 파는 식당이 되어버렸다고 누가 소식을 전해줬지만, 왠지 카모메 식당에 가면 그 담백하고 따뜻한 주먹밥을 얻어먹을 수 있을 것 같다. 헬싱키를 돌아본 뒤에는 핀란드의 옛 수도라는 아름다운 투르크로 다시 유람선을 타고 떠나야지. '발트해의 진주'로 불리는 에스토니아의 수도 탈린^{Tallinn}에도 꼭 가봐야지.

잿빛 역사를 간직한,

독일

01

**베를린에 무슨 일이
있었던 걸까?**

▶▶▶▶▶▶▶▶▶▶ 　　　　　베를린은 숲의 도시다. 화려하진 않지만 깨끗
하고 소박한 '클린 시티'로 베를린은 나의 기억에 자리잡고 있다.
2005년 파독 간호사들을 인터뷰하기 위해 베를린에 갔을 때 받은 느
낌이 그랬다. 전승기념탑 꼭대기에서 내려다본 베를린의 전경, 온통
숲으로 둘러싸인 그 검박했던 도시가 나는 좋았다.

　베를린으로 다시 여행을 떠난 건, 친정아버지를 위해서였다. 그 연
배 한국 남성들이 직업 불문하고 정치와 역사에 관심이 많으시듯, 아
버지 역시 동서 간 냉전의 장벽이 무너진 역사의 현장에 가보고 싶어

하셨다. 우리는 비행기를 타고 프라하로 간 뒤 기차를 타고 베를린으로 가기로 했다.

열차는 인터넷으로 예약했다. 독일 철도 홈페이지 www. bahn. de 에서 영어 English 로 언어를 변경하면 그 다음부터는 식은 죽 먹기다. 게다가 독일 철도는 예약자에게 직접 티켓을 우편으로 배송해주는 서비스를 하고 있었다. 현장에서 픽업하는 방법을 선택할 수도 있었지만, 대가족이 움직이는 마당에 현장에서 예측불허의 상황이 생길 수도 있었기에, 나는 안전하게 티켓을 확보한 뒤 떠나기로 했다.

프라하 여행을 마친 뒤 우리는 무탈하게 베를린행 고속열차에 올라탔다. 티켓 값이 좀 비싸다 싶더니 의자도 널찍하고 공기도 쾌적했다. 식당칸에서는 갖가지 식사메뉴를 마련해 승객의 좌석까지 갖다주는 서비스를 하고 있었다. 비용이 좀 들기는 했지만 연로한 부모님과 어린 아이들을 동반해서 네 시간 이상 가야 하는 기차 여정에 이 정도 투자는 해야 한다고 생각했다. 음식은 조금 짰지만, 대체로 만족스럽게 접시를 비웠다.

베를린 중앙역 Hauptbahnhof 을 놓칠까 봐 나는 독일 사람들에게 몇 번을 확인해야만 했다. 중앙역에 도착하기 전에 베를린 시내의 또 다른 역에서 기차가 정차했기 때문이다. 서울역에 도착하기 전 영등포역에 정차하는 것처럼. 베를린 중앙역은 크고 웅장했다. 지금껏 여행한 중에 가장 화려한 역사였다. 문제는 일곱 명의 대식구와 짐을 끌고 민박집으로 가는 거였다. 택시를 두 대로 나눠 탈 생각을 하니 눈앞이 캄캄했다.

그때 마침 점보택시가 눈에 들어왔다. 우리 서울에서처럼 베를린에도 다수의 승객이 함께 타는 점보택시가 있었던 거다. 나는 잽싸게 달려가 점보택시를 잡았고, 식구들을 안전하게 태운 뒤 민박집 주소가 적힌 동네를 향해 달렸다.

그런데 이날 내가 재회한 베를린은 몇 해 전 출장길에 보았던 깨끗하고 소박한 도시가 아니었다. 중앙역 주변, 베를린 동물원을 중심으로 어찌나 붐비고 복잡한지. 차창 밖으로 보이는 베를린은 런던이나 서울처럼 사람들과 자동차, 고층건물이 넘쳐나는 거대도시였다. 그때 내가 보았던 숲은 어디로 갔는지, 그 많던 산책로들은 어디로 갔는지. 그때 본 베를린은 이 도시의 극히 일부분이었던가. 대체 베를린에 무슨 일이 있었던 걸까.

베를린 민박펜션의 아침밥상

▶▶▶▶▶▶▶▶ 칸트 스트라세 74번지, 베를린 민박펜션^{www.ber}

linmp.com. 문패가 너무 직설적이라 잘 외워지지 않는 민박집이었지만, 그

동안 묵었던 어느 민박보다 시설과 식사가 훌륭해서 이곳을 잊을 수

없다.

민박집 주인은 베를린 교민사회에서도 나름 성공한 사람인 듯했다.

거실에 그간 베를린을 방문했던 한국의 유명인들과 찍은 사진들이 걸

려 있었다. 50대 초중반으로 보이는 여주인은 우리가 아침식사를 할

식당을 보여준 뒤 5층에 있는 방으로 우리 일행을 안내했다.

방은 두 개를 사용하기로 했다. 가족실 하나를 쓰기엔 비좁아서, 부

모님 두 분이 쓰실 작은 방을 하나 더 얻었다. 가족실에는 작은 발코니

에 그네소파까지 딸려 있어 아이들이 좋아했다.

단점이라면 저녁식사를 제공하지 않는다는 점이었다. 베를린의 한

인민박집들이 대부분 그렇게 운영했다. 돈을 더 드릴 테니 저녁밥도

지어주면 안 되겠냐고 부탁했지만, 주인은 매우 미안해하며 고개를 저

었다. 대신 근처의 아시아 슈퍼를 알려주었다. 걸어서 5분 거리에 한

국, 중국 식품을 판매하는 제법 넓은 슈퍼마켓이 있다는 것이다. 심지어 김치도 판다는 말에 솔깃해서 나는 막내 동생과 함께 슈퍼를 찾아나섰다.

민박집 주인 말대로 슈퍼는 제법 많은 물건들을 갖추고 있었다. 컵라면도 여러 종류가 있고, 포장 김치도 구비돼 있었다. 한국 과자, 한국 음료까지 있어서 바구니에 덥석덥석 집어넣었고, 과일도 몇 종류 골랐더니 저녁을 그럭저럭 때울 만큼 푸짐해졌다. 우리처럼 저녁밥을 요구하는 숙박객이 많았는지, 민박집에는 손님들이 알아서 요리해 먹을 수 있게 간이 주방을 갖추고 있다. 세탁기도 함께.

컵라면으로 저녁을 때운 뒤에도 아직 해가 남아 있어 나는 부모님을 모시고 민박집 주변을 산책했다. 지도를 보니 도보로 20분쯤 걸으면 샤를로텐부르크 성에 닿을 수 있을 것도 같았다. 그런데 엄마가 난색을 표한다. "너도 늙어봐라. 다리가 마음먹은 대로 움직이나."

역마살에 관한 한 동일한 유전자를 지닌 아버지와 나는 아쉬운 표정으로 슬렁슬렁 동네를 한바퀴 돌며 베를린의 주택가, 그 평화로운 저녁시간을 감상했다. 걷다 보니 에로틱 박물관이라는 것도 보였다. 부모님과 함께 들어가기엔 다소 민망해서 모른 척 지나쳤는데, 나중에 여행서를 보니 꽤나 유명한 곳이었다.

나이 드시면서 일찌감치 각방을 써온 부모님은 민박집에서 두 분이 함께 방을 쓰시게 되자 약간 어색해하셨다. "나도 너희들이랑 잘란다, 우리 손주들이랑 잘란다" 하시는 엄마의 등을 떠미느라 고생했다. "에이구, 언제 또 두 분이 신혼 분위기 만끽하시겠어요. 역사의 도시 베를린에서 황혼의 로맨스를 엮어보시라구요."

이튿날 민박집에서는 참으로 환상적인 아침밥상이 우리를 기다리고 있었다. 어제는 우리만 묵는 줄 알았을 만큼 인적이라곤 없더니, 아침 식사 때가 되자 이 방 저 방에서 여행자들이 몰려나왔다. 식사는 뷔페 형식이었다. 부침개, 잡채를 비롯해 불고기, 오징어 볶음, 나물 종류, 거기에 집에서 담근 아삭김치가 보기만 해도 군침이 돌았다. 맛도 끝내줘서, 스웨덴으로 연수 온 뒤 우리 식구가 먹은 최고의 진수성찬이었다.

민박집을 나섰다. 그런데 문을 나서는 순간부터 나는 당황하기 시작했다. 버스를 타야 하는데, 버스표를 판매하는 곳이 어디인지 주인에게 물어보지 않은 것이다. 대식구를 끌고 얼치기 가이드의 우왕좌왕이 시작된 것이다.

03

베를린 100번 버스가 서울에 있다면

▶▶▶▶▶▶▶▶▶▶ 스톡홀름 시내버스 체제에 사로잡힌 탓이었다. 10개월이나 스웨덴에 살았으니 거기 익숙해졌을 법도 했다. 스톡홀름에서 버스표는 편의점에서 판다. 한 달 또는 석 달 등 장기간 사용할 수 있는 카드를 판매하기도 하고, 여덟 번 사용할 수 있는 표를 기다란 종이쿠폰 형태로 팔기도 한다. 현금은 절대 받지 않는다. 같은 유럽이니 그럴 거로만 생각하고 편의점 같은 곳만 찾아다닌 것이다.

모두 퇴짜를 맞고 나와 지나가는 행인에게 물었다. 버스표 파는 곳이 대체 어디냐고. 그러자 알아듣기 힘든 영어로 쌀라쌀라거리며 어딘가를 가리킨다. 지하철 안으로 들어가야 한다는 것이다. 이 많은 식구들을 끌고? 그래서 또 다른 사람에게 물었다. 40대쯤으로 보이는 아주미니는 힌참 내 얘기를 듣더니, 그냥 비스에 다면 된다고, 비스기사에게 그냥 물어보면 된다고 했다. 그제야, 아, 어쩌면 독일 버스는 한국처럼 현금을 받아줄지 모른다는 생각이 들었다.

아니나 다를까. 버스기사는 "오브 코얼스^{of course}"라면서 우리 대식구의 버스요금을 총합한 돈을 현금으로 받았다. 우리는 민박집 주인이 일러준 대로 초[200] 역, 일명 동물원 역으로 가는 버스를 탔다. 초 역에서 출발하는 100번, 200번 버스를 타기 위해서다. 베를린 관광은 이 두 대의 버스만 잘 타면 웬만한 명소는 다 둘러볼 수 있다. 베를린이 처음인 여행자들에게는 그야말로 자가용 같은 버스가 아닐 수 없다.

우선 100번은 카이저 빌헬름 교회를 지나 전승기념탑, 벨뷔 대통령궁, 연방의회 의사당, 브란덴부르크 문, 베를린 대성당 등 주요 관광포인트를 순환한다. 200번 버스 역시 초 역에서 출발, 필하모니 하우스, 포츠담 광장을 거친 다음 100번 노선과 다시 만나 훔볼트 대학, 붉은 시청사 등을 지나간다. 5~10분 간격으로 운행하는 이 버스는 2층 버스로 제작되어 관광객들의 사랑을 독차지하고 있지만, 엄격히 말해 관광버스는 아니다. 가이드나 안내방송이 없고, 요금도 일반 시내버스와 동일하다.

베를린의 100번, 200번 버스를 떠올리게 하는 버스가 서울에도 있다. 청와대를 출발 국립민속박물관, 경복궁, 조계사를 거쳐 서울역으로 순환하는 8000번 버스다. 그런데 우리의 8000번 버스는 언제나 텅 비어 있다. 관광객들이 이용하지 않는다. 운행간격이 10분을 넘는 데다 상습 교통체증구간인 을지로 롯데백화점 앞을 지나기 때문에 굳이 그 버스를 이용할 이유가 없다. 비효율적인 운행인 걸 알 텐데도 서울시와 청와대는 시정할 생각이 없는 모양이다.

우리는 베를린 관광 첫날 100번 버스에 올랐다. 나와 유모차 안의 주원이만 1층에 남아 있고, 다른 식구들은 2층으로 올라갔다. 우리의 첫 관광지는 '카이저 빌헬름 교회'였다. 베를린 시내 한복판, 브라이트샤이드 광장에 위치한 카이저 빌헬름 교회는 금방이라도 무너져 내릴 듯한 형상으로 서있었다. 영화에서나 본 듯한, 정말 '폭격'이라는 단어가 실감난다.

카이저 빌헬름 교회는 1895년 독일제국 황제 빌헬름 1세를 기념하기 위해 로마네스크 양식으로 건축됐다. 하지만 2차 세계대전 중이던 1943년 영국군의 폭격을 받아 원형을 거의 잃고 현재의 모습만 남아 있다. 전쟁이 끝난 뒤 재건축하자는 의견도 나왔지만, 전쟁의 참혹함을 그대로 보여주자는 여론이 강해 교회의 파괴된 모습은 그대로 남기고, 바로 옆에 새 교회당을 지었다. 1957년 에곤 아이어만이라는 건축가의 아이디어를 채택, 왼쪽에 육각형의 종탑을, 오른쪽에 팔각형의 새 예배당을 지었다.

나는 베를린 장벽보다 이 카이저 빌헬름 교회가 더 뭉클하게 다가왔다. '썩은 이빨'이란 별칭으로도 불릴 만큼 흉칙하다고 하지만, 내게는 역사가 담긴 아름다운 그림, 대서사시처럼 보였다. 포화를 맞은 교회의 본래 건물은 폭격당하기 전의 교회 모습을 담은 사진과 전쟁 관련 유물을 전시하는 박물관으로 활용되고 있었다. 새로 지은 팔각형의 예배당

'썩은 이빨' 이란 별칭을 지닌 카이저 빌헬름 교회.

에도 꼭 들어가 봐야 한다. 예배당 정면이 푸른 돌유리로 제작된 스테인드글라스가 명물이다.

04

베를린 천사를
찾아서

▷▷▷▷▷▷▷▷▷▷　　　카이저 빌헬름 교회에서 다시 100번 버스를 타

고 가다 내린 곳은 '전승기념탑'이었다. 황금빛 승리의 여신상이 하늘

을 향해 나래를 펼치고 있는 듯한 형상의 이 전승기념탑은 브란덴부르

크와 함께 베를린의 상징이다. 2005년 출장 때는 이 탑의 꼭대기까지

올라갔었다.

　땅으로부터 50미터 높이에 위치한 전망대에서 내려다본 베를린 시

내의 전경은 아름다웠다. 전승기념탑을 중심으로 초록 숲이 방사형으

로 펼쳐진 풍경이 근사했다. 위를 쳐다보니 황금빛 여신상이 손에 닿

을 듯 가까이 있어서 전망대 밖으로 목을 빼들고 사진을 찍었었다. 기

념탑은 프로이센이 덴마크, 오스트리아, 프랑스와의 전쟁에서 승리한

것을 기념해 1873년에 세워졌다고 한다.

　베를리너들의 사랑을 받고 있는 이 탑은 빔 벤더스 감독의 영화 〈베

를린 천사의 시〉에 등장해 더욱 유명해졌다. 제2차 세계대전 직후인

어느 겨울날, 하늘에서 내려온 두 천사 다니엘과 카시엘이 전승기념탑

의 빅토리아 황금여신상에 앉아 있는 모습. 나는 이 영화를 두 번이나

베를린 시내가 내려다보이는 전승기념탑. 황금빛 여신상의 자태가 고고하다. 전쟁 당시를 묘사한 탑 하단의 벽화도 볼 만하다.

보면서도 그게 전승기념탑인 줄 몰랐으니 참으로 둔하다. 다만 두번째로 이 영화를 보았을 때 크나큰 위안을 받았었다. 처음 영화를 봤을 때

독일 대통령이 살고 있는 벨뷔 궁.

우리의 국회에 해당하는 제국의회 의사당. 광장에는 관광객들로 넘쳐난다.

는 '좋은 영화'를 봐야 한다는 의무감을 밀려오는 잠이 이겨내지 못했었다. 그런데 나이 들어 그런가. 그때가 내 인생의 고비여서 그랬을까. 진짜 천사들이 지금 이 순간 내 어깨를 감싸고 있을지도 모른다는 생각에 하염없이 울었던 기억이 있다.

부모님을 모시고 갔던 2010년 6월엔 아쉽게도 전승기념탑을 올라갈 수 없었다. 공사 중인지 대형 가림막이 탑의 아랫부분을 감싸고 있었다. 다시 100번 버스를 타고 초록이 우거진 티어가르텐 공원을 가로질러 브란덴부르크로 향했다. 가는 길에 벨뷔 대통령 궁과 제국의회 의사당이 보였지만, 일단 베를린의 상징이며 동서독 통일의 상징인 '브란덴부르크 문'을 부모님께 보여드리고 싶었다.

통일 독일의 상징이 된 브란덴부르크 문.

　브란덴부르크 정류장에 내리자 이슬비가 흩뿌렸다. 하지만 가랑비
는 비 취급도 하지 않는 유럽 사람들답게 우산을 받쳐든 사람은 없었
다. 브란덴부르크는 베를린의 중심인 파리저 광장에 있는 건축물로,
프리드리히 빌헬름 2세의 명령에 의해 1788～1791년에 걸쳐 세워졌
다. 초기 고전주의 양식의 건축물이라고 하는데, 파리의 개선문 못지
않게 그 위용과 아름다움이 돋보인다.
　무엇보다 네 마리의 말이 승리의 여신이 탄 마차를 끌고 전진하는

모습이 멋지다. 세계대전 때 일부 폭격을 당하긴 했으나 전소되지 않아 1956년부터 재건축에 들어갔다고 한다. 브란덴부르크가 유명한 것은 독일 통일의 상징이기 때문이다. 분단시절 동서 베를린 사이에 장벽이 세워졌고, 허가를 받은 사람들만 이 문을 통해 양쪽 베를린을 왕래할 수 있었다는 것이다. 일종의 검문소였던 셈이다. 그리고 1989년 11월 약 10만 명의 인파가 이 브란덴부르크 앞에 운집한 가운데 베를린 장벽이 허물어졌다.

경비 삼엄했던 브란덴부르크 문은 이제 동서로 활짝 트여 관광객들이 드나든다. 통일이란 게 이런 것인가. 한반도의 38선, 그 비극의 철조망도 언젠가는 세계의 여행자들이 몰려오는 역사적인 관광지가 될 날이 올까. 바로크음악의 거장 바흐가 작곡한 〈브란덴부르크협주곡〉을 떠올린다. 사전을 찾아보니 이 협주곡은 브란덴부르크 문이 건축되기 50~60년 전에 만들어졌다. 불후의 명곡만큼이나 불후의 건축, 역사의 명물로 브란덴부르크 문은 오래오래 남아 있을 것이다.

05

**분단,
필요한 일이었나?**

▶▶▶▶▶▶▶▶▶ 독일이 꽤 괜찮은 나라라고 생각하는 건, 유대
인을 핍박했던 자신들의 역사를 기회가 생길 때마다 사죄하는 모습 때
문이다. 일본처럼 악랄했던 자신의 역사를 숨기거나 변명하는 데 급급
하지 않는다. 베를린 여행 중 우연히 들르게 된 '유대인 학살 추모공
원'에서도 같은 생각을 했다.

브란덴부르크 문에서 포츠담 광장으로 가는 길에서 우리는 이 희한
한 공원과 조우했다. 직육면체의 잿빛 돌덩이가 도심 한가운데 줄지어
놓여 있었다. 벤치도 아니고, 이게 대체 무엇일까.

알고 보니 제2차 세계대전 당시 홀로코스트에서 희생된 유대인들을
추모하기 위해 독일 정부가 2005년 5월 건립한 유대인 학살 추모공원
이었다. 일명 홀로코스트 기념비Holocaust-Mahnmal 공원이라고도 하는데 1만
9천 평방미터 부지에 관을 상징하는 2,711개의 콘크리트 비가 세워져
있다. 높이는 제각각이고, 비석 주변에 41그루의 나무가 심어져 있다.
공원 지하에 박물관이 조성돼 있는데 학살당한 유대인들의 이름과 개
인 기록이 전시돼 있다. 완공 뒤 3천5백만 명의 관광객이 방문했다고

2차 세계대전 당시 희생된 유대인을 추모하기 위해 설립한 유대인 학살 추모공원.

하니 베를린의 새로운 명소가 된 것이 틀림없다. 가랑비가 계속 내리
는 바람에 잿빛 공원은 더 스산한 공기를 내뿜고 있었다.

소니센터, 아르가텐 등 현대건축의 향연이라고 해도 좋을 만큼 세련
된 건물들이 앞다퉈 서있는 포츠담 광장을 바라보며 우리는 식당에서
점심을 먹었다. 베를린의 중심지로 세계 최초로 교통 신호기가 설치된
곳이 이 포츠담 광장이라고 했다. 때마침 우리가 식당에 들어갔을 때

현대 건축물이 아름다운 포츠담 광장.

한국팀의 월드컵 경기가 펼쳐지고 있었다. 상대팀은 그리스였다. 펍^{Pub} 분위기인 그 식당에서 맥주를 곁들여 식사를 하고 있는 독일 사람들도 대부분 TV를 향해 시선을 고정시키고 있었는데, 한국팀이 골을 넣어 우리 식구가 엉덩이를 들썩이며 환호하자 함께 박수를 쳐주며 엄지손가락을 치켜올렸다.

점심을 먹고 우리 가족은 베를린 장벽이 남아 있다는 장소로 발길을 옮겼다. 민박집 주인은 이제 베를린 장벽이 남아 있는 곳이 거의 없다고 했다. 그렇다고 포기할 수 없어서 여행서를 뒤져보니 포츠담 광장에서 도보로 10분 거리에 가장 길게 보존돼 있는 장벽이 있다고 했다.

'테러의 토포그래피 박물관^{Topography of Terror}'이라는 곳으로, 첫눈에도 '아~' 하는 탄성이 나올 만큼 분단의 과거를 실감케 하는 장소였다. 다른 관광지를 젖혀두고 베를린 장벽부터 찾아간 이유는 아버지 때문이었다. 한국에서 오실 때부터 아버지는 유럽에 왔으니 베를린 장벽, 그 역사의 한 장면은 꼭 보고 가야겠다, 하신 것이다. 엄마는 "그까짓,

시멘트 담장 봐서 뭐하우?" 하셨지만, 아버지는 베를린에 도착한 첫날부터 장벽은 언제 보러 가냐고 독촉을 하셨다. 한국전쟁을 겪은 세대라 그럴까. 아버지는 담장을 멀리서도 바라보셨다가, 가까이 다가가 손으로 우툴두툴한 벽면을 만져보시면서 20여 년 전 TV로만 보았던 그 감동의 순간을 곱씹고 계신 듯했다.

나치의 비밀경찰 게슈타포 사령부 건물과 히틀러 친위대였던 SS의 본부로 사용된 건물이 있었다는 이 허허벌판에는 장벽만 있는 게 아니었다. 바로 옆에 토포그래피 박물관이 있어서, 나치 지배시절의 참상을 전시하고 있다. 장벽 아래 나치 만행을 낱낱이 담은 전시물들이 설치되기도 하는데, 가장 많은 관광객이 찾는 곳에 부끄러운 역사를 공개하는 독일인들의 태도를 엿볼 수 있다. 장벽에는 관광객들이 적어놓은 낙서도 보였다. '필요한 일이었나?$^{necessary?}$' 베를린 남동쪽 쇠네바이데 지역에는 주택가에 지어진 나치 시대의 포로 수용 막사를 그대로 관리하며 일반에게 공개하고 있다고 한다.

5학년에 올라가 한국사를 배우게 된 시온이는 6·25 전쟁 부분에 가장 큰 관심을 보였었다. 한번은 시온이가 "사회주의가 뭐야?" 하고 물어서 난감했던 적이 있다. 떠듬거리며 설명하자, 다시 묻는다. "사회주의는 나쁘고, 민주주의는 좋은 거야?" 허걱! 우리나라를 쳐들어온 북한이 사회주의, 공산주의 체제라는 말에 아이는 그렇게 단정짓고 있었

'토포그래피 오브 테러', 베를린에서 가장 긴 장벽을 볼 수 있다.

베를린 장벽의 부서진 틈새를 바
라보고 있는 관광객.

다. 사회주의는 자본주의와 반대되는 개념이고, 민주주의는 전체주의,
독재와 반대되는 개념이라고 설명해주었지만, 여전히 사회주의에 대
한 나의 설명은 석연치 않은 데가 있었다.

06

베를린 대성당의
집시들

▶▶▶▶▶▶▶▶▶▶   베를린 여행 셋째 날, 우리는 200번 버스를 탔
다. 초 역을 출발한 200번 버스는 베를린 필하모니 사옥인 필하모니
하우스를 지나 포츠담 광장을 거쳐 브란덴부르크 문, 훔볼트 대학, 베
를린 대성당, 마리아 교회, 알렉산더 광장을 향해 달렸다.

우리는 일단 '베를린 대성당'에 내렸다. 베를린 대성당은 '박물관
섬'이라고 불리는 구역에 있다. 지난 한 세기에 걸쳐 현대미술과 디자
인의 발전을 보여주는 박물관들이 모여 있어 박물관 섬이라는 이름이
붙었다. 실제로 대성당 주위에는 1824년부터 1930년 사이에 세워진
국립회화관, 보데 박물관, 구*미술관, 페르가몬 미술관, 공예 미술관
등 5개 박물관이 자리하고 있다. 이밖에도 고대 바빌론의 유적을 모아
놓은 근동 미술관, 이슬람 문화를 정리해놓은 이슬람 미술관, 중국의 도
자기 컬렉션을 볼 수 있는 동아시아 미술관이 있어 말 그대로 박물관으
로 가득 찬 섬인데, 1999년 유네스코가 세계문화유산으로 지정했다.

짧은 일정에 아이들, 게다가 노부모를 모시고 박물관 순례를 할 수는
없어서, 우리는 정면으로 베를린 대성당이, 왼쪽으로 베를린 구*미술

돔 형태의 웅장한 자태를 뽐내고 있는 베를린 대성당. 그 뒤로 베를린 TV 타워가 보인다.

관이 보이는 잔디밭에 앉아 준비해온 과자와 샌드위치를 먹으며 베를린의 초여름을 즐겼다. '베를린 돔'으로 불리는 대성당은 1747년부터 지어졌다. 첫눈에도 세계대전의 포화를 입은 흔적이 역력하지만, 나는 외려 그 검게 그을린 벽면과 푸른빛의 둥그런 지붕이 더 웅장하고 화려하게 느껴졌다.

일행 중에 성당 내부를 보러 들어간 사람은 아버지와 막내 동생이었다. 스테인드글라스와 천정의 모자이크화가 아름답다 하니 꼭 보고 오

베를린 대성당 왼편에 자리한 베를린 구미술관. 5개의 박물관이 모여 있는 이 일대를 '박물관 섬'이라고 한다.

시라, 했다. 높이 114미터, 폭 73미터의 거대한 돔은 270개 계단을 통해 꼭대기까지 올라갈 수 있다고 했다. 7,269개나 되는 관으로 이루어져 있는 독일 최대의 파이프오르간이 있어 베를린 대성당은 콘서트장으로도 각광받는다.

무릎이 안 좋으신 엄마와 아이들을 돌보며 나는, 베를린 돔 꼭대기에 올라 사방을 구경하는 관광객들, 광장 한가운데서 솟구치는 분수를 무연히 바라봤다. 설렁설렁 다니며 감*만 잡는 여행도 즐거운 건 매한가지다. 우리가 앉아 있는 널따란 잔디밭은 '루스트가르텐'이라고 부

베를린 대성당 광장의 분수. 물보라에 무지개가 생겼다.

르는, 베를린 시민들의 대표적인 휴식처였다. 원래 채소밭이었던 걸 녹지로 변경시켰단다.

그때 멀리서 우리를 부르는 소리가 들렸다. 막내 여동생이었다. 돔 꼭대기에 올라 손짓을 하고 있었다. 순간 '으앙!' 하는 아이의 울음이 터졌다. 조카 승연이었다. 엄마가 없어도 내심 의연한 척 놀고 있었는데 속으로는 엄청 불안했나 보다. 제 엄마가 손을 흔드는 걸 보고 참았던 눈물이 터진 것이다. 이모와 외할머니는 허당이요, 아이에겐 오로지 엄마뿐이다.

집시가 나타난 건, 가족이 다함께 성당 잔디밭에 앉아 도란도란 이야기꽃을 피울 때였다. 한눈에도 집시로 보이는 여자가 긴 치마를 끌고 나타나더니 영어로 쓴 종이를 내민다. 먹을 것을 좀 달란다. 아이들 간식 삼아 민박집 근처 빵집에서 산 패스츄리를 하나 건네주었더니 고맙다는 말도 없이 돌아선다. 5분이 채 지났을까? 이번엔 꼬질꼬질한 행색의 사내아이를 앞세운 여자집시가 손을 내밀며 나타났다. 망설이다 다시 빵을 건네주었더니, 더 달라고 손짓을 한다. 빵이 없다고 하자, 그러면 돈을 달란다.

갑자기 화가 났다. '이러면 곤란하지, 우리를 방해하지 마라'는 말을 영어로 하려고 열심히 머릿속으로 작문을 하는데, 아버지가 벌떡 일어서시더니 "어이! 저리 가! 오지 마!" 하시며 큰소리를 치셨다. 물론 순우리말, 한국말로! 그러자 놀란 집시 모자가 입을 삐죽거리며 다른 관광객들에게로 갔다. 웃음이 터진 건 시온이 때문이다. 할아버지의 말을 그대로 흉내내는 바람에 폭소가 터졌다.

대성당에서 나와 우리는 걸어서 훔볼트 대학으로 갔다. 1810년 언어학자 빌헬름 훔볼트에 의해 지어진 이 대학의 교정엔 언제나 책시장이 열린다. 나치시대 수많은 장서를 불태운 것에 대한 반성의 차원이

칼 마르크스도 수학했던 홈볼트 대학에서 책시장이 열리고 있다.

란다. 노벨평화상 수상자를 가장 많이 배출한 대학이 또 홈볼트라 하
니 아담한 캠퍼스가 왠지 간단치 않아 보였다.

　대성당과 홈볼트 대학 사이에는 수공예품을 파는 노천시장이 있어
서, 우리는 홈볼트 대학을 구경한 뒤 시장으로 들어섰다. 헝겊과 금속,
나무로 만든 수공예품들이 충동구매욕을 자극했다. 아버지두 마음이
가는 물건들이 있는지 이곳저곳 둘러보고 계셨다. 아버지가 가장 오랫
동안 서 있던 가게 앞에서 나는 거금을 털었다. 붉은 소가죽으로 만든
서류가방. 평생 당신 손으로는 절대 구입하지 않으실 가죽가방이었다.
"나중에 저한테 물려주셔야 합니다"라는 단서를 달고!

홈볼트 대학과 박물관 섬 입구 사이에 자리한 수공예품 시장

200번 버스를 타고 우리는 초 역으로 향했다. 프라하에서 베를린으로 강행군한 여정이라 아이들이 많이 지쳐 있었다. 베를린 필하모니하우스에서도 우리 식구는 내리지 않았다. 2005년 출장 왔을 때 숙소에서 베를린 필이 가까워 걸어서 산책한 적이 있다. 카라얀과 거의 동일시되는 베를린 필하모닉 연주자들이 이곳에서 연습을 하나 싶어, 가슴 설레며 구경했던 기억이 난다. 세계적인 명성에 비하면 음악당은 수수했다. 하우스 광장에 서있던 커다란 돌조각이 기억난다. 두 개의 벽이 매우 좁은 길을 내고 있던 조각인데, 베를린 필 입단하기가 바늘구멍 들어가듯 힘든 걸까? 했던 생각이 났다.

초 역에 내려 저녁을 먹고, 몇 가지 관광상품을 산 뒤 우리는 민박집

전설의 지휘자 헤르베르트 폰 카라얀이 이끌었던 베를린 필하모닉 오케스트라의 본거지. 공연이 없는 날 필하모니 하우스는 매우 한산해 보인다.

으로 가는 버스로 갈아탔다. 다음날 아침 7시 30분 비행기로 스톡홀름으로 돌아가야 하니 짐을 챙기고 일찍 잠자리에 들어야 했다. 긴 여정 동안 가족 중 누구 한사람 아프지 않아 천만다행이라는 생각이 들었다. 친절한 민박집 주인은 점심과 저녁을 텁텁한 독일 음식으로 때운 우리를 위해 라면을 끓여줬다. 김치를 얹어 후루룩 먹는 맛이 꿀맛이었다. 어른을 모시고 떠나는 유럽 여행, 아이들과 함께하는 여행에서는 한국인이 운영하는 민박집이 최고다. 호텔보다 허름하고 시설은 낡았지만, 한국 음식을 먹을 수 있으니 여행이 즐겁다. 여행도 밥심으로 하는 거다.

07

시스티나의 성모, 그리고 앱솔루트 명작

▶▶▶▶▶▶▶▶▶ 독일 북부의 도시 드레스덴에 간 건, 3월 프라하를 여행할 때였다. 5박 6일의 프라하 일정에서 하루를 투자해 국경을 넘기로 했다. 프라하에서 기차로 두 시간 10분이면 도착하는 곳으로, 프라하 사람들이 전자제품을 저렴하게 사기 위해 드레스덴을 자주

방문한다고 했다. 시온이가 기차마니아인 데다, 두 살배기 주원이에게도 기차여행은 수월할 것 같아 주저없이 드레스덴 당일치기 여행을 결심했다.

'북부의 피렌체'로 불리는 드레스덴으로 가는 열차를 타기 위해 전차를 타고 프라하의 '홀레쇼비츠' 역으로 갔다 .

좌석번호가 지정돼 있지 않은 2등석이라 열차의 빈 좌석을 찾아 들어갔다. 여섯 명이 함께 앉을 수 있는 좌석이 룸 형태로 돼 있어서 오붓했다. 차창 밖으로 펼쳐지는 이른 봄 체코의 풍광도 아름다웠다. 까마득한 절벽에 아주 오래된 성이 아슬아슬하게 서있는 절경은, 그로부터 석 달 뒤 부모님을 모시고 다시 프라하에 왔다가 베를린으로 기차를 타고 들어갈 때에도 볼 수 있었다.

국경을 넘을 땐 신분 검색이 이뤄졌다. 여권과 티켓을 모두 제시해야 한다. 아주 잠깐이었지만 망명하는 난민들인 양 가슴이 조마조마해지기도 했다. 게슈타포, 그 얼마나 무서운 이름인가.

열차는 어느덧 가뿐히 드레스덴에 도착했다. 드레스덴 중앙역은 최근에 새 단장을 한 듯 아주 세련되고 현대적이었다. 우리는 버거킹에서 햄버거를 하나씩 먹고 중앙역 광장으로 나섰다. 드레스덴의 관광지가 모여 있는 엘베 강 쪽으로 가려면 프라거^{Prager} 거리를 따라 내려가야 한다. 프라거 거리는 드레스덴 쇼핑의 중심지였다. 거리 양 옆으로 온

드렌스덴 역에서.

드렌스덴 역 1층 로비에는 기차 모형이 레일 위를 달리는 모습이 세트장으로 꾸며져 있다.

갖 종류의 매장들이 즐비하다. 전자제품을 판매하는 커다란 점포들도 곳곳에 있었다.

10여 분 걸었을까. 프라거 거리의 끝에 있는 마르크트 광장을 가로질러 대로를 건너니 고풍스런 구시가지가 펼쳐지기 시작했다. 가장 보고 싶었던 '츠빙거 궁전'으로 방향을 잡았다. 꾸물꾸물 날이 흐린 것이 당장이라도 눈이 쏟아질 태세였다. 비슷비슷한 건물들이 많아 골목

바로크 양식 최고 건축물로 꼽히는 츠빙거 궁전에 함박눈이 쏟아지고 있다.

을 잠시 헤맸지만, 우리는 곧 '전쟁'과 '폐허'의 역사를 입고 선 츠빙거 궁전에 당도할 수 있었다.

드레스덴은 제2차 세계대전 당시 연합군의 엄청난 폭격으로 인해 90퍼센트 이상이 파괴, 시도에서 거의 사라질 뻔했던 비운의 도시다. 현재의 모습은 대부분 독일이 통일된 뒤 천문학적 비용을 들여 원래의 모습으로 재건해낸 것들이라 하니 독일인들의 집념이 놀라울 뿐이다. 마치 수백 년 전 중세시대로 돌아온 듯한 분위기를 그대로 연출해내고 있으니 말이다.

작센 왕국의 궁전으로, 바로크 양식의 최고 건축물 중 하나인 츠빙거 궁전도 그중 하나다. 장식이 화려하면서도 불에 탄 듯 거뭇거뭇한 외관이 궁전이 품은 역사의 무게를 느끼게 했다. 2층 성곽에 올라가 드레스덴 전경을 둘러보고 내려오니 별안간 함박눈이 쏟아지기 시작했다. 한 10여 분 쏟아지다가 언제 그랬냐는 듯 하늘이 또 맑게 개었다.

츠빙거 궁전에 간 또 하나의 이유는 '알테 마이스터^{Alte Meister} 미술관'을 관람하기 위해서다. 그 미술관에 라파엘로의 '시스티나 성모'가 있었다. 드레스덴이 알려지기 시작한 것은 17세기 말이라고 한다. 드레스덴에 거점을 둔 작센의 제후 프리드리히 아우구스트 1세가 폴란드의 왕에 즉위하면서 기이한 예술품이 드레스덴으로 몰려들었고, 유난

알테 마이스터 미술관 입구.

히 미술과 음악에 애정이 많았던 아우구스트 2세는 전쟁에서 패해 프로이센에게 왕위를 빼앗긴 뒤 미술에 더욱 탐닉하면서 14~18세기의 미술품들을 수집했다고 한다.

그중 대표적인 것이 라파엘로의 시스티나 성모다. 나는 주원이까지 대동해 이 명작을 찾으러 미술관으로 성큼성큼 걸어 들어갔다. 피렌체의 우피치 미술관에서 보티첼리의 '비너스의 탄생'을 보고 가슴 쿵쾅거리던 기쁨을 알테 마이스터에서도 똑같이 느끼고 싶었다. 다른 그림들은 대충대충 훑어보고 관람동선을 따라 이리저리 헤매던 끝에 마침내 우리는 시스티나 성모 앞에 다다랐다.

보티첼리의 감동만큼은 아니었지만, 명작이 달리 명작은 아니었다. 아직 앳된 처녀의 미소가 남아 있는 성모 마리아, 그 오른팔에 안긴 살짝 조숙해 보이는 아기 예수, 그리고 이 그림의 하이라이트라고 할 수 있는 맨 아래쪽의 두 천사. 장난기 가득한 표정으로 마리아와 아기 예수를 올려다보고 있는 듯한 아기 천사들은 정말 예뻤다.

"시온아, 천사들 예쁘지? 귀엽지? 이 그림이 뭐냐면……" 하고 운을 띄우는데, 시온이가 눈을 둥그렇게 뜨며 반색을 했다. "어! 이거 앱솔루트 명작이네. 주원이 먹는 분유통이네!"

순간 멍해진 나는 곧 그 뜻을 알아채고 웃음을 터뜨렸다. 그랬다. 그 귀여운 천사들은 늦둥이 주원이가 태어날 때부터 스톡홀름에 올 때까지 매일매일 먹었던 남양분유 '앱솔루트 명작'에 그려진 그 천사들이었다. 수천만 원짜리 스피커로 들어야만 베토벤의 감동을 느끼는 게 아니듯, 오리지널 명작을 봐야만 그 감동을 느낄 수 있는 것도 아니리라. 물론 시온이는 분유 깡통의 두 천사가 원래 어디 살던 애들인지, 이 머나먼 독일 땅 드레스덴에 와서야 알 수 있었겠지만.

눈물이 쏙 빠질 만큼 웃고 있는데 우리 주원이, 그림엔 관심 없고 널찍한 미술관을 저 혼자 총총 뛰어다녔다. 작품을 지키는 미술관 경비가 따가운 눈총을 보내고 있었다.

08

마틴 루터의 동상 앞에서

▶▶▶▶▶▶▶▶▶▶   츠빙거 궁전에는 라파엘로, 루벤스, 렘브란트의 작품을 볼 수 있는 알테 마이스터 미술관 말고도 무기 박물관, 수학 박물관, 조각 미술관 등이 있다. 그중 도자기 박물관은 꼭 들러봐야 할 '백미'다.

프리드리히 아우구스트는 자신의 권위를 세상에 알리기 위해 5만여 점의 동양 도자기를 수집했고, 심지어는 직접 도자기를 생산하도록 명령했단다. 그 결과 마이센 도자기가 나왔고, 박물관에는 중국과 일본에서 수입해 온 형형색색의 도자기와 함께 마이센 도자기가 전시돼 있다. 왕이 독점했던 호사스런 컬렉션이 이제 만인에게 개방된 것이다.

우리는 츠빙거 궁전에서 나와 극장 광장Theater Plaz으로 향했다. 광장 맞은편에 '왕의 성' '작센 군주의 성'이라 불리는 드레스덴 성이 있고, 광장 옆엔 오페라극장인 '젬퍼오퍼Semper Oper'가 자리하고 있다. 1814년 네오르네상스 양식으로 건축된 오페라극장은 극장을 설계한 독일 건축의 거장 젬퍼의 이름을 따서 젬퍼오퍼라 불린다고 했다. 바그너가 이곳에서 지휘자로 활약했고, 해마다 5~6월에는 드레스덴 음악제가 이곳에서 열린다. 광장 한가운데 서있는 작센 왕 요한의 기마 동상 아래에는 수학여행을 온 독일학생들로 가득했다.

광장 북쪽으로는 엘베 강이 유유히 흐르고 있었다. 괴테가 '유럽의 발코니'라고 찬사를 보내며 산책했다는 엘베 강변의 '브륄의 테라스'는 꼭 한번 가볼 만하다.

중앙역 쪽으로 방향을 틀었지만 우리는 '성모 교회Frauenkriche'를 들르기로 했다. 노이마르크 광장에 서있는 이 교회는 독일의 대표적인 프로테스탄트(개신교) 교회로, 11세기에 지어진 건축물이라고 했다. 2차 대전 당시 폭격을 맞았을 때 드레스덴 사람들이 눈물을 흘렸을 만큼 상징적인 곳이라, 독일 통일 후 10년 동안 세계 20여 개 국의 성금과 여행자들의 기부금으로 복원했다고 한다. 파괴된 교회의 흔적을 살리기 위해 기존의 돌 8,425개를 다시 사용했다는 얘기도 의미심장했다.

성모 교회 앞 마틴 루터 동상.

이 교회가 얼마나 중요한지는 그 앞에 서있는 동상을 보면 안다. 동상의 주인공이 다름 아닌 마틴 루터다. 가톨릭에 반기를 든 역사적인 인물로, 작센 주 출신인 그가 주도했던 종교개혁에 작센주의 주도시였던 드레스덴이 중요한 역할을 했음을 보여준다.

마틴 루터가 누구인지도 모르는 시온이를 동상 앞에 세워놓고 사진을 찍은 뒤 우리는 중앙역으로 향했다. 기차시간도 다가왔고, 역 부근 쇼핑가에서 선물을 살 요량이었다. 정말 싼 가격의 제품들이 즐비했다. 괜찮은 디자인의 장지갑이 한 개에 7유로밖에 안 해서 세 개나 덥석 충동구매를 했을 정도다. 뒷이야기를 하자면, 그걸 선물로 받은 동생이 나중에 불평을 쏟아냈다. 며칠 쓰지도 않아서 지퍼가 뜯어졌기 때문이다. 어딜 가나 싸구려 중국산이 판을 치는 세상이니, 싸다고 왕창 구입했다간 낭패보기 십상이다.

드레스덴에서 다시 열차를 타고 프라하로 돌아오는 길엔 이미 해가 저물어 어둑어둑했다. 바쿠간을 가지고 놀던 시온이도 잠이 들고, 바나나를 먹던 주원이도 엄마 무릎을 베고 누웠다. 나도 여행서를 뒤적이다 단잠에 빠졌다. 다시 국경을 넘을 때 검열 요원이 우리 방문을 두드리지 않았다면 우리가 내려야 할 기차역도 놓칠 뻔했을 만큼 달디단 잠이었다.

사랑스럽지만 사랑할 수 없는,

프랑스

01

파리에는
풀하우스가 있다

▶▶▶▶▶▶▶▶▶▶ 유모차 밀고 두 아이와 떠난 여행 중 나 스스
로도 동선 하나 기막히게 짰다고 자화자찬하는 것이, 파리로 들어가
취리히로 나온 7박 8일 간의 여행이다. 스톡홀름에서 파리로 들어가
3박 4일을 보내고, 파리에서 인터라켄으로 넘어가 2박 3일, 루체른에
서 1박, 취리히에서 마지막 1박을 한 뒤 스톡홀름으로 돌아오는 여정
이었다.

환상의 여정이긴 하지만 부담도 컸다. 베를린에 다녀온 지 열흘 만
에 이 여행을 강행한 것이다. 스웨덴 학교의 여름방학이 이미 6월 9일

시작됐고, 서울로 돌아갈 날짜가 코앞에 닥치니 마음이 급했다. 파리에서 떼제베^{TGV}를 타고 네 시간 넘게 달려 인터라켄으로 들어가는 게 가장 걱정이었다. 세 시간이면 닿는 스위스의 수도 베른에 내려 1박을 더 할까, 궁리도 해봤지만 그만큼 경비가 늘어나니 인터라켄으로 바로 가기로 했다.

스톡홀름에서 파리까지는 스칸디나비아 항공을 타기로 했다. 라이언에어 같은 저가항공들이 내리는 공항은 파리 시내에서 자동차로 두 시간 거리에 있어서 아이들을 데리고 민박집을 찾아가기가 너무 힘들 것 같았다. 어차피 빚만 안 지고 귀국하면 되니, 최저생계비만 남겨두고 나는 여행에 전재산(?)을 쏟아붓기로 했다.

이번에도 숙소는 한인민박집으로 정했다. 파리에는 시내중심과 외곽에 정말 많은 민박집들이 있다. 베를린 민박보다 좋은 점은 아침, 저녁식사를 모두 제공한다는 것. 젊은 여행자들이 많은 곳은 점심으로 샌드위치까지 싸주는 곳도 있다. 또 어떤 민박집은 공항 면세점에서 담배 한 보루를 사다주면 숙박비를 깎아주기도 했다.

내가 혼자 여행하는 배낭여행객이라면 외곽의 저렴하고도 예쁜 민박집을 선택했을 것이다. 하지만 어린 두 아이를 데리고 가는 여행이라 가능하면 유명 관광지들과 가까운 곳으로 물색했다. 민박집 10여 곳의 홈페이지를 들락거린 뒤, 나는 개선문 근처에 있는 '풀하우스^{www.parisfullhouse.com}'

로 결정했다. '호텔급 민박'을 내세운 이 집은 외곽의 민박집보다는 방값이 비쌌지만, 개선문, 콩코드 광장, 루브르 박물관을 걸어서 갈 수 있는 거리에 있어서 주저하지 않고 선택했다.

스톡홀름 알란다 공항에서 파리의 드골 공항까지는 두 시간 10분이 걸렸다. 유모차는 보통 특별화물special baggage로 따로 부치는데, 공항마다 나오는 통로가 일정하지 않다. 어떤 공항은 'special baggage'라고 적힌 벨트에 가야 찾을 수 있고, 어떤 공항은 일반화물과 같이 나와서 유모차 찾느라 시간을 허비한 경우가 종종 있었다.

짐과 유모차를 찾아 도착출구로 나온 후 제일 먼저 관광안내소로 갔다. 우리보다 한 달 먼저 파리를 여행하고 온 정은 씨가 제공한 여행팁이 있었다. 바로 박물관 관람 티켓museum pass. 파리의 거의 모든 박물관을 이 티켓 하나만 있으면 입장할 수 있다고 했다. 우리는 2일짜리 티켓을 끊었다. 시내에도 이 티켓을 파는 곳이 있겠지만, 공항에서 구입하는 게 제일 확실하니까 잊지 않고 챙겼다.

드골 공항에서 개선문까지는 민박십에 미리 요청해놓은 픽업 차량을 이용했다. 픽업 기사는 파리로 유학 온 청년이었다. 벌써 5년이 넘었는데 생활비를 벌기 위해 자신의 사동차를 이용해 낮에는 한인민박 픽업 기사로, 저녁에는 한국인 관광객 야경 투어 가이드로 일하고 있었다. "에펠탑을 밤에 보면 정말 아름답지요. 센 강변도 그렇고 야경

포인트들이 파리 시내 곳곳에 있어요. 생각 있으면 전화하세요." 그는 오랜(?) 가이드 경력을 토대로 최근의 파리 여행 트렌드도 덧붙였다. "요즘은 스토리 여행이에요. 무작정 유명하다고 구경가지 않아요. 영화 〈파리의 연인〉에 나온 장소여야 하고, 유명 연예인이나 정치인이 다녀간 곳이어야 좋아하죠. 에펠탑이 몇 년에 왜 만들어졌는지에 대해서는 전혀 관심 없다니까요."

파리에는 출장차 세 번 들른 적이 있다. 한 번은 재불 바이올리니스트 강동석을 인터뷰하기 위해서였고, 두번째는 이탈리아 볼로냐로 국제어린이도서전을 취재하러 갈 때 파리에 들러 이틀간 머물렀다. 마지막은 '넘버5'로 유명한 샤넬 향수 제작지를 취재하러 니스로 갈 때 파리 공항에서 트랜짓하려고 잠깐 들른 것인데, 세 번 다 파리에 대한 인상이 좋지 않았다. 파리지엔의 거만함, 음울한 날씨, 더러운 지하철 탓이었을 거다.

어쨌든 그 세 번의 기억 속에 파리는 그리 크지 않은 도시로 남아 있었는데, 자동차를 타고 공항에서 파리 시내로 들어가는 동안 파리 역시 베를린처럼 대도시로 변하고 있음을 확연히 느꼈다. 구도심은 문화재 보호차원에서 옛 모습을 간직하고 있는지 몰라도, 외곽에는 최첨단 고층빌딩들이 빽곡히 들어서 여행자를 주눅 들게 했다.

숙소를 개선문 앞에 얻은 것은 아무리 생각해도 잘한 일이었다. 이전 출장 때는 시간이 없어 자동차를 타고 지나가며 목을 빼고 보았던 개선문을 3박 4일 동안 질리도록 보게 생긴 것이다. 픽업 기사는 우리 세 식구를 개선문 근처 골목의 아파트 앞에 내려놓았다. 비밀번호를 누른 뒤 나무대문을 밀고 들어서니 아파트 입구다. 1층과 6층을 민박 집에서 쓰는 모양인지, 우리는 1층 민박집에 도착 신고를 한 뒤 매우 비좁은(유럽의 옛날 아파트들의 엘리베이터들은 하나같이 비좁다. 그래도 엘리베이터가 있는 것만으로 감사해야 한다.) 승강기를 타고 6층으로 올라갔다. 6층에 내려서도 미로 같은 복도를 지나 우리가 묵을 방에 도착했는데, 이게 웬 호사인가. 하루 140유로의 가족룸으로 예약하긴 했어도, 이렇게 넓 고 쾌적할 줄은 몰랐다. 커다란 침대가 두 개에다, 욕조가 있는 목욕탕 이 딸려 있고 간단히 음식을 해먹을 수 있는 주방도 있었다.

우리는 트렁크를 집어던진 뒤 일단 침대로 뛰어들었다. 민박집 직원 은 짐을 정리한 뒤 저녁을 먹으러 내려오라고 했다.

문제는 우리가 선불로 방값을 지불하는 순간 발생했다. 돈을 받아든 여직원이 고개를 갸우뚱하더니 주인에게 확인해보고 오겠다는 것이다. 방이 왜 이리 화려한가 했더니, 주인이 예약을 잘못 받은 것이다. 우리 는 분명 세 식구라고 했는데, 주인이 어느 대목에서 헷갈렸는지 4인 이 상 가족이 머물 수 있는 특실을 제공한 것이었다.

방값을 더 내야 하나, 걱정하고 있는데 직원이 올라와 그냥 묵어도 된 단다. 주인의 잘못인 데다, 대안으로 내놓을 방도 없다고 했다. 야호!

지금은 어떤지 모르지만, 2010년 6월 우리가 풀하우스에 머무를 때 최고 평점을 준 건 이 집의 밥이었다. 베를린 민박펜션만큼 반찬이 화려한 것은 아니지만, 민박집 여직원(그녀는 조선족이다)이 끓여준 갈비탕은 내가 여태껏 먹어본 갈비탕 중 최고였다. 우리는 저녁을 맛있게 먹고 방으로 돌아온 뒤 느긋하게 침대에 누워서는 월드컵 경기를 관람했다. 픽업차량 기사의 '야경 투어' 가 욕심나긴 했지만, 온몸이 천근만근 무거웠다.

02

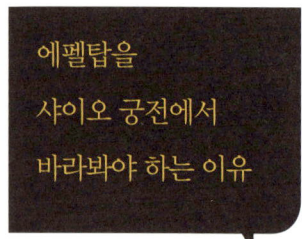

에펠탑을
샤이오 궁전에서
바라봐야 하는 이유

▶▶▶▶▶▶▶▶▶▶ 파리는 서울의 5분의 1 크기밖에 안 된다. 따라서 구시가지는 웬만하면 걸어서 다닐 수 있다고 맹신한 나의 잘못이었다. 출장의 기억 속에도 파리는 결코 대도시가 아니었다. 우리가 묵은 개선문에서 에펠탑까지는 지도로만 봤을 때 적어도 도보로 20분이면 닿을 거리에 있었다. 민박집 조선족 아줌마는 "버스 타고 가면 금방인데, 지하철 타고 가면 수월한데" 하면서 혀를 찼지만, 나는 에펠탑-

로댕 미술관Musee Rodin– 오르세 미술관Musee d'Orsay– 루브르 박물관Musee Du Louvre– 샹젤리제 거리–개선문(숙소)으로 이어지는 오늘의 루트를 걸어서 완주 하리라 다짐하고 유모차를 밀고 나섰다.

에펠탑 방향으로 개선문을 가로지르는 대로가 장난 아니게 넓다는 걸 체감한 순간 불길한 예감이 들었지만, 이미 엎질러진 물이었다. 골 목은 또 왜 이렇게 많은지. 영어 잘 못하는 파리지엔들을 남녀노소 따 지지 않고 물고 늘어져 겨우 에펠탑 방향을 찾아들었다. 그런데 가도 가도 끝이 없다. 시온이는 다리 아프다고 징징대고, 계절은 6월, 땡볕 이 내리쬐는 여름이었다. 아침의 선선한 기운도 잠시, 발걸음을 옮길 때마다 땀이 줄줄 흘러내렸다.

도중에 다시 사거리가 나오길래 한 여자에게 어느 방향이 에펠탑 쪽 이냐 물었더니, 무척 놀라는 표정을 지었다. "걸어가려고?" 그러더니 Metro라고 적힌 지하철을 가리켰다. 저걸 타고 가면 빠르다면서. 혹시 나 해서 그녀가 가리켰던 지하철역에 다가가 노선을 보니 직행도 아니 고 한 번 갈아타야 에펠탑 역에 닿을 수 있었다. 더 큰 문제는 지하철 에 에스컬레이터나 엘리베이터가 없다는 거였다. 땅속으로 까마득히 내려뻗은 계단을 보니 도저히 엄두가 나지 않아, 나는 시온이를 설득 해 다시 걷기로 했다.

지도를 보니 에펠탑이 가까워질수록 길이 단순해지고 넓어지는 게 느껴졌다. 클레베르 대로를 건너 다시 프레지당 월슨 대로를 가로지르니 센 강이 점점 가까워지는 듯했고, 마지막 관문인 이에나 다리를 건너기 위해 걸음을 서두르는 우리 앞에 샤이오 궁전이란 곳이 먼저 나타났다. 궁전을 왼쪽에 끼고 돌아서는 순간, 나도 모르게 탄성을 내질렀다. 거기 에펠탑이, 어마어마한 크기로, 늠름한 자태로 떡 버티고 서 있던 것이다.

나폴레옹이 자기 아들에게 선물했다는 샤이오 궁전에 대해서 나는 잘 모르지만 분명한 건, 에펠탑은 샤이오 궁전 테라스에서 바라볼 때 가장 멋지고 아름답다는 점이다. 상투적일 만큼 귀에 익은 저 철탑이 왜 위대한지, 왜 세계 최고의 관광명소가 되었는지 한쾌에 설명해준다. 엄마의 '질주'가 멈춘 걸 눈치 챈 아이들도 신이 났다. 시온이는 "저게 에펠탑이야?" 하고 잠시 호기심을 보이더니 주원이와 함께 넓디넓은 샤이오 궁전 테라스 광장을 뛰어다녔다. 광장에는 나처럼 그저 멍하게 에펠탑을 바라보는 사람들로 넘쳐났다.

샤이오 궁전에서 에펠탑으로 가려면 테라스에서 비탈길을 타고 내려가 이에나 다리를 건너야 한다. 샤이오 궁전 앞을 흐르는 센 강을 건너야 에펠탑으로 갈 수 있기 때문이다. 넋이 나간 관광객들 주머니를 터는 소매치기를 조심하면서 나는 아이들을 소몰 듯하며 에펠탑을 향해 내려갔다. 내리막길인데도 마음 편히 갈 수가 없었다. 아이들을 유

샤이오 궁전에서 바라볼 때 가장 멋지고
웅장한 에펠탑.

혹하는 기념품 판매상들이 에펠탑 열쇠고리를 흔들어댔기 때문이다.
시온이는 제법 컸다고, 20센티미터는 족히 넘어 보이는 에펠탑 모형을
덥석 집어들었다. 무려 10유로. 에펠탑에 입을 딱 벌리고 감동했으니
안 사줄 수도 없고. 내 마음을 알아챈 남미청년이 에펠탑 열쇠고리를
10개나 공짜로(?) 집어넣어준다.

주원이는 그 열쇠고리를 언제나 손에 들고 다녔다. 주원이가 파리에서
가장 먼저 익힌 말도 '에펠탑'이다. 서울 돌아와서도 주원이는 남산타워

는 물론 교회 십자가 종탑만 보면 '에펠탑, 에펠탑' 이라고 목청을 높여서 우리를 웃게 만들었다.

걷기에 지친 우리 세 식구는 에펠탑 바로 아래 풀숲에 깔개를 깔고 앉아 휴식을 취했다. 에펠탑 공원 잔디밭에는 스프링쿨러가 돌아가고 있었다. 뙤약볕에 잔디가 말라죽을까 봐 물을 뿌려주는 모양이다. 주원이는 그 모습이 신기한지 물에 젖는 줄도 모르고 아장아장 걸어다녔다. 에펠탑 뒤로 펼쳐진 공원에는 우리 말고도 많은 사람들이 앉아서 쉬고 있었다. 중동 이민자 가족으로 보이는 세 식구가 도시락을 나눠 먹고 있는 풍경이 정겨웠다.

나는 깔개에 벌렁 누워 혼잣말로 중얼거렸다. "시온이, 주원이 출세했네. 에펠탑 아래에서 다 놀기도 하고."

에펠탑은 1889년 프랑스혁명 100주년을 기념해 개최된 파리 만국박람회의 상징으로 알렉산더 구스타프 에펠^{Eiffel}이란 건축가가 설계했다. 뉴욕 '자유의 여신상' 골격도 에펠이 설계했다 하니 당시 꽤 유명한 사람이었나 보다. 처음 에펠탑이 세워질 때는 파리 시민들의 반감을 샀단다. 여태까지 한 번도 본 적이 없는 모양에다, 이집트의 피라미드보다 2배나 높은 잿빛 철물이었기 때문이다. 하지만 에펠은 저렴한 비용과 노동력으로 25개월 만에 이 탑을 세워버렸다고 한다. 산업사회 도래를 상징적으로 보여주는 디자인으로 오늘날까지 세계적인 명소로 사랑받고 있는 것이다.

격자형 철골탑 에펠탑은 아래에서 올려다봐도 정말 장관이었다. 맨 아랫단의 길이가 사방 126미터, 높이는 302미터란다. 19세기 후반 세계적으로 유행한 타워 건축의 걸작을 그늘 삼아 우리는 파리의 한여름을 만끽하고 있었다.

03

로댕 미술관에서 만난
신의 손

▶▶▶▶▶▶▶▶▶▶ 강인한 엄마는 다시 일어나서 로댕 미술관으로 동선을 잡았다. 바퀴가 달린 유모차에 기대어서 걸으면 힘이 덜 든다고 여겼는지 시온이가 유모차 핸들을 잡았다. 에펠탑 뒤로 펼쳐진 샹 드 마르 공원 끄트머리에 다다르니 회색 기둥들이 우뚝우뚝 서있다. 그중엔 '평화'라는 우리말로 쓰인 기둥도 있었는데, 이곳이 바로 '평화의 문'이었다. 수십 개의 기둥에는 각 나라 말로 '평화'를 뜻하는 단어들이 적혀 있었다. 밤에는 은은한 조명을 받아 한결 운치있다고 했다.

평화의 문 너머로 보이는 건축물은 육군사관학교다. 그 앞 대로^{大路}

'평화'를 뜻하는 각 나라 말이 기둥마다 적혀 있는 '평화의 문'. 그 뒤로 에콜 밀리테르가 보인다.

의 이름도 에콜 밀리테르(사관학교)다. 로댕 미술관에 가려면 육군사관학교를 지나 앵발리드 광장 앞에서 거의 직각으로 우회전해야 한다. 앵발리드 광장에서 센 강 쪽으로 펼쳐지는 풍경도 시원하다. 활주로처럼 탁 트인 광장 저편에 그랑팔레와 프티팔레가 보인다. 세계를 정복했던 나폴레옹의 영광과 힘이 느껴지는 장관이다.

실제로 앵발리드는 나폴레옹과 관계가 깊다. 나폴레옹의 유해가 앵발리드 교회에 안장돼 있다. 현재 앵발리드에는 교회 말고도 군사 박물관, 군사입체모형 박물관 등이 모여 있는데, 원래는 1670년 루이 14세가 퇴역 부상 군인들의 거주지로 설계했던 곳이란다. 건립 당시에는 15개의 정원만 갖추고 있다가 1679년 생 루이 데 앵발리드 교회가 건축됐고, 이어 루이 16세의 명령으로 왕실 예배당인 돔 교회가 1708년

나폴레옹의 영욕의 역사를 느끼게 하는 앵발리드 앞에서 시온이가 장난을 치고 있다.

완공됐다. 외벽이 55만 개의 금잎 조각으로 빛나는 이 돔 형태의 예배당은 앵발리드의 상징으로, 프랑스 바로크 양식의 대표적인 건물로 꼽힌다. 이 교회 지하에 유배지였던 세인트 헬레나 섬에 있던 나폴레옹의 유해가 안치돼 있다. 나폴레옹의 관은 보주 지방에서 가져온 푸른 화강암 위에 러시아에서 가져온 붉은 석영암으로 만들어져 월계수, 비문, 승리의 유품들과 함께 교회 지하 중앙에 자리잡고 있다.

앵발리드를 끼고 돌자 로댕 미술관은 코앞이었다. 미술관에 들어가기 전 우리는 미술관 초입에 자리한 식당에 들어가 점심을 먹었다. '맛집'을 사전에 조사할 여유도 없거니와, 그저 사람 북적이는 식당에 들어가

로댕 미술관 앞 '카페 드 뮤제'. 커피맛이 좋다.

는 게 최고다. 식당 이름 도 '카페 드 뮤제 Cafe du Musee'였고, 음식 맛도 나쁘지 않았다.

뮤지엄 패스를 보여주고 우리는 그 유명한 로댕 미술관에 입장했다. 미술관 앞마당에는 로댕의 대표작들이 전시돼 있는데, 단연 '생각하는 사람'의 인기가 최고다. 기념사진을 찍으려는 사람들이 줄을 서있었다. 시온이는 '생각하는 사람'과 똑같은 포즈를 취하고 사진을 찍기도 했고, 나는 '생각하는 사람'의 엉덩이도 사진에 담으려고 부산을 떨었다. 청동을 조각칼로 파내는 작업이 보통 일이 아닐 텐데, 어쩌면 그림이나 사진보다 더 생생하고 정밀하게 사람의 육체와 표정을 담아냈는지. '신의 손'이라 불리는 조각가답게 로댕이 구현해낸 인체는 실제보다도 더 실제처럼 보인다는 평가를 받는다. 팽팽하게 당겨진 근육, 완벽하게 재현된 골격은 그의 천재성을 그대로 보여주고 있었다.

'생각하는 사람'의 반대편 정원엔 '지옥의 문'이 버티고 서있다. '칼레의 시민들' '세 그림자' 같은 로댕의 대표작들도 함께 전시돼 있

로댕 미술관 앞마당에 전시된 '생각하는 사람'.

다. 사슬에 묶인 발, 남루한 입성, 고통으로 일그러져 신음소리가 흘러 나오는 듯한 표정의 조각품들이 붉은 장미꽃과 어우러져 기묘한 슬픔 을 자아내고 있었다.

　미술관 본관 뒤편에도 비밀의 화원이 펼쳐져 있다. 양 옆으로 빅토 르 위고, 발자크, 아담, 이브, 오르페우스 등 인물 조각상들이 서있고 한가운데 연못과 초록 잔디가 펼쳐져 있다. 겨우 햇빛을 피할 수 있는 벤치를 발견하고 우리는 잠시 지친 다리를 쉬었다. 저 멀리 미술관 본 건물인 비롱 저택이 보였다. 호텔 비롱이라고 불리는 그곳은 18세기에 건립된 저택으로, 19세기 후반 파리의 유명 예술가들이 빌려서 살던 집이라고 한다. 마리아 릴케, 이사도라 던컨, 마티스 같은 이들도 한때 이곳에 머물렀다 하니 예술적 정취가 물씬 풍겼다.

'칼레의 시민들' '세 그림자' 등 로댕 미술
관 야외에 전시된 조각상들.

연못과 잔디, 인물 조각상으로 구성된 로댕 미술관의 뒤뜰, 멀리 나폴레옹의 유해가 안치된 앵발리드 교회가 보인다.

로댕은 만년에 이 저택을 구입해 살았는데, 1916년 자신의 전작품과 함께 이 집을 나라에 기증했다고 한다. 미술관 본관에 해당하는 로댕의 저택에는 그가 평생에 걸쳐 수집한 고대로부터 현대까지의 뛰어난 미술작품과 방대한 자료가 전시되고 있다. 정문을 통해 건물로 들어가면 넓은 로비가 나오고 안쪽으로 열린 문과 이층으로 올라가는 계단이 보인다. 작품들은 만들어진 시대 순으로 전시되고 있어 작가의 연륜이 쌓여감에 따라 조금씩 변화하는 과정을 살펴보는 재미가 있다.

가장 돋보이는 것은 역시 '키스The Kiss' 라는 작품이다. 우윳빛 대리석을 깎아 만든 이 작품은 나체의 남녀가 키스를 나누기 직전의 포즈를 묘사했다. 서울 예술의 전당에 전시되었을 때 도떼기시장처럼 바글거리는 관람객들 사이를 비집고 처음 보았던 그 조각품을 잊을 수 없다. 어쩌면 그리도 애절하고 농염한지, 사랑은 저렇게 집요하고, 그래서 아름답고, 그래서 독이 되는 것인지……. 제6전시실에는 카미유 클로델의 작품도 전시되고 있다. 로댕의 제자였다가 연인이 된 클로델과의 관계는 영화로 만들어질 만큼 극적이었다. 조각가로서 뛰어난 재능을 가지고 있었지만 항상 로댕의 그늘에 가려져 있던 그녀는 로댕에게 버림받은 후 정신병원에 들어간다. 그녀가 좀더 강인한 정신력의 소유자였다면 로댕의 그늘을 벗어나 자기만의 독창적인 세계를 구축하지 않았을까.

어찌 됐든 '신의 손' 이 빚어낸 작품들을 한자리에서 감상할 수 있다는 건 큰 축복이다. 파리지엔들은 얼마나 좋을까, 파리의 아이들은 소풍 가듯 이 박물관, 저 미술관 다닐 수 있으니 참 좋겠다, 하는 생각을 하면서 우리는 여전히 한여름의 열기로 후끈 달아오른 로댕 미술관을 빠져나왔다.

**오르세 미술관에서
숨은 그림 찾기**

▶▶▶▶▶▶▶▶▶▶   오르세 미술관은 시온이가 파리에서 가장 가고
싶어했던 곳이다. 미술에 대한 관심이나 조예가 있어서가 아니다. 오
로지 그곳이 과거에 기차역이었다는 사실 하나 때문이다.

오르세 기차역은 1900년 세계 만국박람회를 위해 건축됐다. 역사와
호텔로 이루어진 오르세 역은 건물 내부에 승객용 엘리베이터, 짐 운
반을 위한 리프트, 지하 레일트랙까지 설치해 당시에 큰 화제가 되었
다고 한다. 센 강변의 화려하고 아름다운 건축물로 세계인의 이목을
집중시켰다고 했다. 하지만 기차 운행 시스템이 진보하면서 오르세 역
의 플랫폼으로는 더이상 장거리용 기차를 운행할 수 없었고, 2차 세계
대전 당시에는 전쟁포로들을 위한 우체국으로 활용되다 1973년 호텔
마저 문을 닫게 된다. 폐쇄 위기에 놓인 오르세 역을 미술관으로 개조
하자고 제안한 곳은 프랑스 정부 소속 박물관국이었다고 하니, 이 나
라 공무원들의 문화예술적 센스에 감탄할 뿐. 하여 1986년 12월 1일
오르세 미술관이 탄생한다.

파리 출장 때마다 나는 빼놓지 않고 오르세 미술관을 관람했다. 몇

기차역을 개조해서 만든 오르세 미술관 전경.

날 며칠을 돌아도 머리만 어지럽지 그 방대한 소장품 규모에 주눅부터 드는 루브르 박물관과는 달리, 오르세 미술관에는 나 같은 미술 문외한도 초등학생 때부터 들어 알고 있는 작가들의 작품이 즐비했다. 마네, 모네, 세잔, 르누아르, 고흐, 고갱…… 얼마나 귀에 익은 이름들인가.

그래서 나는 내 아이들도 오르세 미술관을 무지하게 좋아해줄 줄 알았다. 물론 대단한 착각이었다. 1층부터 내려가 그 무수한 '명화'들, 교과서에 나오는 그 명작들을 관람해야 하는데, 아이들은 이미 지쳐 있었기 때문이다. "이제 그만 민박집으로 가면 안 돼? 다리 아파 죽겠다고." 세상에나. 아직 밀레의 '이삭줍기'도 못 봤고, 마네의 '풀밭 위의 점심식사'도 못 봤으며, 드가의 '발레수업'은커녕, 고갱의 '타히티의 여인들', 고흐의 '자화상'도 못 봤는데 민박집으로 돌아가자니!

그 순간 나는 어떻게 하면 이 난국을 돌파하고 아이들을 명작 앞으로 가게 할 것인가, 빛의 속도로 잔머리를 굴리기 시작했다. 일단 주원이는 업고 안아주고 걷게 하면서 달래면 될 터. 문제는 완전 의욕상실인 시온인데, 나는 이 아들내미를 돈으로 꼬시기로 했다. "여기 미술관 팸플릿에 나와 있는 대표 명작들 보이지? 이걸 하나씩 찾을 때마다 10크로나(우리 돈으로 1,600원)씩 준다!" 아니나 다를까. 시온이 약간 솔깃해하는 기미가 보였다. "진짜야? 그럼 열 개 찾으면 100크로나. 바쿠간 한 개 살 수 있겠네. 아싸!"

마침내 우리 가족의 숨은 그림 찾기가 시작됐다. 나는 아이들을 고흐의 그림들이 있는 쪽으로 몰다가, 마네와 모네의 그림이 있는 쪽으로 방향을 틀었다가 하면서 시온이로 하여금 임무를 완수하게 도와줬다. 계단이 나와도 절대 굴하지 않았다. 유모차는 없어지든 말든 내팽개치고 한 점이라도 더 명화를 발견할 수 있게 아이를 도왔다. 북적이는 인파를 헤쳐가면서 팸플릿에 있는 대표작을 거의 다 찾은 시온이는 완전 녹초가 되었다. "이젠 못 해. 안 찾아. 그만 할래."

지금 돌아봐도 죄책감과 부끄러움이 밀려든다. 나의 잔머리는 탐욕 그 이상도 그 이하도 아니었다. 어떤 변명을 갖다 대도, 그것이 비교육적이라는 사실은 자명했다. 시온이의 기억에 오르세 미술관은 바쿠간

장난감을 사기 위한 숨은 그림 찾기, 그것도 재미없고 지루하기만 한 놀이로 남아 있을 것이다. 그림 구경이 싫다고 하면, 그냥 벤치에 앉아서 이 기차역이 어떻게 미술관이 되었는지, 어디가 플랫폼이었고, 어디가 기차가 들어오는 입구였는지 즐겁게 상상해보다 그냥 돌아왔어도 우리의 여행은 충분하지 않았을까. 시온이는 지금 오르세 미술관에서 본 그림들 중 몇 개나 기억하고 있을까.

호기심에 얼마 전 시온이에게 오르세 미술관에서 본 그림 중 기억나는 것을 얘기해보라고 했더니, '고흐 얼굴'이란다. 고흐의 '자화상'이겠지. 그게 왜 기억에 남느냐, 물었더니 "고흐가 미쳐서 자기 귀를 자른 뒤 그린 거라고 해서⋯⋯. 그 아저씨 정말 독해" 한다. 역시 스토리텔링이 필요하다. 스토리의 시대다. 하하!

05

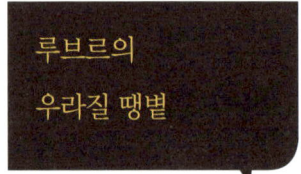
루브르의
우라질 땡볕

▶▶▶▶▶▶▶▶▶   루브르 박물관을 상징하는 피라미드 형태의 입구를 보면 영화 〈다빈치 코드〉, 뭐 이런 게 생각나야 하는데, 나는 그저

살인적으로 내리쬐던 파리의 땡볕만 떠오른다. 이날, 징그럽게 더웠다. 시온이의 저 지친 표정이라니. 사진을 다시 보니 '엄마는 이 와중에 사진 찍을 마음이 생겨?' 하고 질책하는 듯하다.

오르세를 나와 센 강을 건너 루브르 박물관 쪽으로 넘어갈 때 우리는 작열하는 태양 아래 있었다. 피라미드 형태의 박물관 입구까지는 왜 그리 또 광활한 벌판이 이어지는지. 양쪽으로 잔디밭이 펼쳐지긴 했지만 그늘이라고는 없어서 우리는 그저 생수를 들이키며 입구를 향해 걷고 또 걸었다.

대영 박물관, 바티칸 박물관과 함께 세계 3대 박물관으로 꼽히는 루브르 박물관은 세계에서 가장 많은 사람들이 찾아오는 곳이다. 하

영화 〈다빈치 코드〉에 자주 등장했던
루브르 박물관의 피라미드 입구.

루 1만 5천 명, 한 해 9백만 명의 관람객이 찾아온다니 매일매일이 도떼기시장인 셈이다. 박물관 자체가 세계문화유산으로 지정돼 있고, BC 4천년부터 AD 19세기에 걸친 각국의 미술작품들을 3만 5천 점 전시하고 있다. 소장품 수는 38만여 점에 달하는데, 2006년엔가, 파리 출장길에 루브르 박물관을 이틀에 걸쳐 둘러보다가 나중에 멀미하는 줄 알았다.

미술 문외한인 내가 루브르를 이틀에 걸쳐 찾아간 이유는, 그 무렵 재미있게 읽었던 소설 『퍼플라인』 때문이다. 지금은 줄거리도 기억이 잘 나지 않지만, 작가 미상의 그림 '가브리엘 데스트레와 그 자매'를 둘러싼 미스터리 소설이라 퍽 흥미진진하게 읽었다. 그 소설을 읽으면서 그림 속에 담긴 메시지, 그림의 디테일들이 암시하는 비밀이 무척 많다는 걸 그때 처음 알았다.

욕조 속에 앉아 있는 나체의 두 여인, 한 여인은 다른 여인의 젖꼭지를 살며시 잡고 있고, 다른 여인의 손엔 반지가 들려 있다. 붉은 벨벳 커튼 뒤로 하녀로 보이는 여인이 바느질을 하고, 불이 피워져 있는 벽난로 위에 벌거벗은 남자의 하반신이 보이는 수상한 그림이 있다. 이 그림에 담긴 수수께끼를 풀어나가면서 소설은 전개된다. 루브르에 가면 그 그림을 꼭 찾아서 보리라, 다짐했던 터인데 워낙 큰 미술관인 데다 미로나 다름없어서, 이틀째 되던 날 다리에 쥐가 나고 두 눈이 벌겋게 충혈될 즈음에야 그 명화를 겨우 찾아낼 수 있었다.

이토록 방대하고도 복잡한 구조의 루브르는 원래는 요새형 궁전이었다고 했다. 그러다 왕궁으로 사용됐고, 루이 14세가 처소를 베르사유 궁으로 옮기면서 루브르는 왕실의 예술품을 보관하고 관리하는 공간으로 변모했다. 루브르가 본격적인 박물관으로서 자리를 잡은 것은 프랑스 대혁명 이후란다. 혁명을 성공으로 이끈 국민의회는 '국민을 위해 루브르는 국가의 걸작들을 전시하는 박물관으로 존재해야 한다'고 천명했고, 1793년부터 일반에게 박물관을 공개했다.

38만여 점의 소장품은 이집트 유물, 그리스 유물, 로마 유물, 이슬람 미술 등 8개 부문으로 분류돼 전문가들에 의해 관리되고 있다. 박물관

은 크게 리슐리에 관, 드농 관, 쉴리 관으로 구분돼 있는데, 어느 쪽으로 들어가든 서로 통하지만 미로를 헤맬 각오를 해야 한다.

오르세에서 지칠 대로 지친 우리는 루브르에서는 '죽기 전에 꼭 봐야 할 명작'만 몇 개 찍어서 보고 돌아가기로 맘먹었다. 다행히도 팸플릿을 펼치면 루브르의 대표적인, 아니 관람객들이 가

장 좋아하는 미술품의 전시 위치가 사진과 함께 소개돼 있다. 우리가 찍은 첫번째 작품은 단연 '모나리자'였다. 아마도 루브르에서 시온이가 알고 있는 유일한 회화작품일 테니까. 다음이 '밀로의 비너스', 다음이 '사모트라케의 니케', 일명 승리의 여신상이다.

밀로의 비너스를 어떻게 찾았는지는 정확히 기억나지 않는다. 원래는 모나리자를 찾아나선 길이었는데 엘리베이터를 잘못 타는 바람에 그렇게 된 것 같다. 사람들이 북적이는 곳이 있길래 따라가 보니 어디서 많이 본 조각상이 서있었다.

밀로의 비너스. 밀로는 작가 이름이 아니라 섬 이름이다. 1820년 키클라데스 제도의 일부인 밀로(메로스) 섬의 한 농부에 의해 발견된 고대 그리스 조각으로, 아프로디테(비너스)라는 이름이 붙었다. 여신은 앞으로 내민 왼발을 약간 위에 올려놓고 오른쪽 발에 체중을 싣고 서있는데, 하반신은 치렁치렁한 옷감이 걸쳐져 있는 형상이고, 나체인 상반신은 두 팔이 잘려나갔다. 터키 주재 프랑스 대사가 이 조각상을 구입해 루이 18세에게 증여한 뒤 루브르 박물관에 보존돼왔다고 한다.

"아름다워 보이니?" 시온이 힐끗 올려다본다. "별루. 근데 남자야, 여자야?" 높이가 204센티미터인 데다 여신의 몸매가 그야말로 우람하니 '남자냐?' 는 물음이 나올 만도 했다. 하긴 서양 명화에 등장하는 미인들은 다들 한 덩치 한다. 가냘프고 호리호리한 미인은 거의 없다. 기골이 장대하다고나 할까. 비너스의 얼굴도 작지만 격이 있고 카리스마가 넘쳤다. 사라진 양팔의 원래 위치에 대해 복원학자들은 이렇게 추정한단다. 오른손은 왼쪽 다리께로 내려지고 왼손은 팔을 앞으로 내밀어 손바닥에 사과를 들고 있었을 것이라고. 1821년 루브르에 소장된 뒤 두문불출하는 명작으로 유명했던 이 조각상은 1964년 처음으로 세계 나들이를 시작했다고 한다.

다시 모나리자를 찾아나선 길에 '승리의 여신' 을 만났다. 계단과 계단 사이에 날개 달린 거대한 조각상이 우뚝 서있었다. 석상의 목이 뚝 잘려나가고 없지만 양팔 없는 비너스처럼 원래 그런 작품이었던 듯 뛰어난 조형미를 드러내고 있었다.

사모트라케의 니케로 불리는 이 석상은, 1863년 에게해 북서부 연안의 작은 섬 사모트라케에서 발견됐다. 프랑스 부총독이었던 남자가 거대한 조각 파편 100여 점을 발굴해 그걸 하나하나

맞춰가다 보니 승리의 여신이 탄생했단다. 니케란 그리스 신화에 나오는 승리의 여신으로 영어 발음으로는 나이키[NIKE]다.

머리와 팔 부분은 처음 조각들이 발견됐을 당시부터 없었다고 했다. 한쪽 팔이 1950년 따로 발견됐지만 미완의 모습이 더 강렬한 인상을 준다는 게 중평이다.

스포츠용품 회사로 유명한 나이키의 로고도 여기에서 유래했다고 한다. 나이키 창립 당시 회사를 상징할 로고를 찾던 동업자는 여대생에게 로고 디자인을 의뢰했고, 그 여대생은 여신 니케의 날개와 옷자락에 흐르는 선에서 영감을 받아 승리를 표현하는 V자를 부드럽게 눕혀 나이키 로고를 만들었다고 한다. 여대생에게 35달러를 주고 구입한 디자인 로고가 현재는 수천억 달러의 브랜드 가치를 발휘하고 있다.

우리는 최종 목적지인 모나리자를 향해 다시 출발했다. 이번에는 실패하지 않았다. 모나리자를 보려는 사람들로 그 앞이 장사진을 이루고 있었다. 그 인파를 뚫고 시온이를 앞쪽으로 데려다주려니 진땀이 다 흘렀다. 경비들은 관람객들의 줄을 세우느라 허둥댔다.

모나리자는 레오나르도 다빈치가 피렌체의 부호 프란체스코 델 조콘다의 부인을 그린 초상화로 알려져 있다. 제작년도는 1503년~1506년. 유채[油彩] 패널화로 크기는 세로 77센티미터, 가로 53센티미터밖에 안 된다. 루브르에서 처음 모나리자를 봤을 때 나는 실망했었다. 에게!

이렇게 작아? 유리는 또 왜 씌워져 있는 거야? 방탄유리였다. 그만큼 진귀하다는 뜻이겠지. 하긴 모나리자가 대낮에 도난된 적이 있어 프랑스가 발칵 뒤집힌 적이 있다. 예전에는 사진촬영도 금지돼 있었지만, 2008년부터 간헐적으로 허용이 되다 지금은 자유롭게 찍을 수 있다. 보안요원들이 사진촬영을 아무리 막아도 집요한 관람객들을 당해낼 수 없기 때문이란다.

"시온아, 모나리자에 눈썹 없는 거 보이지?"

모나리자의 눈썹이 없는 이유에 대해서는 여러 설이 있다. 당시에는 넓은 이마가 미인의 전형으로 여겨져 여성들 사이 눈썹을 뽑아버리는 일이 유행했기 때문이란 설, 작품 자체가 미완성이기 때문이라는 설, 원래 눈썹이 그려졌으나 복원 과정에서 지워졌다는 설 등등. 2009년에는 프랑스의 미술전문가가 240메가픽셀의 특수카메라를 사용하여 분석한 결과, 다빈치는 이 그림을 3차원으로 표현하기 위해 유약을 여러 겹 발라 특수처리했는데, 가장 바깥에 그려졌던 눈썹이 수백 년 세월이 흐르는 동안 화학반응을 일으켜 떨어져 나간 것이라는 주장을 제기했다.

눈썹과 상관없이 모나리자의 미소는 보는 이로 하여금 마음의 평화를 느끼게 한다. 어디에도 악한 기운이라고는 없다. 다빈치가 이 작품을 그리기 위해 악사와 광대를 불러 부인의 심기를 항상 즐겁게 했다더니, 그런 노력의 결과인가? 모나리자를 요리조리 바라보던 시온이가 호들갑을 떨었다. "엄마, 모나리자가 계속 나를 바라봐. 내가 이리저리 움직여도 계속 나를 쫓아다녀."

06

눈물의 베르사유 궁전 가는 길

▶▶▶▶▶▶▶▶▶▶ 암만 생각해도 인간승리다. 개선문-에펠탑-오르세-루브르-콩코드 광장-샹젤리제 거리를 하루 동안 걸어서 구경했다는 것! 물론 주마간산에 열한 살, 세 살 두 어린이에게는 '학대' 행위 수준이었을 것이다. 아침 일찍 나간 세 식구가 저녁나절 다 되어 벌겋게 그을린 얼굴로 민박집엘 들어서자 아주머니가 혀를 내둘렀다. "아휴, 대단해 애기 엄마. 얼른 씻고 나와 저녁 먹어요. 도가니탕 끓여놨으니까."

이튿날에도 우리는 강행군을 계속했다. 파리 외곽에 있는 베르사유 궁전을 보고 돌아와 노트르담 성당, 그리고 몽마르트 언덕으로 이어지는 여정이었다.

베르사유까지는 지하철이 닿는다고 해서 우리는 민박집 아주머니가 일러준 메트로를 찾아나섰다. 문제는 역시 계단이었다. 그러나 달리 방도가 없어 이번에는 이를 악물고 시온이와 함께 유모차를 들고 계단을 오르내렸다. 겨우겨우 매표소에 도착해 베르사유 가는 전철표를 달라고 했더니 베르사유 가는 표는 열차를 타는 플랫폼에 가야 살 수 있다고 설명한다. 두세 개의 노선이 교차하는 역이라 그런가 보다 하고, 우리는 베르사유 방향 플랫폼을 향해 또 유모차를 들고 계단을 오르내렸다.

그런데 땀을 뻘뻘 흘리며 도착한 그곳에 매표소는 없었다. 젊은 파리지엔들에게 물어보니, 아까 그 매표소에서 표를 사야 한다고 했다. 역무원 말을 내가 잘못 알아들은 건가? 다시 아이들을 데리고 그 매표소까지 가기는 엄두가 안 나, 나는 시온이에게 주원이 유모차를 단단히 지키고 서있어라 다짐을 받은 뒤 매표소로 달려갔다. 지금 생각해도 정말 위험천만한 일이다. 아이들만 두고 뛰어갔으니. 다시 매표소로 달려가니 그사이 매표소 줄이 길게 늘어나 있었다. 무엇보다 아이들이 걱정돼 초조해 죽을 지경이었다. 용기를 내이 줄의 맨 앞으로 가서 사정을 설명했다. 마음 착한 청년이 웃으며 양보를 했다.

"베르사유 가는 표 주세요. 어린이 둘, 어른 하나입니다." 그런데 역무원은 다시 고개를 저었다. 여기서는 베르사유행 표를 팔지 않는다는 것이다. "분명히 여기에서 판다고 했다, 저 안에는 아무 매표소도 없다, 어떻게 해야 하는가" 하고 따져 묻자, 그럼 2층으로 올라가 보란다. 용기를 낸 보람도 없이 완전히 풀이 죽었지만, 아이들 걱정에 다시 베르사유 플랫폼으로 뛰고 또 뛰었다.

아이들은 그 자리에 있었다. 주원이도 오빠 말을 잘 듣고 얌전하게 유모차 안에 앉아 있었다. 내 영어가 서툰 것인가, 진짜 저 2층으로 올라가 매표소를 찾아야 한다는 것인가, 고민하고 있는데 방금 전 함께 줄을 서있던 청년이 표를 들고 걸어오고 있었다. 그는 베르사유행 전철 티켓을 아까 그 매표소에서 구입한 것이다.

뭔가 잘못되었다는 확신이 들었지만, 아이들 때문에 다시 그곳까지 가서 따지고 항의할 여력이 없었다. 가장 가까운 계단을 찾아 지하철 역사를 벗어나는 게 최선이라고 생각했다. 땅 위로 올라오자 서글픔과 함께 분노가 치솟았다. 민박집 조선족 아주머니 말이 떠올랐다. "유색인종 차별이 어찌나 심한지. 프랑스 말까지 못하면 버스표도 안 판다니까." 그 얘기를 들을 땐 나와 상관없는 일이라고 생각했다. 나는 영어를 그런대로 할 수 있고, 대학도 나왔으며, 직장도 있는 여성이니까. 그런 내가 조선족 아주머니와 똑같은 일을 당하고 나니 부끄럽고도 화가 났다. 그들의 눈에 나 또한 피부색이 다른, 거기에다 애 둘까지 딸려 있는 '위험하고 저속한' 유색인종일 뿐이었다.

택시를 잡아탄 건 순전히 홧김이었다. 너희들이 날 이렇게 무시한다고 내가 베르사유를 포기할 줄 알아? 거만하고 덜 떨어진 파리지엔 같으니라구! "베르사유!"를 외치자 흑인 택시기사는 만면에 미소를 띠며 "오케이!" 했다. 시온이만 아쉬워 어쩔 줄 몰라했다. 베르사유 가는 열차가 2층 열차였기 때문이다.

택시기사는 참 좋은 사람이었다. 떠듬거리는 영어로 우리는 베르사유 가는 길 내내 이야기를 나눴다. 세네갈에서 왔다는 남자. 내가 못된 역무원 이야기를 하자, 좋은 파리지엔도 많다며 위로했다. 그는 파워풀한 한국 축구를 좋아한다며 환하게 웃었다. 그러고 보니 언젠가 세네갈 축구팀과 한국팀이 경기하는 걸 본 적이 있는 것도 같아서 열심히 맞장구를 쳐줬다.

외곽으로 벗어나자 전원 풍경이 나타났다. 마음이 조금 누그러졌다. 파리에서 베르사유까지는 그리 멀지 않아 차로 20분 정도 걸렸던 것 같다.

세네갈 택시기사는 우리를 넓디넓은 광장 한가운데 내려놓고 떠났다. 베르사유였다. 황금빛으로 번썩이는 궁진 정문이 멀리 보이고, 머리 위로 말 탄 장군의 동상이 날아오를 듯 힘차게 서있었다. 입구에서 얻은 베르사유 지도를 보니 입이 딱 벌어졌다. 이 거대한 궁전과 정원을 어떻게 다 돌아보나 싶었다.

파리의 남서쪽 22킬로미터 지점에 자리한 베르사유는 태양왕이라

황금빛으로 눈부신 베르사유 궁전의 정문. 하필 휴관일이라 왕궁 내부를 관람하지 못했다.

고 불린 루이 14세가 50년이라는 세월에 걸쳐 어마어마한 비용을 들여 지은 호화 궁전이다. 부르봉 왕조의 3대 국왕인 루이 14세가 아예 왕궁을 베르사유로 옮기면서 정치와 문화, 사교의 중심이 되었다. 조선시대 왕들이 왕권을 강화하기 위해 새로운 궁궐을 지었던 것처럼, 루이 14세 역시 베르사유를 자신의 왕권을 신성시하는 데 활용했다. 발레극을 좋아했던 루이 14세는 아폴론, 즉 태양신으로 분해 금빛 찬란한 의상을 입고 무대 위에서 상승하거나 하강했다고 한다.

실제로 궁전 안 루이 14세의 방에는 태양장식이 빛나고 있다는데,

수십 개의 방으로 이뤄진 베르사유 궁전의 본채.

불행히도 우리는 루이 14세의 방에 들어가지 못했다. 가는 날이 장날
이라고, 그날이 휴관일이었다. 실망한 관광객들이 한둘이 아니었지만,
그나마 다행인 것은 베르사유 정원만큼은 개방한다는 점이었다.

 궁전 못지않게 유명한 베르사유 정원은 끝이 어디인지 가늠하기 힘

베르사유 궁전의 뒤뜰. 한여름에는 그늘을 피할 곳이 없을 만큼 뙤약볕이 내리쬔다.

베르사유 궁전의 정원수들이 앙증맞은 모양으로 손질돼 있다. 정원 호수의 조각상들도 위용이 넘친다.

들 정도로 광활했다. 수백 명 정원사들에 의해 관리되는지 단정하게 가지치기를 한 정원수들이 미로처럼 이어져 있고, 곳곳에 호수가 펼쳐져 있었다.

교과서적인 여행이라면, 루이 14세의 별궁이었다는 그랑트리아농과 마리 앙투아네트가 거주했다는 프티트리아농을 찾아가야 했다. 별궁까지의 거리가 또 얼마나 먼지, 셔틀 자동차가 운행되고 있었다. 별궁을 가는 대신 나는 아이들을 데리고 숲이 우거진 그늘 속으로 들어갔다. 이미 많은 관광객들이 그곳에 자리를 펴고 앉아 담소를 나누고 있었다. 한 무리의 소년들은 공을 차며 신나게 뛰어놀았고, 가족 단위의 여행객도 눈에 많이 띄었다. 돗자리를 깔고 숲속에 자리잡자 여기가 천국이다, 싶었다. 강렬한 시선이 느껴져 쳐다보니 한국인 가족여행객이었다. 젊은 여자가 주원이를 보며 "아유, 귀여워라, 엄마 따라 왔구나" 한다. 우리말이 그렇게 반가울 수가 없었다.

잔디밭에 누워 마리 앙투아네트를 생각했다. 합스부르크 공국 왕족의 딸로 프랑스의 루이 16세와 결혼한 여자, 예쁘고 착하고 상냥하며 예술을 좋아하지만, 산만하고 쓰기와 읽기 능력이 부족했던 열네 살

베르사유 궁전 뒤뜰의 조각상.

어린 신부, 프랑스에 불행을 몰고 올 여자라는 예언에 외로웠던 여인, 동성연애를 한다, 정부情夫를 갈아치우는 음탕한 여자라는 소문에 시달렸던 여인, 호화로운 파티와 무도회를 자주 열고 의복, 장신구, 보석에 많은 비용을 들였으며, 베르사유의 프티트리아농을 호화롭게 개조하는 데 국고를 소비했던 왕비, 그리하여 1789년 바스티유 감옥 습격을 시작으로 발화된 프랑스 혁명으로 단두대의 이슬로 사라진 여자……
'빵이 없으면 쿠키를 먹으면 되지?' 라는 말을 한 주인공이 마리 앙투아네트가 아닌 것처럼, 그녀를 둘러싼 모든 이야기들이 진실은 아닐 것이다. 살아생전 그녀가 보석이 박힌 드레스를 입고 거닐었을 궁전의 대정원에서 햇볕에 그을려 까무잡잡하고 꾀죄죄해진 동양의 한 여인과 아이들이 호사를 누리고 있었다.

07

몽마르트에서 만난
웨딩커플

▶▶▶▶▶▶▶▶▶   베르사유 궁전에서 나와 우리는 노트르담 대성
당으로 향했다. 센 강 시테 섬에 있는 이 성당을 파리 출장 때마다 번
번이 놓친 탓에 이번 여행에서는 반드시 들르리라 벼르던 참이었다.
빅토르 위고의 『파리의 노트르담』의 배경인 대성당은 내가 상상했던
것보다 거대하거나 웅장하지 않았다. 아마도 어릴 때 본 안소니 퀸 주
연의 영화 탓이리라. 영화 속에서 본 노트르담 성당은 콰지모도의 흉
칙하고도 정열적인 표정만큼이나 무시무시하게 크고 컴컴하고 음울했
던 것이다.

작열하는 태양 아래 대성당은 좋은 집안에서 교육받고 자란 남성처
럼 반듯하게 서있었다. 성당은 우아하고 아름다웠다. 파르테논 신전처
럼 황금률의 비례로 세워졌다는 기둥이며 정교한 부조와 화려한 문양
들이 '우리들의 귀부인(노트르담)' 이란 뜻의 이름에 잘 어울렸다. 이곳
에서 1455년 잔 다르크의 명예 회복 재판, 1804년 나폴레옹 대관식이
있었고, 드골 장군과 미테랑 대통령의 장례식이 있었다고 했다.

노트르담 성당의 정면에는 세 개의 큰 문이 있다. 일반적으로 여행

황금률의 아름다움을 지녔다는 노트르
담 대성당. 얼마 전 외벽의 때를 벗기
는 '세수'를 해서 한결 젊어 보인다.

자들은 오른쪽 문을 통해 성당 안으로 들어가서 왼쪽 문으로 나오게
된다. 성당 안에 있는 파이프오르간은 프랑스에서 가장 큰 것이라고
했다. 모두 6천여 개의 관으로 이루어진 이 파이프 오르간 소리를 들
으려고 일요일 저녁 6시에 시작되는 미사에 참여하려는 관광객들이
많다는 것이다. 성당 양쪽 벽면에 있는 지름 9.6미터의 거대한 스테인

몽마르트 언덕의 악사들 옆에서 웨딩촬영을 하고 있는 신랑 신부.

드글라스는 대성당의 명물이다. 이른바 '장미의 창' 이라 불리는 것으로 그 정열적이고 화려한 색채가 눈길을 사로잡았다.

노트르담 대성당에서 나와 우리는 몽마르트 언덕으로 향했다. 파리의 전경을 내려다볼 수 있으면서 예술의 정취를 흠뻑 느낄 수 있는 곳이 이 언덕이었기 때문이다. 택시가 우리를 내려준 곳은 사크레쾨르 사원의 계단 아래쪽이었다. 사원 앞마당까지 올라가야 더 잘 보일 수 있을 것 같아 나는 유모차를 밀고 사원까지 땀을 뻘뻘 흘리며 올라갔다.

사원 옆에서 우리는 특이한 구경거리를 만났다. 웨딩드레스와 턱시도를 입은 남녀가 촬영을 하고 있었다. 놀랍게도 그들은 동양인이었다. 얼마나 부자면 파리까지 와서 웨딩촬영을 하는 걸까. 파리 유학생인가? 설마 한국인은 아니겠지? 그들은 사원 옆 골목에서 바이올린과 아코디언을 연주하며 돈을 버는 노부부 악사에게 다가갔다. 스태프인 듯한 사람이 뭐라뭐라 양해를 구하는가 싶더니 커플은 그들과 함께 카메라 앞에서 포즈를 취했다. 악사들도 싫지는 않은 듯 싱글벙글하고, 파리지엔들은 그 광경이 신기하다는 듯 쳐다보며 지나갔다.

웨딩촬영팀이 볼일을 보고 사라지자 거리의 노부부 악사가 본격적인 연주를 시작했다. 현악의 선율이 구슬프고도 아름다웠다. 우리는 파라솔 아래에 앉아 아이스크림을 사먹으면서 사위어가는 파리의 햇살을 즐겼다. 사원에서 몽마르트 언덕 중턱까지 운행하는 케이블카가 있기에 아이들 즐겁게 해주려고 탔더니 1분이 채 안 돼 도착해서 돈이 아까웠다. 기념품 가게에서 에펠탑이 그려져 있는 아이들 티셔츠와 선물용 스카프를 몇 장 구입한 다음 천천히 언덕을 내려왔다.

파리 북부의 해발고도 129미터 높이의 언덕. 성직자들이 순교해 군신의 언덕, 순교자의 언덕으로 불리는 몽마르트는 고흐, 피카소, 모딜리아니, 모네 등 19세기 인상파, 상징파, 입체파 화가들이 모여 살던 곳이라고 했다. 수년 전만 해도 몽마르트 언덕에는 초상화를 그려주며 돈벌이를 하는 무명화가들이 진을 치고 있었다는데, 그들의 모습은 보이지 않았다. 골목골목은 기념품 가게와 식당들로 채워져 있었다.

택시를 잡아탈 수 있는 대로를 찾으려고 골목골목을 헤매다 그 유명한 '물랑루즈'를 발견하고 얼마나 기뻐했는지 모른다. 이완 맥그리거와 니콜 키드먼이 주연한 영화 〈물랑루즈〉의 무대. 1880년경부터 언덕의 남쪽 비탈면에 카바레가 들어서면서 이 일대가 환락가가 되었다고 했다.

그런데 택시는 왜 이리 안 잡히는 걸까. 분명히 택시 타는 정류소라고 표시돼 있고, 우리는 열심히 손을 흔들었지만 빈 택시들은 우리를 거들떠보지도 않고 지나갔다. 아마도 유모차 때문이리라. 대여섯 대의 빈 택시가 지나간 뒤 마침내 택시 하나가 우리 앞에 섰다. 기사는 유모차를 접어서 트렁크에다 실어준 뒤 우리를 숙소가 있는 개선문까지 데려다줬다. 그는 중동 이민자였다. 아침에 베르사유 궁전에 갈 때도 세네갈에서 온 흑인 운전사가 친절을 베풀더니, 민박집으로 돌아오는 길엔 레바논에서 왔다는 기사의 도움을 받았다. 유색인종의 설움을 잘 안다는 듯 그들은 우리에게 따뜻한 미소를 건넸다.

그날 밤 민박집에서 시온이는 제법 비장한 목소리로 내게 물었다. "프랑스 사람들이 동양인을 무시하는 거지? 그러니까 우리나라가 여전히 프랑스보다 힘이 없다는 거지?" 내가 대답헸디. "우리나라 사람들이 동남아에서 온 사람들, 흑인들과 접촉하기를 꺼려하는 것과 비슷하지 않을까? 그러니까 한국 돌아가면 우리도 그들에게 친절을 베푸는 거야. 타국에서 살아간다는 게 얼마나 힘든지 시온이도 알겠지?"

알프스의 빙하와 만년설의 낭만,

스위스

01

파리에서
인터라켄까지

▶▶▶▶▶▶▶▶▶ 오전 10시 파리 동역을 출발하는 떼제베 열차를 놓치지 않으려고 우리는 서둘렀다. 뜨거운 태양 아래 고생만 오지게 한 파리 여행을 차분히 정리할 겨를도 없이 우리는 픽업 자동차에 올라탔나. 러시아워는 지난 시간이라 도로가 많이 밀리진 않았지만 유학생 기사는 혹시라도 기차를 놓칠까 봐 우리보다 더 전전긍긍했다.

시온이는 떼제베에 열광했다. 카트라이더 닉네임이 '기차마니아'일 만큼 온갖 종류의 모형 기차를 수집해온 시온이에게 떼제베는 고속열차의 원조이자 대장 중에 대장이었다. 여행을 떠날 때마다 "이번엔 어떤 열차를 타고 가는 거야?"라고 묻는 통에 난처하고 짜증날 때가 한 두 번이 아니었다. "엄마도 처음 타보는 열차거든? 네가 기차역에 가서 직접 확인해." 한데 이번만큼은 자신 있었다. KTX의 모델인 떼제베인 것이다. "근데 엄마, KTX가 빨라, 떼제베가 빨라?" "몰라. 운전사 마음이겠지."

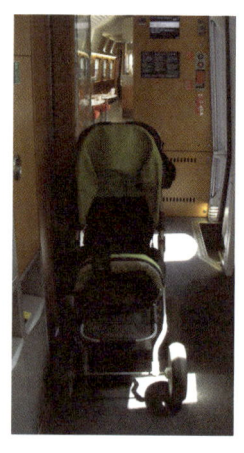

파리 동역에서 떼제베에 올라탔다. 아쉬운 건, 스웨덴 열차처럼 유모차를 따로 놓을 공간이 보이지 않았다는 것이다. 에라 모르겠다 하고 통로에 살짝 비켜서 세운 뒤 예약한 좌석에 앉았다. 앞으로 네 시간여 기차를 타고 달리면 프랑스와 스위스의 국경을 넘게 될 것이고, 마침내 융프라우가 있는 인터라켄Interlaken에 도착할 터였다.

기차는 스위스의 베른에서 정차한 뒤 인터라켄을 향해 다시 출발했다. 여행을 계획할 때 나는 베른에서 하룻밤을 묵고 갈 것인가, 말 것인가 고민했었다. 스위스 정치의 중심지이며 문화의 발원지라는 베른은 시가지 전체가 유네스코 문화유산으로 지정돼 있는 천 년의 고도였다. 그러나 베른에서 묵을 경우 일정이 하루 더 늘어나게 될 테고, 그렇다고 인터

인터라켄 서역에 도착해 한 컷! 한 정거장 더 달리면 인터라켄 동역이 나온다.

라켄의 2박 3일 일정을 1박 2일로 줄이자니 아쉬웠다. 중세의 고풍스런 도시가 어디 한둘이겠나 싶어서, 우리는 베른을 과감히 패스한 채 인터라켄으로 향했던 것이다.

인터라켄은 우리가 그동안 봐왔던 유럽의 도시들과는 공기도, 풍광도 전혀 다른 산악마을이었다. 등산장비를 메고, 산악자전거에 헬멧을 쓰고 역 앞을 오가는 사람들에게서 독특한 포스force가 느껴졌다.

우리는 서역에서 내렸다. 인터라켄에는 동역과 서역이 있다. 두 역의 간격이 기차로 5분도 채 되지 않아 어디에서 내려도 상관없다지만, 나는 우리의 숙소인 '발머스 호스텔www.balmers.com'에 조금 더 가까운 역을 찾다가 서역으로 결정했다. 역 앞에는 버스들이 쉴새없이 다녔다. 발머스 홈페이지에서 버스 번호를 확인하지 않은 게 잘못이었다. 기억나는 거라곤, 동역이든 서역이든 호스텔까지의 거리는 거의 비슷하다고 했던 문구밖에 없었다. 이럴 땐 무조건 묻는 게 장땡이다. 하지만 두 대의 버스에게 퇴짜를 맞자 자신이 없어졌다. 어디로 가야 하지? 그때 동네 주민들로 보이는 한무리의 남자가 보였다. 발머스로 가려면 몇 번 버스를 타야 하느냐고 묻자, 걸어가는 것도 나쁘지 않다고 말한다. 15분이면 닿을 수 있다는 것이다. 오래되고 유명한 호스텔이라 중간중간 팻말도 있다고 덧붙였다.

걷는 데는 자신 있는 우리 식구는 유모차를 밀고 그들이 알려준 방향으로 걸어갔다. 식당과 각종 기념품 가게들이 즐비한 상가골목을 벗어나자 주택가가 나왔다. 그런데 갑자기 트렁크가 잘 굴러가지 않았다. 아스팔트 공사를 막 끝낸 듯한 도로를 뭣 모르고 지나온 게 화근이었다. 아직 뜨끈뜨끈한 열기가 남아 있어서 트렁크의 바퀴를 녹여버린 것이다. 갈 길은 먼데 별게 다 고생을 시켰다. 하긴 많이도 혹사시켰다.

주택가 골목을 조금 더 걸어 올라가자 고대하던 '발머스' 팻말이 나타났다. 333미터 남았다고 알려주는 붉은 나무표지판 위에 커다란 배낭을 짊어진 청년의 모습이 조각돼 있었다. 진짜로 300여 미터 걸어가자 인터넷에서 보았던 뾰족지붕이 나타났다. 스위스 산간지역의 전형적인 목조집이었다. 시온이는 그동안 묵었던 민박집과는 딴판의 분위기인 호스텔 앞에서 당황하는 듯했다. "여기서 잘 거야?" "응. 멋지지? 한국 민박집처럼 편하진 않겠지만, 이런 데서 자보는 것도 재미있을 거야."

인터라켄 여행자들의 인기 숙소인 발머스 호스텔 이정표.

문을 밀고 들어서자 숙박객으로 보이는 젊은 청년들이 서성이고 있
다. 손님이 많은지 호스텔 프런트에는 두 명의 여자가 체크인하고 체
크아웃하는 사람들을 맞이하느라 정신이 없어 보였다. 인터넷 예약은
잘 돼 있었다. 호스텔 직원은 방 열쇠와 함께 버스 쿠폰을 주었다. 인
터라켄에 머무는 동안 버스를 공짜로 탈 수 있는 쿠폰이있다.

우리 방은 3층, 그러니까 지붕 아래 있었다. 유모차를 끌고 3층까지
올라갈 수는 없어서 계단 아래 세워 놨다. 방은 단출했지만 넓고 쾌적
했다. 천장이 높은 게 마음에 들었다. 창문을 열고 내려다보니 우리가
걸어왔던 대로변이 보였다.

발머스 호스텔에서 내려다본 인터라켄 마을 풍경. 호스텔 안에는 기념품 가게, 탁구대, 식당, 인터넷 사용실이 갖춰져 있다.

짐을 정리하고, 주원이의 이유식 통까지 깨끗이 닦아놓은 다음 나는 아이들을 데리고 숙소 밖으로 나섰다. 융프라우는 다음날 오를 예정이고, 첫날 오후는 천천히 동네를 산책하며 구경하고 싶었다. 일단 배가 고팠다. 떼제베 식당칸에서 먹은 샌드위치는 소화된 지 이미 오래. 서역에서 숙소를 찾아오는 길에 봐뒀던 한국 식당 '강촌'에 가서 이른 저녁을 먹기 위해 우리는 유모차를 밀고 거리로 나왔다.

해가 설핏 기울기 시작하는 인터라켄 풍경이 아름다웠다. 자동차도 많지 않고 주민들보다 여행자들의 모습이 더 많이 눈에 띄었다. 한국 식당 '강촌'은 식당과 슈퍼, 기념품 가게들이 몰려 있는 다운타운에 있었다. 식당은 텅 비어 있었지만 같은 하늘 아래 한국 사람들이 있다

평화로운 인터라켄 거리. 스위스의 전형적인 산악마을 풍경이다.

는 게 그저 반가웠다. 하지만 우리만 그랬나 보다. 주인장이나 서빙을 하는 점원의 표정은 무덤덤했다. "메뉴판입니다."

시온이는 '육개장'이라고 적힌 메뉴판을 보고 환호를 했다. 그 시이 매콤하고 칼칼한 맛이 그리워진 모양이다. 불고기와 육개장을 주문했다. 이렇게 파리 날리는 집이면 맛도 그저 그럴 것이라 생각했다. 하지만 편견이었다. 강촌의 육개장은 별미였다. 시장이 반찬이어서이기도 했겠지만 입맛 까다로운 시온이는 할머니가 끓여주시던 육개장보다

2010 남아공 월드컵 중계방송을 보기 위해 다운타운 광장에 사람들이 모여 맥주를 마시고 있다.

훨씬 맛있다며 뚝배기 하나를 게눈감추듯 먹어치웠다. "엄마, 내일 여기 또 오자. 매일매일 오자."

저녁을 먹고 나와 식당 옆 슈퍼에서 과일과 음료수를 샀다. 상가 골목을 지나니 제법 넓은 광장이 나타났다. 사람들이 웅성웅성 모여 있기에 가보았더니 대형스크린이 광장 앞에 설치돼 있었다. 파리 샤이오궁전 앞 광장에 대형스크린이 설치돼 있던 이유와 같았다. 우리가 스위스를 여행했던 2010년 6월엔 남아공 월드컵이 한창이었던 것이다. 포르투갈 대 브라질의 빅매치였는지, 카메룬 대 네덜란드의 경기였는지 잘 기억나지 않지만 사람들은 손에손에 맥주잔을 들고 경기가 시작되기만을 기다리고 있었다.

우리는 축구경기는 숙소에서 보기로 하고, 초록 잔디가 드넓게 펼쳐진 공원으로 갔다. 주원이는 널따란 잔디밭만 보면 행복해했다. 마침 옆 벤치에 어린 여자아이들을 동반한 가족들이 저녁 산책을 나와 있었다. 생김새로 보아 중동에서 온 사람들 같았다. 까무잡잡한 피부에 눈이 왕방울만 하게 큰 여자아이가 주원이와 시온이 주위를 맴돌면서 함께 놀고 싶어했다. 아이들은 쉽게 친해졌다. 자갈을 가지고 놀다가는 나뭇잎을 주워서 게임을 했고 달리기 경주도 했다.

아이들 노는 모습을 벤치에 누워 바라보고 있는데 하늘에서 해파리 같은 물체들이 내려오는 게 보였다. 패러글라이딩이었다. 산중턱 어디에선가 뛰어내린 사람들이 이 공원 잔디밭으로 착륙하는 중이었다. 기자 초년병 시절 패러글라이딩을 체험한 일이 떠올랐다. 온 힘을 다해 질주하다가 벼랑 끝으로 두 발을 들고 떨어져 내려야 하는 그 과정은 지금 생각해도 아찔하다. 자칫하면 저승길로 직행이었다. 하지만 남이 하는 걸 구경하는 일은 즐겁다. 새처럼 날고 싶어 그 무거운 장비를 짊어지고 산으로 산으로 올라가는 사람들. 단지 몇 분 동안의 비행을 즐기면서 그들은 행복해하고 있었다. 그들의 '날개' 너머로 알프스의 석양이 물들고, 아이들의 깔깔거리는 웃음소리가 메아리로 번지고 있었다.

02

누가 융프라우의
사발면이
꿀맛이라 했던가

▶▶▶▶▶▶▶▶▶▶   이튿날 아침 우리는 융프라우로 향했다. 초반
부터 실수투성이었다. 알프스의 빙하와 만년설을 간직한 해발 4,158
미터의 융프라우에 가기 위해 하필 인터라켄 서역으로 간 것이 첫번째
실수였다. 매표소에 가서 융프라우로 가는 표를 주문하자 매표원이 흔
히 있는 일이라는 듯 싱긋 웃더니, 그 열차는 동역에 가야 탈 수 있다
고 했다. 서역에 들어오는 아무 기차나 타고 종착역인 동역에 내려서
융프라우로 가는 산악열차를 기다리라고 했다.

동역으로 가서 우리는 융프라우 가는 표를 구입했다. 그런데 매표원
은 표와 함께 열차 시간표인 듯한 쪽지를 한 장 더 주었다. 형광펜으로
그어가며 뭔가를 강조하는 역무원의 설명을 들어보니, 융프라우에 오
르려면 세 대의 열차를 타야 한다는 내용이었다. 즉, 두 곳에서 열차를
갈아타야 하고, 융프라우에 도착할 때까지 총 두 시간 30분이 걸린다
고 했다.

한 대의 산악열차를 타고 정상까지 올라가는 줄 알았던 나는 뒤통수

를 얻어맞은 듯했다. 융프라우에 다녀왔다고 자랑하는 사람들에게서 한 번도 들어보지 못한 정보였기 때문이다. 그들은 그저 여름에도 파카를 입고 올라가야 한다느니, 정상에서 한국 사발면을 파는데 그게 꿀맛이라느니, 하는 말들만 해줬던 것이다.

라우터브르넨Lauterbrunnen 역까지 가는 첫 열차는 나쁘지 않았다. 유모차를 그냥 밀고 들어가도 되게끔 바닥이 낮았고 내부도 쾌적했다. 차창 밖으로 작은 냇물과 숲이 이어지더니 산자락 작은 마을들이 띄엄띄엄 나타나기 시작했다. 우리가 흔히 보았던 알프스의 아름다운 정경은 라우터브르넨에서 두번째 열차를 갈아타고 클라이네 샤이데크Kleine Scheidegg 역까지 가는 동안 본격적으로 펼쳐진다. 하얀 물보라를 일으키며 하늘에서 지상으로 떨어지는 폭포수, 스위스의 붉은 색 전통가옥, 양 떼들……. 더구나 이 열차들은 단순히 관광열차가 아니었다. 산간지역에 사는 주민들의 발이기도 해서 도시에서 볼일을 보고 집으로 돌아가는 사람들도 더러 보였다.

해발 1,873미터에 위치한 뱅엔 날프Wengernalp 역이었을 거다. 중턱쯤 올라왔을 때 열차가 멈춰선 간이역에서 한 무리의 사람들이 내렸다. 그들을 기다리던 산간미을 원주민이 두 팔을 벌려 일행을 맞이했다.

이 역부터 산악 풍경이 장대해져 갔다. 구름에 가려 있던 4,158미터 고지의 웅장한 융프라우가 그 모습을 드러내기 시작했고, 세계에서 가장 험한 산 중 하나로 악명 높은 해발 3,970미터의 아이거Eiger와 피라미드 모양의 거대한 은백색 빙하 덩어리인 실버호른Silberhorn이 멀리 실체를 드러냈다.

산악열차를 타고 가는 동안 눈에 띈 또 하나의 풍경은 자전거를 타고 산비탈을 오르는 사람들이었다. 산악바이크를 타고 헬멧을 쓴 채 자연을 만끽하고 있었다. 그들 옆으로 등산하는 사람들도 보였다. 어제 보았던 패러글라이딩족을 포함해 알프스는 그야말로 레포츠 천국

융프라우 올라가는 길의 간이역.

융프라우 정상 전망대에서 바라본 알프스의 장엄한 모습.

이었다. "시온아, 나중에 너랑 주원이가 많이 크면 우리도 산악자전거 타고 이 산을 등반해보자, 응?" "난 기차가 좋은데? 자전거로 이렇게 산에 올라와?"

　마지막 열차는 해발 2,061미터의 클라이네 샤이데크 역에서 갈아탔다. 이때 갈아타는 열차가 융프라우 동굴열차다. 산을 뚫어 만든 긴 터널로 40분쯤 달리면 종점이자 해발 3,454미터 고지인 융프라우요흐

융프라우요흐 역에서 밖으로 나서는 눈앞에 백색의 설원이 펼쳐진다. 고산증을 주의해야 한다.

Jungfraujoch에 도착한다. 열차의 실내가 어두컴컴해지고 창밖으로 보이는 게 별로 없어지자 주원이가 칭얼댔다. 높은 고도 때문인지 열차의 속도도 더뎠다.

융프라우요흐 역은 한겨울이었다. 겨울옷을 준비해오지 않았다면 낭패를 볼 뻔했다. 사람들이 많이 나가는 곳이 출구인 듯해 따라나가자 과연 눈부시게 하얀 설원이 나왔다. 눈밭에서 눈이 먼다더니, 머리가 띵한 게 처음엔 순백색 눈에 태양이 반사되는 풍경을 똑바로 쳐다볼 수가 없었다. 그래도 주원이는 유모차에 내려서 신나게 뛰어논다. 눈을 뭉쳐도 보고 눈밭을 아장아장 걸으며 방긋방긋 웃기도 했다. 정상에서 레포츠를 즐기는 사람들도 있었다. 무슨 줄에 매달려 설산 아래로 낙하하는 기구인데, 겁도 없이 꽤 많은 사람들이 환호성을 지르며 뛰어내리고 있었다. 배낭을 메고 계속 앞으로 전진하는 사람들도 있었다. 표지판을 보니 몇 킬로미터 더 가면 융프라우 호텔이 있었다. 거기서 숙박을 하려는 사람들이었다.

그런데 시온이의 상태가 별로 좋아 보이지 않았다. 어지럽다고 했다. 고산증이라는 단어가 떠올라 겁이 덜컥 났다. 일단 이 눈밭을 벗어나는 게 상책인 듯하여 나는 아이들을 데리고 역 안에 있는 휴게실로 서둘러 들어갔다. 그곳은 관광객들로 북적였다. 과연 '사발면'이라는 우리말이 자랑스럽게 붙어 있는 매점이 보였다. 얼큰한 라면국물을 마시면 시온이가 좀 나아질까 싶어 두 개를 샀는데, 시온이는 입에 대지도 않고 의자에 드러누워버렸다.

시온이에 대한 걱정 탓인지, 아니면 물 온도가 낮아 면발이 퍼지지 않은 탓인지 나도 두어 젓가락을 먹은 뒤 몽땅 쓰레기통에 버렸다. 맛이 없어도 보통 없는 게 아니었다. 누가 융프라우 정상에서 먹는 라면 맛이 꿀맛이라 했던가. 시온이가 누워서 쉬는 동안 나와 주원이는 유리창 밖으로 펼쳐진 설원의 풍경을 바라봤다. 대자연의 웅대한 풍광에 감탄하고 싶은데 맥없이 누워버린 아이 때문에 도저히 감흥이 나질 않았다.

안 되겠다 싶어 나는 일찌감치 하산을 서둘렀다. 그런데 이건 또 웬일인가. 내려가는 열차를 타기 위해 줄을 선 사람들이 인산인해였다. 한시라도 빨리 아이를 숙소에 데려가 쉬게 해줘야 하는데 우리 차례가 오려면 아득해보였다. 줄서기할 때 가장 큰 골칫거리인 주원이도 비협조적이었다. 자꾸만 줄을 이탈해 철로로 다가가는 것이었다. 정말 울고 싶은 심정인데 어디선가 한국말이 들려왔다. "아이들 데리고 여행 오셨나 봐요." 두 쌍의 중년 남녀가 우리를 바라보며 웃고 있었다. 이탈리아에서 성악가로 활동하는 사람들이라고 했다. 시온이의 상태를 설명하자 무리 중 한 여성이 자기도 고산증 때문에 지금 힘들어하고 있다며 사탕을 건넸다. 초콜릿이나 사탕처럼 단 음식을 먹으면 증세가 좋아진다면서.

다행히 우리는 두번째 당도한 열차에 오를 수 있었다. 노련한 여자 승무원이 우리의 유모차를 단숨에 접더니 화물칸 같은 곳에 올려줘서 나는 주원이와 시온이를 데리고 자리를 잡을 수 있었다. 사람이 워낙 붐비니 같은 좌석에 앉지 못하고 나와 주원이는 서로 마주보고, 시온이는 통로 옆자리에 다른 승객과 섞여 앉았다. 낯빛은 여전히 창백했다.

우리의 최대 시련은 바로 이 열차에서 벌어졌다. 컴컴한 터널이 다시 지속되자 주원이가 몸부림을 치기 시작했다. 달래고 얼러도 짜증이 나는지 들고 있던 물병을 집어던진 바람에 옆에 타고 있던 여자 승객들이 질색을 하고 몸을 피했다. 그때 시온이가 더이상은 못참겠다는 듯 나를 바라보며 손짓했다. "엄마, 나 토할 것 같아." 배낭 안에 있던 비닐봉지를 건네주자 아이는 토하기 시작했다. 그 참담한 광경을 백인 관광객들은 혐오스런 표정으로 바라보고 있었다. 시온이 옆자리에 있던 거구의 남자는 자리에서 벌떡 일어나 통로 쪽으로 나가버렸다.

주원이 달래랴 시온이 챙기랴 정신이 빠질 지경인데, 그때 시온이 앞자리에 있던 인도 남자가 시온이의 등을 두드려주기 시작했다. 눈물 겹도록 고마웠다. 시온이도 토하고 나자 어지럼증이 가시는지 생기가 조금 돋는 듯했다. 문제는 주원이었다. 아무리 달래도 울음을 멈추지 않는 것이다. 나는 제발 터널이 끝나기만을 고대했다. 갈아타는 역에 내려서 아이에게 맑은 공기를 쐬어주어야 한다고 생각했다. 순간 통로로 나가 있던 거구의 남자가 고래고래 소리를 질렀다. 무슨 말인지 알아들을 순 없었지만, 주원이와 우리 식구에게 욕을 퍼붓는 게 틀림없었다. 그 소리에 주원이가 놀라 또 악을 쓰고 울었다. 지금 생각하면 분노가 치밀지만, 그때는 주원이의 울음을 그치게 하는 게 우선이라 따지고 말고 할 경황도 없었다.

주원이의 울음은 열차가 클라이네 샤이데크 역에 멈춘 뒤에야 그쳤다. 우리를 쳐다보는 시선이 강렬하게 느껴졌지만 나는 악몽 같은 열차에서 벗어난 것만으로도 감사했다. 두번째, 세번째 열차에서 주원이는 잠이 들었다. 악을 쓰고 운 만큼 단잠에 곯아떨어진 것이다. 겨우 활기를 찾아 창밖을 구경하는 시온이의 모습을 보며, 애들을 데리고 이게 웬 미친 짓인가 싶어 눈물이 찔끔 나왔다. 동역이 거의 다가올 즈음 깨달았지만, 내려오는 열차는 아침에 탔던 상행열차와 코스가 달랐다. 상행선과 같은 코스로 내려갈 수도 있고, 다른 코스로 내려갈 수도 있는 거였다. 경황이 없던 나는 그저 제일 먼저 도착한 열차에 올라탄 것인데, 덕분에 또 다른 하산길 풍경을 음미한 셈이다.

숙소에 배낭을 부린 뒤 아이들을 데리고 한국 식당 강촌으로 갔다. 증상이 심하진 않았지만 나 역시 약간의 고산증을 느낀 후라 속이 미식미식하니 얼큰한 우리 음식이 간절했다. 육개장을 먹고 시온이는 완전히 기운을 차린 듯했다. 시온이가 고개를 절레절레 흔들었다. "정말 끔찍했어. 융프라우!"

순간 그날이 시온이의 생일이라는 사실이 떠올랐다. "시온아, 오늘이 몇 월 며칠인지 알아?" "글쎄." "6월 26일, 네 생일이잖아. 만으로 열 살 되는 네 생일." "그런가?" "융프라우에서의 시련은 네가 형아가 되기 위해 거쳐야 했던 통과의례 같은 거였어. 이렇게 어려운 일을 겪고 이겨내면서 어른이 되어가는 거야. 시온이는 이제 융프라우 정상을 밟고 내려왔으니 힘이 더 세질 거야. 멋진 남자가 될 거야." 시온이는 엄마의 거창한 웅변을 듣는 건지, 마는 건지 건성으로 고개만 끄덕이고 있었다.

03

루체른 꽃다리를
아세요?

▶▶▶▶▶▶▶▶▶ 인터라켄에서 2박을 한 다음날 우리는 루체른으로 다시 기차를 타고 떠났다. 루체른 가는 열차표를 사러 갔더니 친절한 역무원이 루체른에서 또 다른 도시로 가느냐고 물었다. 루체른에서 하루 묵고 취리히로 갈 거라고 했더니 시온이 표를 1년 사용권으로 끊어주었다. 주원이는 취학 전이니 무료이고, 청소년을 위해 스위스 철도당국은 아주 저렴한 가격에 1년 동안 스위스 내의 모든 기차를 무료로 탈 수 있는 표를 제공하고 있었다. 취리히 갈 때 다시 표를 살 필요가 없고 표 두 장 가격보다 이 한 장이 저렴하니 사라는 것이다. 완전 땡잡은 셈이다. 1년 안에 시온이가 다시 스위스에 올 기회는 없다

고 봐도 무방했지만, 앞으로 1년 동안 스위스 열차를 공짜로 탈 수 있다는 사실 하나만으로도 기분이 좋았다.

인터라켄에서 루체른까지는 한 시간 조금 넘게 걸린 것 같다. 베른에서 인터라켄이 50분, 루체른에서 취리히도 한 시간 이내이니 스위스는 기차여행의 천국이다. 특히 고지대인 인터라켄에서 루체른으로 가는 열차 밖 풍경은 정말 아름다웠다. 산과 숲과 호수. 그들 사이를 가로지르는 열차. 띄엄띄엄 나타났다 사라지는 마을들에는 뾰족한 첨탑의 교회가 어김없이 서있었다. 승객도 별로 없어서 우리는 자리를 옮겨가며 환상의 경치를 구경했다. 시온이는 열차칸에 꽂혀 있던 지도를 펼쳐놓고 기차가 한 정거장씩 설 때마다 역 이름을 확인했다.

드디어 루체른 중앙역에 도착했다. 루체른은 인터라켄에 비하면 제

인터라켄에서 루체른으로 가면서 바라본 열차 밖 풍경. 호수와 어우러진 마을이 아름답다.

루체른 로이스 강변을 걷는 사람들.

법 큰 속세(?)의 도시였다. 지도상으로는 우리가 예약한 호텔과 중앙역 사이의 거리가 굉장히 가까워 보였는데, 널따란 루체른 역 광장에 올라서자 갑자기 난감했다. 진짜 걸어가도 되는 거리일까? 하지만 난 늘 이런 상황에서 주저하지 않고 걷는다. 까지껏, 그래봤자 한 시간이 걸리겠어, 두 시간이 걸리겠어? 서울이라는 거대도시에서 살며 키운 배짱이었다. 두 아이들이 땡볕에 골병드는 것도 모르면서 말이다. 그 덕에 나는 유럽에서 1년을 사는 동안 그 어떤 운동도 하지 않고 8킬로그램을 뺄 수 있었다. 영양부족에다 지나치게 걸었기 때문이다.

무모한 자신감만은 아니었다. 중앙역에서 우리가 묵을 호텔이 있는 구역을 잇는 메인 다리를 발견한 것이다. 그래, 저 다리만 건너면 호텔 찾기는 식은 죽 먹기다, 싶었다. 루체른 시내를 가로지르는 강의 이름은 로이스^{Reuss}. 이 강을 루체른의 상징인 카펠교도 가로지르고 있었다. 멀리서도 한눈에 꽃으로 장식된 아름다운 카펠교가 보였다.

강변에는 유람선을 기다리는 관광객들이 보였다. 거리는 여행자들을 실어나르는 버스들로 붐볐고, 카펠교 근처 식당에는 맥주를 마시는 손님들로 넘쳐났다. 루체른의 메인 다리를 건너서도 우리가 묵을 호텔까지는 한참을 걸어갔다. 20분쯤 걸었나? 인터넷에서 보았던 루체른의 호텔들이 여기저기 보이기 시작했다. 대부분 스위스 전통 목조가옥의 형태였다. 루체른에 한인민박이 없는 것은 아니지만, 일단 숫자가 적고, 홈페이지를 둘러보니 딱히 마음을 끌어당기는 곳도 없어서 나는 별 셋짜리 작은 호텔로 예약했었다.

'Hofgarten Luzern'이라는 간판이 보였다. 인터넷에서 보았던 바로 그 아담한 호텔이다. 1층엔 프런트 데스크와 레스토랑이 있고, 우리가 묵을 방은 엘리베이터를 타고 3층까지 올라가야 했다. 친절한 여직원은 엘리베이터 타는 곳까지 이어진 계단으로 기꺼이 트렁크를 올려다주었다.

방은 아담하고 깨끗했다. 욕실이 미닫이 문이라 참신했다. 내일은 또 취리히로 떠나야 하기 때문에 나는 서둘러 짐을 부린 뒤 아이들을 내리고 1층 식당으로 내려왔다. 식당에 내려오니 야외 테라스에도 테이블들이 놓여 있다. 그중 한곳에 자리를 잡자 웨이터가 유아용 의자

루체른 호텔의 식당에서 먹은 생선요리, 아이들을 위해 식탁에는 크레파스와 도화지가 준비돼 있다.

와 함께 색연필 여러 개와 종이 몇 장을 가져왔다. 어린이 손님들을 위한 서비스였다. 식사에만 집중하지 않는 개구쟁이들을 위한 서비스. 특히 주원이 또래의 아이들에겐 딱 필요한 놀잇감이었으니 나는 웨이터에게 감사해마지 않았다. 우리나라 식당들도 이런 서비스를 해준다면 얼마나 좋을까.

　나무 그늘 아래서 맛있게 식사를 한 뒤 우리는 주원이를 유모차에 싣고 밖으로 나섰다. 루체른 시내는 걸어서 여행할 만했다. 루체른에 세 번이나 여행왔다는 어떤 블로거는 특별한 관광포인트가 따로 없이 로이스 강변을 따라 산책하는 것이 루체른 여행의 진수라고 했다. 실제로 루체른에 대단한 명소가 있는 것은 아니다. 독일의 작곡가 바그너가 1866년부터 6년 동안 머물렀던 곳에 세워진 바그너 박물관을 비롯해 피카소 미술관, 역사 박물관, 자연 박물관 등이 추천 명소로 소개된다.

하지만 루체른에 온 여행자라면 만사를 젖혀두고 카펠교부터 간다. 프라하의 카를교 이상으로 아름답고 유서 깊은 명소이기 때문이다. 런던의 타워 브리지 박물관에 갔을 때에도 카펠교는 세계에서 가장 아름다운 다리 중 하나로 소개돼 있었다. 카펠 다리가 독특한 건 지붕 때문이다. 지붕을 뒤집어쓴 약 2백 미터 길이의 나무다리다. 1333년에 처음 놓였는데, 1993년 화재로 상당 부분이 소실되었다가 이듬해 거의 완벽하게 복원되었다. 다리의 지붕 밑에는 147장의 그림이 그려져 있는데, 합스부르크 왕국 시절에 그려진 유서 깊은 작품들이었다. 카펠교에서 내려다보이는 강변 풍광은 마냥 운치있고 한가로워 보였다. 애

꽃다리로 불리는 카펠교의 지붕 밑에는 합스부르크 왕국시절의 그림들이 그려져 있다.

로이스 강변의 카페들.

들 없이 나 혼자, 또는 친구들과 왔더라면 나도 저 예쁜 테라스에 앉아 맥주를 마시며 이국의 정취를 만끽하고 있었을 텐데…….

카펠교에서 다시 호텔 방향으로 내려오면서 보니 유람선 선착장이 보였다. 저걸 타고 로이스 강을 한바퀴 돌면 루체른을 또 다른 앵글로 감상할 수 있을 것 같았다. 싫다는 시온이를 설득해 선착장으로 내려가 줄을 섰다. 유람선을 타려는 사람들이 제법 많았다. 문제는 앞으로 20분을 더 기다려야 배에 오를 수 있다는 사실이었다. 아이들과 여행할 때 가장 힘든 것이 '기다리기'다. 그것도 줄서서 기다리기! 주원이가 30분 동안 줄에서 이탈하지 않고 유모차에 얌전히 앉아 있는다는 건 불가능에 가까웠다. 게다가 난간 밖은 바로 강물이었다. 잠시 망설이는데 아니나 다를까 주원이가 칭얼대기 시작했다. 사람들 눈치보는 짓도 이골이 나 바로 아이를 안아 올렸는데, 맙소사, 기저귀에 응가를 한 것이다. 배 안이면 몰라도 줄을 선 상태에서 기저귀를 갈 자신이 없었다. 주원이의 칭얼거림은 더욱 거세졌다. 아, 이제 8분만 더 기다리면 유람선을 탈 수 있는데……. 나는 눈물을 머금고 줄에서 빠져나와야 했다. 유람

선이고 뭐고 아이의 기저귀를 벗겨낸 뒤 물로 깨끗이 씻어줘야 하는
게, 엄마인 내가 그 순간 해야 할 일이었다.

04

**빈사의 사자상,
그리고 스위스 용병**

▶▶▶▶▶▶▶▶▶▶   유럽의 여름은 일조시간이 길어 여행시간도 덩
달아 길어진다. 오후 8시나 돼야 살포시 석양이 깔리니 저녁식사를 하
고도 우리에겐 시간이 많았다. 호텔에서 주원이의 엉덩이를 씻긴 뒤
우리는 제법 선선해진 로이스 강변으로 다시 나왔다. 루체른이 휴양도
시로, 허니문의 도시로 각광받는 이유는 천혜의 자연환경 때문이다.
로이스 강 양쪽 연안에 도시가 형성돼 있고, 북쪽으로는 알프스 영봉
인 해발 2,132미터의 필라투스가 우뚝 솟아 있다. 로이스 강엔 유럽에
서 가장 오래 된 목조다리라는 카펠교와 슈프로이어교를 비롯해 일곱
개의 다리가 가로지른다. 다리들보다 나이가 더 많은 물탑(저수탑) 바서
투름은 무슨 방앗간 모양새다. 고깔 모양 지붕에 카펠교의 낭만과 어
우러져 한폭의 풍경화를 그려내고 있었다.

루체른 구시가지에서 만난 분수대.

강 오른쪽 언덕편에 루체른의 구 시가지가 있다. 성벽으로 둘러싸인 데다 벽화가 아기자기하게 그려진 중세의 집들과 분수대의 조각상 등 세월의 흔적을 온몸으로 느낄 수 있는 산책코스다. 다시 로이스 강변으로 나와 남쪽으로 내려가다 보면 강폭이 넓어지면서 유람선을 탈 수 있는 선착장들이 나온다. 주원이 때문에 성사되지 못했지만 살롱 크루즈가 연중 운행되니 언제라도 다시 스위스에 가게 되면 꼭 타보고 싶다. 항구도시인 관광지가 다 그렇듯이 런치 크루즈, 디너 크루즈, 루체른 하이라이트 크루즈 등 다양한 상품들이 나와 있다. 증기선을 타고 알프나흐슈타트로 가서 빨간색 등산열차를 타고 필라투스에 오르는 것도 유명하다는데, 우리에겐 그렇게까지 호사를 누릴 시간은 없었다. 융프라우의 악봉이 가시시 않은 디리 눈 덮인 산만 올려다봐도 머리가 어찔했다.

선착장을 지나 산책로로 형성된 길을 따라 강변을 걸어가노라면 왼쪽에 특급 호텔촌이 나타난다. 우리가 묵는 별 세 개짜리 호텔과는 비교되지 않을 만큼 화려하고 우아했다. 테라스에는 하늘하늘한 시폰 드

로이스 강변 위로 올라오는 백조를 보려고 아이들이 몰려들었다.

레스를 입고 저녁식사를 기다리는 중년부인들이 선글라스를 낀 채 시
가를 피우며 남자들과 대화를 나누고 있고, 널따란 잔디밭으로는 가끔
노루들이 지나가기도 했다.

갑자기 사람들이 탄성을 질러 돌아보니 하얀 백조 한 마리가 물가
로 올라오고 있었다. 인간을 두려워하지 않는 새. 코펜하겐에서도 백
조가 잠자는 모습을 본 적이 있는데, 융프라우 정상의 눈처럼 새하얀
깃털을 가진 이 새는 그 자태만으로도 카리스마를 뿜어내고 있었다.
어디선가 노랫소리가 들려왔다. 그건 유모차에 앉아 있는 주원이의 노
래였다. 스웨덴 어린이집에서 배운 〈삐삐 롱스타킹〉의 주제가를 원어

로이스 강변의 널따란 잔디밭. 누구나 들어가서 뛰어놀고 휴식할 수 있다.

로(!) 흥얼거리고 있었다. 아마도 주원이에겐 루체른이 최고의 여행지였을 것이다. 컴컴한 박물관에 들어가는 것도 아니고, 높디높은 산으로 기어올라가는 것도 아니고, 어딜 봐도 시야가 탁 트인 호반에서 놀멘놀멘 우리는 여유를 즐기고 있었다.

심지어 강변 한쪽에는 마음껏 밟으며 놀아도 되는 조록 산니와 미끄럼틀, 그네가 갖춰진 놀이터가 있었다. 주원이의 '꺄옷!' 하는 환호소리를 듣는 순간 적어도 이곳에서 한 시간 이상 머물러야 한다는 걸 직감했다. 멋진 말 조각상이 있는 잔디밭에 깔개를 펼치고 앉아 나는 노을이 지는 로이스 강을 바라보았다. 멀리 눈 덮인 알프스가 보였다.

원래는 시온이를 위해 강변 남쪽 끝에 있다는 교통 박물관에 가려던 것인데, 이 놀이터 때문에 차질이 생겼다. 이미 박물관은 문 닫을 시간이 가까워졌고 아이들은 자리를 떠날 생각을 하지 않았다. 우리가 놀고 있으니 다른 아이들도 모여들었다.

강변 놀이터에서 만난 인도 가족.

그때 우리 앞에 한 식구가 나타났다. 동양인 같은데 그렇다고 관광객 행색도 아니었다. 집에서 이른 저녁식사를 한 뒤 산책을 나온 듯했다. 주원이보다 한두 살 많아 보이는 딸을 그네에 태워주려고 차례를 기다리는 부부에게 먼저 인사를 했다. 다행히 영어를 알아들었다. 인도 사람들이었다. 남자가 스위스 회사의 엔지니어라고 했다. 사람 좋아 보이는 웃음을 지닌 부부는 "루체른은 정말 살기 좋은 곳"이라며 칭송했다. 물가가 좀 비싸긴 하지만, 높은 산과 깊은 강, 그리고 적당한 편의시설이 갖춰진 도시에서 아이들 키우며 사는 것이 축복이라고 했다.

우리가 한국에서 왔다고 하니까 부부가 반색을 한다. 축구 얘기를 하려는가 싶었는데, 서울 근교에서 일하는 친척과 친구들이 많다는 것이다. 순간 죄지은 사람처럼 가슴이 철렁했다. 동남아 사람들에 대한 한국민들의 노골적인 차별이 해외에서도 이슈가 된다는 말이 떠올랐기 때문이다. 물론 선량한 부부는 그런 얘기는 꺼내지 않았다. 역동적인 대도시 서울을 언젠가 꼭 여행해보고 싶다며 환하게 웃었다. 그제야 나는 "서울의 중심지인 광화문에 내가 근무하는 회사가 있으니 서울 오면 연락하시라"며 이메일 주소를 알려주었다.

이튿날 아침 일찍 트렁크를 호텔 프런트에 맡기고 '빈사瀕死의 사자상'을 찾아간 건, 어제 공원에서 만난 부부가 "다른 곳은 몰라도 그 사자는 꼭 보고 가라"고 권한 덕분이다. 다행히 루체른 공원은 호텔에서 도보로 갈 수 있는 가까운 위치에 있었다. 빈사의 사자상 입구 근처에 바그녀가 단골이었다는 중국집이 있다고 했지만 발견하진 못했다.

빈사의 사자상은 작은 숲속에 있었다. 천연 암벽에 새겨진 사자의 모습이 특이했다. 포효해야 할 사자가 심장에 창을 맞고 죽어가는 형상이었다. 왜 '빈사'의 사자상이라고 부르는지 그 이유를 알 수 있었다. 이 사자상은 프랑스 대혁명과 관련이 있다. 루이 16세와 마리 앙투아네트가 기거하던 베르사유 궁전으로 시민혁명군이 진격해 들어오자 프랑스 군대는 혼비백산해 도망가버렸는데 유독 스위스에서 파견한 용병들만이 끝까지 남아 싸우다가 전원이 장렬하게 전사했다는 것이다. 창에 맞아 피를 흘리면서도 프랑스 부르봉 왕가의 상징이 새겨진 방패를 끝까지 끌어안고 죽어가는 사자상에는 그러한 스위스 용병의

루체른 공원에 자리한 빈사의 사자상. 창을 맞고 죽어가는 사자의 모습이 처연하다.

절개와 용맹이 각인돼 있다고 했다. 지금도 로마교황청의 최측근 경비
는 스위스 용병에게 맡기는 것이 관례라고 할 만큼 스위스 용병의 의
리와 용맹은 세계적으로 유명하다고 했다.

시온이가 물었다. "저 사자, 지금 자는 거야?" "아니, 창에 맞아 죽
어가고 있는 거래." "사자는 언제나 이기는 줄 알았는데……." 양미간
을 잔뜩 찌푸린 채 쓰러진 스위스 사자를 뒤로 하고 우리는 취리히로
넘어가기 위해 힘껏 유모차를 밀었다.

05

세상에서 가장
살기 좋은 도시

▶▶▶▶▶▶▶▶▶▶   취리히로 가면서 시온이는 소원성취를 했다.
그렇게 타보고 싶어했던 2층 열차를 타게 된 것이다. 열차의 바닥이
플랫폼 바닥과 높이가 같았고, 1층에는 유모차 놓는 공간이 따로 있어
서 우리는 주원이를 유모차에 태운 채 열차에 매끄럽게 진입할 수 있
었다. 유럽에서 아이들 데리고 여행하기 가장 수월한 나라로 나는 스
위스를 첫 손가락에 꼽을 테다.

취리히로 가는 2층 열차.

주원이가 잠들어준 덕분에 나는 주원
이와 유모차를 1층에 '방치'(?)한 뒤 시
온이와 2층으로 올라갔다. 런던의 2층
버스를 타는 기분과는 또 달랐다. 좌석
배치도 나앙했다. 둘이서 마주보는 좌서,
넷이서 마주보는 좌석, 셋이서 나란히 앉
는 좌석, 혼자서 창밖을 바라보며 앉는
좌석까지 입맛대로! 기차 내부 구경이
더 재미있을 만큼 2층 열차는 시온이를 충분히 행복하게 했다.

취리히 역에 내렸을 때는 더위가 절정으로 치달았다. 가만히 서있어도 땀이 줄줄 흘러내려서 나는 우선 택시부터 찾았다. 취리히 역 교통 체증은 또 얼마나 심한지. 겨우 택시를 잡아 탔는데 택시 안도 찜통이다. 고장난 에어컨 수리할 생각은 않고, 경찰 단속에 걸릴라 베이비시트에 주원이를 앉히고 벨트를 매는 기사 양반은 무대포였다. 역에서 호텔까지 10분 만에 닿아서 견딜 수 있었지, 정말 더워서 미치는 줄 알았다. 내가 좀더 꼼꼼한 엄마였다면 역에서 호텔 근처까지 가는 버스나 전차 번호를 알아두어야 했으리라.

다행히 우리의 호텔에는 에어컨이 빵빵하게 터져나오고 있었다. Hotel Engimatt. 주택가에 있어서 조용하고도 깨끗했다. 1층에는 정원과 식당, 테라스가 있었고, 우리가 묵는 방 앞에도 마당이 나 있어서 전원의 느낌이 물씬했다. 시온이는 리모콘에 의해 작동되는 객실 커튼에 열광했다. 돈만 있으면 2~3일 더 묵고 싶은 호텔이었다.

1층 식당에서 늦은 점심을 먹으려고 내려갔더니 오후 2시가 넘어 식사 제공이 되지 않는단다. 한국에서처럼 아무때나 식사를 할 수 없어서 유럽 식당은 불편했다. 그렇다고 초행길에 식당을 찾아나서기도 뭣해서, 간단한 스낵이라도 좀 부탁한다며 아이들 몰골을 앞세웠더니 고맙게도 치킨 샐러드와 스프, 빵을 가져다줬다.

식사를 마친 뒤 취리히 시내 지도를 펼쳤다. 다음날 오전 10시 5분

취리히 호숫가의 잔디밭에서 일광욕을 즐기는 사람들. 물놀이를 하는 여인들이 행복해 보인다.

비행기로 스톡홀름을 향해 떠나야 하니 오늘 중으로 취리히 시내를 구경해야만 했다. '지도 잘 보는 여자'에 속한다고 자부하는 나는, 우리 호텔에서 취리히 중심부까지 직선코스로 걸어가면 최대 20분밖에 걸리지 않으리란 견적을 냈다. 그 중심부에는 취리히 항구와 구시가지를 비롯해 명소들이 집결해 있었다.

과연 20여 분 땡볕 아래를 걸어가자 취리히 호수가 나왔다. 골목골목에 식수를 마실 수 있는 '샘'이 있어서 여행자는 더위를 이겨낼 수 있었다. 호수가 다가오자 시야도 넓어졌다. 푸른 잔디밭이 보이고 잔디 위엔 일광욕을 하려고 누운 여자들, 부메랑을 던지며 노는 청년들로 가득했다. 호숫가로 좀더 내려가니 아예 물 속에 들어가 노는 사람들도 있었다. 바닥이 훤히 들여다보일 만큼 호숫물은 맑고 깨끗했다. 백조가 유유히 떠다니는 물가에 사람들이 함께 헤엄을 치는 모습이라니, 참으로 비현실적이었다.

사실 취리히를 여행 일정에 넣어야 할지 망설였었다. 국제적인 금융도시라는 수식 때문이다. 왠지 화려하고 번화하기만 할 것 같았다. 취리히를 빼고 베른으로 가서 스톡홀름으로 돌아올까 생각도 했다. 하지만 취리히는 나의 예상과 전혀 다른 풍경의 도시였다. 스톡홀름과 많이 닮은 항구도시였다.

호숫가를 빙 둘러 산책하면서 우리는 구시가지로 갔다. 스톡홀름에서처럼 '감라스탄', 즉 올드타운이란 뜻으로 불리는 지역이다. 제일 먼저 찾아간 곳은 프라우뮌스터 성당, 일명 성모 교회다. 구시가지를 흐르는 리마트 강변에 아담하게 서있는 이 성당은 샤갈이 제작한 스테인드글라스로 유명하다. 그의 나이 83세 때 이 성당의 작고 소박한 모습에 반해 스테인드글라스를 기증했다는 것이다. 샤갈의 유일한 스테인드글라스라는 말도 있는데 정확하진 않다.

일명 '샤갈의 창'이라고 불리는 스테인드글라스는 교회 성가대석에 자리하고 있다. 정면 벽에 설치된 다섯 개의 작품은 서로 다른 색깔과

프라우뮌스터 성당에 있는 샤갈의 스테인드글라스. 가운데가 예수의 일생을 그린 '예수그리스도의 창'이다.

문양으로 관광객의 눈길을 사로잡는다. '야곱의 창' '시온의 창' '십계명의 창'이라고 불리면서 작품마다 담고 있는 이야기도 다르다. 다섯개의 창 중 가운데에 있는 것이 '예수그리스도의 창'인데, 탄생에서 십자가에 달려 돌아가실 때까지의 일대기가 그림으로 표현돼 있다. 목을 꺾은 남녀가 하늘을 날며 키스하는 그림만 보아오다 샤갈의 성화聖畵를

쌍둥이 탑으로 유명한 그로스뮌스터 대성당. 별명이 '후추통'이란다.

만나니 신기했다. 사랑했던 첫 아내 벨라를 잃고 "하늘에선 천둥이 치고 소나기가 쏟아졌으며 눈앞이 깜깜해졌다"고 절망하던 샤갈이었다. 사진촬영이 금지돼 있어서 기념품 가게에서 샤갈의 창을 모티브로 제작한 책갈피를 사서 지금도 서랍 정리할 때마다 들여다본다.

프라우뮌스터 성당 건너편에 자리한 그로스뮌스터 대성당으로 향했다. 이 성당은 스위스에서 가장 웅장한 로마네스크 양식의 성당으로, 취리히의 관광엽서에 단골로 등장하는 명소다. 스위스의 종교개혁가 츠빙글리가 1519년부터 이 성당에서 설교한 이후로 '종교개혁의 어머니 교회'라고도 불린단다. 대성당의 쌍둥이 탑은 정말 멋지다. 프랑스의 대문호 빅토르 위고는 이 쌍둥이탑을 '후추통'이라 불렀단다. 성당안에도 반드시 들어가봐야 한다. 샤갈의 창 못지않은 아름다운 스테인드글라스가 있다. 1930년대 아우구스 자코메티의 작품이라는데, 심플하고도 강렬한 색상이 눈을 호사시킨다.

이밖에도 유럽에서 가장 큰 시계탑으로 유명한 성 베드로 교회, 바세르 교회 등 '첨탑의 도시'라 불릴 만큼 취리히엔 성당과 교회가 많다. 여유가 있다면 올드타운에서 취리히 호수 쪽으로 나와 중앙역까지 이어지는 반호프 거리를 거닐어보는 것도 좋다. 고급상점과 백화점, 은행이 밀집된 세계적인 쇼핑가다.

물론 우리는 반호프 쪽으로 가지 않았다. 다시 취리히 호수 쪽으로 걸어와 시민들이 널브러져 있는 잔디밭에 깔개를 펼치고 합류했다. 주원이와 시온이는 서로 부둥켜안고 장난을 치며 놀았다. 우리 옆자리에서 책을 읽고 있던 노신사가 따뜻한 미소를 보내주었다. 이럴 줄 알았으면 나도 책 한 권 들고 올 것을……. 우리 앞쪽에는 건장한 두 청년이 웃통을 벗어던진 채 땀을 뻘뻘 흘리며 부메랑을 주고받고 있었다. 무슨 재미가 있어서 저리도 신나게 하는 걸까.

페스탈로치가 취리히에서 태어났다고 했던가. 스위스의 배력에 빠져 릴케가 자신의 말년을 취리히에서 보냈다고 하던가. 유럽 최대의 외환시장이라는 곳에 이렇게 한가한 낭만이 넘쳐도 되는 긴가. 취리히를 왜 '작으면서도 큰 도시 Little Big City'라고 하는지, 나는 취리히 호숫가에 벌러덩 누운 채 실감하고 있었다.

고요한 숲의 나라,
노르웨이

01

비겔란 조각 공원의
'앵그리 보이'

▶▶▶▶▶▶▶▶▶▶ 　　오슬로^{Oslo}에 간 건 7월 중순이었다. 북유럽의
'뽀송뽀송한 여름'이 한창이었다. 인구 50만 명의 수도 오슬로는 스톡
홀름이나 코펜하겐과는 전혀 다른 질감의 도시였다. 수도가 아니라 군
청 소재지에 온 듯한 느낌이랄까. 딱 내 정서에 맞는 '촌스러운' 소도
시였다. 스톡홀름 사람들이 오슬로 사람들을 '촌사람'이라고 한다더
니, 그 말을 오슬로 중앙역에 도착하고서야 실감했다.

　노르웨이는 식민의 역사가 오랜 나라다. 4백 년 이상 덴마크 연합국
에 속해 있었고, 그 후엔 다시 스웨덴의 지배 아래 놓였다. 1905년이

되어서야 스웨덴의 지배에서 완전히 벗어나 자치권을 갖는 독립국이 되었다. 스웨덴 사람들이 노르웨이 사람들을 촌놈이라고 농담하는 건 그만큼 가까운, 한때 같은 나라였다는 친밀감의 표시이기도 하다. 노벨상의 종주국인 스웨덴이 평화상만은 노르웨이에서 결정해 시상하도록 하는 것도 그 때문이다.

우리는 중앙역 바로 옆에 있는 스칸딕 비포르텐 Scandic Byporten 호텔을 숙소로 정했다. 여기서 하룻밤 묵은 뒤 피오르드 fjord 를 보러 플롬으로 기차를 타고 갈 계획이었다. 중앙역은 오슬로 여행의 시작점이기도 하다. 중앙역을 중심으로 주요 관광지가 펼쳐져 있었다.

다음날 아침 8시 15분 기차로 베르겐행 열차를 타야 하기 때문에 우리는 호텔에 짐을 부린 뒤 밖으로 나섰다. 오슬로에서 3년간 살았다는 스웨덴 교민 영선 씨는 다른 데는 몰라도 '비겔란 조각 공원'엔 꼭 가보라고 했었다. 비겔란 Vigeland, 1869~1943 은 '북구의 로댕'으로 불리는 천재적인 조각가로, 그 공원에 가면 '인생이란 무엇인가'에 대해 많은 생각을 하고 돌아오게 될 것이라고 했다. 인생에 대한 깨달음을 얻기 위해 한 해 1백 만 명의 관광객이 몰려온다고 했다.

비겔란 공원은 중앙역에서 지하철로 두세 정거장 떨어져 있었다. 재미있는 건, 지하철표를 끊었지만 그걸 체크하는 검색대나 직원이 어디에도 없다는 것이었다. 무임승차했다가 걸리면 요금의 몇십 배를 물어

비겔란 조각 공원 한가운데서 세 식구가 기념촬영을 했다. 멀리 '모놀리트'가 우뚝 서있다.

내는 벌금이 있는 모양이었다. 비겔란 공원이 있는 역은 지상에 있었다. 의정부행 열차가 지나가는 경기도 북부의 어느 한산한 전철역처럼 작고 소박했다. 역에서 공원까지 10여 분 걸으면서 둘러본 오슬로의 집들은 무덤덤하고 무표정했다. 스톡홀름처럼 고풍스런 건축물, 아기자기한 골목길은 눈에 띄지 않았다.

비겔란 조각공원으로 들어서자 비로소 생기가 느껴졌다. 금발의 아이들이 제 엄마아빠를 앞지르거나 뒤처지면서 달리기를 했고, 손을 잡고 온 노부부들도 꽤 많았다. 숲길로 이어진 공원 입구는 걷기에 참 좋았다. 비겔란 공원이 프로그네르 공원 Frogner Park 의 일부라더니 달디단 숲 공기가 온몸으로 스며들었다.

비겔란이 평생에 걸쳐 제작한 212점의 조각상을 제대로 구경하기 위해선 공원 옆 호숫가로 내려가야 한다. 엄마 뱃속에 거꾸로 매달린 태아 조각상부터 갓난아기, 유년기 아이들의 조각상이 그곳에 모여 있다. 주원이는 제 몸보다 크게 조각된 아기들의 모습을 눈이 휘둥그레져서 바라보았다. '앵그리 보이 Angry boy' 라는 제목의 조각상이 재미있었다. 뭣 때문인지는 몰라도 화가 나 씩씩거리는 아이의 표정에 웃음이 났다. 아기라고 해서 늘 행복하지만은 않다는 걸, 그들도 이 세상 살아내기가 얼마나 피곤한지 일깨우는 듯했다.

비겔란 조각 공원의 조각상들. 오른쪽 맨 끝이 '앵그리 보이' 다.

호수를 한바퀴 돈 뒤 공원 정문으로 올라온 우리는 산보하듯 천천히 걸으며 양 옆에 세워진 인간군상 조각들을 감상했다. 청동, 대리석, 화강암, 석고 등 다양한 소재로 빚어진 조각상에는 인간의 희로애락이

실감나게 새겨져 있다. 인간의 본래 모습을 보여주겠다는 듯 조각상이 일제히 벌거벗은 형상이다. 아기를 번쩍 들어올린 채 춤을 추는 듯한 엄마의 조각상이 가장 좋았다. 세상에서 가장 아름다운 한때라는 생각에, 고생을 바가지로 하고 있지만 다시 돌아오지 않을 이 순간을 두 아이와 여행하고 있다는 사실이 엄청난 축복임을 상기하면서.

비겔란 공원은 1920년 비겔란이 분수를 뿜어 올리는 조각작품 '인생의 행로'를 오슬로 시에 기증하면서 시작됐다고 한다. 분수조각상을 시

인간의 일대기를 묘사해놓은 비겔란 조각 공원. 아기를 번쩍 들고 춤추는 듯한 엄마의 모습이 행복해 보인다.

민들이 열렬히 사랑하게 되면서 그의 전작품이 공원을 장식하게 됐단다. 비겔란의 작품성을 먼저 알아본 곳은 이웃나라 스웨덴이었다. 비겔란에게 원하는 건 뭐든 들어줄 테니 작품을 달라고 했고, 이 사실이 알려지면서 노르웨이 국왕부터 일개 시민들까지 나서 공원 건립기금을 조성했다고 한다. 노르웨이가 스웨덴의 식민지였다는 사실을 상기하면, 비겔란을 지키는 것은 그들의 자존심을 지키는 것과 다르지 않았을 것이다.

조각 공원 잔디밭에 놓여 있는 주원이의 유모차.

비겔란 조각 공원의 하이라이트는 공원 맨 안쪽에 자리한 높은 탑, 이른바 모놀리트Monolith(통돌로 된 기념비, 거석이라는 뜻)다. 공원의 모든 길이 이 탑으로 향한다. 모놀리트는 17.3미터 높이의 화강암 기둥이다. 멀리서 보면 괴상한 타워 정도로만 보이지만, 가까이 가서 보면 섬뜩하다. 정상을 향해 안간힘을 쓰며 기어오르는 남녀노소 121명의 모습을 통해 인간의 본성을 묘사하고 있다. 승부를 다투는 사람들의 표정과 몸짓이 한결같이 고통으로 일그러져 있다. 불편한 동질감이라고 해야 하나. 성공을 위해 앞만 보고 질주하는, 그래서 옆사람의 마음을 헤아려볼 겨를이 없는 현대인의 모습, 그건 바로 나의 모습이기도 했다.

2011년 여름 한국에도 들려온 노르웨이 청년의 테러 소식은 비겔란 공원을 다시 한번 추억하게 했다. 단 한 푼의 빚도 없다는 나라, 1인당 국민소득이 6만 달러에 육박하고, 국제금융위기에도 끄떡없다는 선진국 중의 선진국 노르웨이에서 어떻게 그런 일이 발생한 걸까. 사람 사는 곳이라면, 그곳이 선진국이든 후진국이든, 문명국이든 야만국이든 인간의 본성은 크게 다르지 않고 달라지지도 않는다는 뜻일까. 조물주는 왜 사람에게 선성과 악성 모두를 부여한 걸까.

그날 희생자를 추모하는 장미꽃 행렬이 오슬로 시청사 앞을 에워싼 외신사진이 내 이메일로 날아왔었다. 나는 여름휴가 중이었는데, 우리 신문사 사진부 데스크에서 외신사진에 보이는 동상의 주인공이 누구인지 알아봐달라는 요청이었다. 추모객 행렬 뒤로 건장한 사내의 형상을 한 동상이 서있었다. 그 주인공이 '노벨'이 아니냐는 물음이었다. 오슬로 시청사에서 해마다 노벨평화상을 시상하니 그런 추측도 가능했다. 그러나 동상의 주인공은 노벨이 아니었다. 이름 없는 노동자의 얼굴이었다. 사회주의에 뿌리를 둔 국가답게 오슬로 시청사 앞에는 노동자의 형상을 한 조각상 예닐곱 개가 일렬로 서있다. 이 작품들 또한 비겔란의 것이다. 오슬로는 노벨도, 뭉크도 아닌, 비겔란의 도시였다.

02

지상에서 가장
아름다운? 플롬바나

▶▶▶▶▶▶▶▶▶   사실 노르웨이 여행의 진수는 오슬로보다 제2의 도시, 아니 노르웨이의 옛 수도인 베르겐^{Bergen}으로 가는 열차길에 있다. 베르겐까지 다섯 시간여 기차를 타고 가면서 우리의 로망인 '노르웨이의 숲', 그리고 북극의 빙하와 설산을 한꺼번에 감상할 수 있기 때문이다. 런던이나 파리가 문명관광지라면, 노르웨이는 자연관광지다. 지금도 노르웨이, 하면 울창한 숲과 깊은 강, 페리와 갈매기 떼가 먼저 떠오른다.

3박 4일이 아니라 4박 5일의 여정을 꾸릴 수 있었다면, 당연히 나는 종착역인 베르겐까지 기차를 타고 갔을 것이다. 그러나 노르웨이 여행을 마치자마자 스웨덴에서의 모든 연수 일정을 접고 한국으로 떠나야

플롬 가는 길은 아름답다. 숲과 폭포가 어우러져 문명의 이기에 지친 여행자들을 반긴다.

했으므로 우리는 베르겐을 포기했다. 대신 피오르드 여행의 관문인 플롬으로 향했다. 플롬은 세계에서 가장 길다는 송네피오르드의 출발지이다. 뮈르달 역에서 산악열차로 갈아타고 플롬 역까지 들어가는 20여 킬로미터의 장관이 환상적이어서 세계 각국의 관광객들이 몰려든다.

노르웨이의 피오르드를 제대로 구경하려면 자동차여행을 해야 한다는 게 정설이다. 자동차를 렌트해 트렁크에 식량을 가득 실은 뒤 물결치듯 굽이굽이 이어진 피오르드 협곡을 오르내리며 만나는 풍광이 장관이라고, 스웨덴 교민들은 귀띔했다. 하지만 나는 나이 마흔이 넘도록 운전할 줄 몰랐고, 그렇다고 다른 가족들 차에 얹혀 갈 배짱도 없었다. 아이들을 생각하면 우리에겐 기차만큼 좋은 여행수단도 없었다. 더구나 노르웨이 기차의 가족칸에는 어린이 놀이방이 따로 있었다.

기차가 오슬로 시내를 벗어나자 초록 들판과 울창한 숲이 펼쳐졌다. 숲을 벗어난 듯 싶으면 다시 초록 평원이 펼쳐졌고, 북유럽 전통의 목

깊고 깊은 산중에도 어김없이 나타나는 마을. 한여름에도 기후가 선선하다.

조가옥들이 오밀조밀 모여 있는 작은 마을들이 나타났다 사라졌다. 두 시간쯤 지났을까. 기차가 점점 고지대로 올라가는지 산봉우리들이 점점 눈앞으로 다가오더니, 달리는 기차 옆으로 널따란 호수가 나타났다. 그 호수 너머로 설원이 펼쳐졌다. 만년설이 덮인 준봉 아래로 회색 빙판이 얼어붙은 곳도 있었다.

기차는 세 시간 만에 뮈르달Myrdal 역에 도착했다. 플롬행 산악열차로 갈아타야 하는 사람들은 이곳에서 모두 내려야 했다. 해발고도 866미터인 뮈르달 역은 한여름인데도 한기가 몸 속으로 스며들 만큼 추워서 나는 준비해온 점퍼를 아이들에게 입혔다. 미처 긴팔 옷을 준비하지 못한 사람들을 위해 역내에는 방한복을 판매하는 가게가 있다. 역에서 10여 분 기다리자 플롬으로 가는 열차, 일명 '플롬바나'가 플랫폼으로 천천히 진입해 들어왔다. 스위스에서 본 산악열차와 비슷했다.

쿄스포젠 폭포 앞에 정차한 플롬 열차.

플롬행 산악열차는 세계에서 가장 아름다운 기찻길 중 하나로 꼽힌다. 실제로 해발 7백 미터 높이를 좌우로 휘감으며 준봉을 오르내리는 여정이 이색적이었다. 플롬행 기차가 통과하는 터널의 개수만 해도

20개. 그중에는 해발 1,342미터나 되는 터널도 있다. 차창을 통해 아래를 내려다보면 금방이라도 낭떠러지로 떨어질 듯 아찔하다. 멀리 하늘에서 떨어지는 듯한 폭포수가 보이면 사람들의 탄성이 쏟아졌다. 협곡 사이사이 자리한 산간마을의 풍경도 감동적이다. 노르웨이 북부지방에 아직도 순록을 사육하며 살아가는 사미족이 있다더니, 저 너머 어디엔가 그들이 살고 있는 건 아닐까. 한국 여행자들도 많이 찾아오는지, 기차 안에는 우리말로 된 여행팸플릿도 있었다.

친절한 산악열차는 각국에서 몰려온 여행자들을 위해 멋진 이벤트도 준비했다. 해발 699미터의

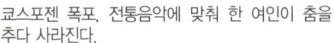
쿄스포젠 폭포. 전통음악에 맞춰 한 여인이 춤을 추다 사라진다.

쿄스포젠^{Kjosfossen} 폭포 앞이 그곳이다. 열차는 이 폭포 앞에 정차해, 승객들이 빙하가 녹아내려 절경을 이루는 폭포를 눈앞에서 보게 해준다. 폭포에서 떨어지는 물방울이 온몸에 튈 정도로 가까운 거리라 세찬 물보라 소리에 귀가 멍멍할 정도다. 여행자들을 위해 폭포수 앞에 데크를 만들어놔서 아이들은 신나라 뛰어다녔다. 정차한 10여 분 사이 폭포 오른쪽에서는 깜짝 쇼가 펼쳐진다. 알 수 없는 음악을 배경으로 붉은 치마를 두른 여인이 춤을 추며 나타났다 사라지는데, 순진한 관광객 중에는 그녀가 숲의 요정이라고 믿는 사람도 있단다. 그 젊은 여성들은 인근 대학에서 무용을 전공하는 대학생들이라고 했다.

아쉽게도 플롬행 열차는 한 시간도 채 되지 않아 목적지인 플롬 역에 당도했다. 기차역은 페리 선착장이기도 해서 피오르드의 다른 협곡으로 떠나는 배들이 정박해 있었다. 어머니의 자궁처럼 아늑하게 자리한 산간마을이면서 항구마을인 플롬. 공공기관이라고는 기차역과 선착장, 우체국이 전부였다. 주민이 450명뿐이라는 이 작은 마을을 한 바퀴 도는 데는 30분도 채 걸리지 않을 듯했다. 우리는 여기서 2박 3일을 머물 예정이었다.

숙소는 플롬 역 바로 옆에 있는 곳으로 예약해두었다. 플롬브리야^{flamsbryggja} 호텔. 엘리베이터는 기대할 수 없는 오래된 목조가옥이었지만, 삐걱거리는 나무계단 소리며 쾌적한 침실에 나무 향이 은은히 밴 2층

짜리 호텔이었다. 1층에 뷔페 식
당을 갖추고 있어 편리했지만 1인
당 4만 원대로 비싼 게 흠이었다.

　기차역 부근의 비교적 저렴한
식당에서 점심을 때우고 우리는
마을을 산책했다. 선착장과 강물을 둘러싸고 길게 산책로가 이어졌다.

우리의 오솔길이 자동찻길과 나
란히 만나기도 해서 유모차를 미
는 내 팔이 긴장되기도 했지만
차량이 많지는 않았다. 선선한
협곡 바람이 좋은지 살며시 잠든
주원이를 유모차에 두고 시온이
와 나는 바닷물이 밀고 들어온
강변으로 내려가 손과 발을 담갔
다. 차고 맑았다. 수천 년 빙하의
역사가 만들어놓은 강물이었다.
시온이는 스웨덴으로 가져간다

플롬 마을을 산책하는 재미도 특별하다. 달디단 공기, 차
고 맑은 물이 산중의 평화를 느끼게 한다.

고 돌멩이 몇 개를 줍는다. 마을을 산책하는 동안 만난 주민은 거의 없었다. 우리 같은 여행자이거나 선착장의 직원들뿐.

'기분이다!' 하고 호텔 뷔페 식당에서 저녁을 먹고 숙소로 돌아온 우리는 지붕 밑 다락방 같은 침실에 누워 지독히도 고요하고 평화로운 산중의 휴식을 즐겼다. 소심한 나는 그 와중에도 베르겐까지 갔어야 했을까, 하며 심란해하고 있었다.

'베르겐까지 갔어야 했다'는 결론을 내린 건 서울로 돌아와서였다. 유네스코 세계문화유산으로 지정된 베르겐의 구시가지를 사진으로 보고 탄성을 내지르기도 했지만, 영화 〈오슬로의 이상한 밤〉을 보고 나서 더욱 후회막심했다. 영화의 주인공인 베테랑 기관사 오드가 운행하는 열차가 오슬로에서 베르겐으로 가는 기차였다. 평생 열차 기관사로 쳇바퀴 돌듯 살던 이 남자가 정년퇴임을 한 뒤 겪게 되는 이상야릇한 체험들로 줄거리가 전개되는데, 솔직히 재미있지는 않다. 어찌 됐건 성실과 근면, 무색·무미·무취로 일관한 이 남자는 은퇴 후 기기묘묘한 사람들을 만나 판타지 같은 체험을 하면서 자기 내면에 억눌러져 있던 욕망들을 조금씩 되찾기 시작한다.

오드가 마침내 '사랑'을 찾아 도착하는 곳이 베르겐이다. 영화에 베르겐의 멋진 풍광이 등장하는 것은 아니지만, 오슬로와 대척점에 있는 베르겐이란 도시가 갖는 상징성이 퍽 매력적으로 느껴졌다. 운이 좋아 노르웨이로 여행갈 일이 다시 생긴다면 그때는 꼭 '피오르드의 수도'라는 베르겐까지 보고 오리라. 기왕이면 베르겐 축제가 열리는 5월에 가서 '페르귄트'의 작곡가 에드바르 그리그가 살았던 집도 보고 올 테다.

세계적인 관광지이지만 플롬의 밤은 지상의 어느 곳보다 고요해서 무서울 지경이었다.

03

구드방겐의
바가지 관광

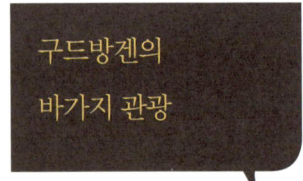

▶▶▶▶▶▶▶▶▶▶ 아침식사를 마치고 우리는 선착장으로 나갔다. 11시에 출발하는 유람선을 타고 협곡 마을 중 하나인 구드방겐^{Gudvangen}으로 갈 예정이었다. 보통 송네피오르드 여행은 플롬에서 배를 타고 구드방겐까지 간 뒤 구드방겐에서 버스를 타고 보스^{Voss}로, 보스에서 다시 기차를 타고 베르겐으로 가는 여정이다. 하지만 시간이 많지 않은 우리는 구드방겐만 보고 다시 플롬으로 돌아오기로 했다.

플롬에서 구드방겐까지는 배로 두 시간 정도 걸렸다. 1층과 2층에도 여객실이 있지만 대부분의 여행자들은 갑판 위로 올라와 자리를 잡는

유람선의 동반자 갈매기 떼를 향해 과자
부스러기를 던지는 재미도 그만이다.

다. 플롬을 떠난 지 5분도 안 되어 갑판 위엔 새하얀 갈매기 떼가 몰려
들었다. 매우 익숙한 일과의 하나라는 듯, 갈매기들은 유람선 관광객
들의 머리 위를 빙빙 돌며 뭔가를 간절히 요구하고 있었다. 먹이였다.
과자 부스러기를 던지라는 뜻이다.

몇몇 관광객들이 빵 부스러기를 공중으로 던지자 갈매기들은 귀신
같이 날아와 그 수많은 부스러기를 놓치지 않고 받아먹었다. 이것들이
얼마나 겁이 없는지 나중에는 과자가 들린 사람의 손바닥에 거의 앉을
기세여서 여기저기 비명이 늘리기노 했나. 어쨌든 길매기 떼의 '습격'
도 피오르드 크루즈의 즐거움 중 하나다.

수만 년 세월의 무게를 견디지 못한 빙하가 파행하며 비다로 흘러들
어 빚어놓은 피오르드. 만년설을 뒤집어 쓴 연봉들이 눈앞으로 굽이굽
이 이어졌다. 거대한 빙하와 태초의 바다가 교감을 이룬다는 피오르드

산꼭대기에서 바다로 낙하하는 빙하 폭포.

에 우리가 와 있었다. 까마득히 높은 산꼭대기에서 바다로 직하하는 폭포수는, 나중에는 하도 많이 봐 심드렁해질 정도였다. 간혹 가파른 벼랑에서 풀을 뜯어먹고 있는 양 떼(염소였나?)들을 발견했는데, 그러면 바쿠간을 가지고 놀고 있는 시온이의 어깨를 흔들어 "저기 좀 보라"며 손가락으로 풍경을 가리켰다. 저 양 떼들은 저녁이면 어느 곳으로 돌아가는 것인지, 저 양을 키우는 목동의 집은 어디인지, 생각만 해도 한편의 동화였다.

고백하자면, 피오르드에 대한 나의 감동은 기대했던 것보다 크지 않았다. 산이 우리 한국 산보다 좀더 높고, 폭포의 길이가 좀더 길고, 강폭이 조금 더 넓을 뿐, 강원도의 준령, 계곡의 풍경도 그에 못지않으리란 생각이 드는 것이다. 피오르드를 잘못 이해해 바다 위에 허연 얼음판이 둥둥 떠다닐 줄 알았던 나의 무지함도 피오르드에 대한 감동을 반감시켰다. 구드방겐에 닿을 즈음에는 지루해질 정도였으니까. 그래서 피오르드는 자동차로 여행해야 그 진가를 알 수 있다고 한 걸까.

자동차로 피오르드 협곡을 여행한 스웨덴 교민들에 따르면, 좁은 도로를 무심코 달리다 보면 느닷없이 길이 끊어지면서 머리 위로 폭포수가 떨어지는 장관이 펼쳐진다고 했다. 다시 말해 피오르드는 배를 타고 아래에서 위를 향해 감상할 게 아니라 자동차를 타고 위에서 아래를 내려다봐야 제 맛이라는 뜻이다. 물론 자동차여행에는 식량이 반드시 필요하다. 협곡을 넘나드는 길에 슈퍼나 식당이 거의 없어 콘도 개념의 오두막에서 직접 밥을 지어 먹어야 하기 때문이다. 운전도 못하지만, 애들을 끌고 다니며 밥해 먹을 생각을 하니 이러나저러나 기차여행 하기를 잘했다는 생각이 들었다.

드디어 유람선이 구드방겐에 닿았다. 한눈에 플롬보다도 작은 마을로 보였지만 나름 아기자기한 정취를 뿜어내고 있었다. 선착장 앞에는 제법 큰 규모의 식당이 앞뜰까지 나무테이블을 설치해놓고 관광객을 맞이했다. 거기서 간단히 요기를 한 뒤 우리는 실개천 너머 여러 개의 천막이 세워진 곳으로 향했다. 아치 모양의 나무 다리를 건너자 선착장과는 다른, 민속적인 분위기가 물씬했다.

어른이고 아이고 전통 바이킹 복장을 입고 있었다. 북유럽 동화에 나올 듯한 분장으로, 고깔모자에 망토, 가죽신을 신고 태연하게 마을을 돌아다닌다. 천막촌 안을 들여다보니 가죽으로 신발을 만드는 사

구드방겐 민속마을에서 관광객들을 물러모으기 위해
노래하고 춤추는 바이킹의 후예들.

람, 나무를 깎아 인형을 만드는 사람, 금속을 두드려 장신구를 만드는
사람들이 보였다. 재미있겠다 싶어 아이들을 데리고 들어가려는데 입
구에서 누군가 제지를 한다. 입장료를 받는 매표소였다. 내 기억에 1인
당 우리 돈으로 1만 원 가까이 되었던 것 같다.

　뭐야, 구경도 그냥 못 하는 거야? 여기가 동남아나 아프리카의 극빈
국도 아닌데, 이게 웬 장삿속인가 싶어 화가 났다. 어차피 아무데서나
못 보는 수공예품들을 판매하는 곳이라면 굳이 입장료를 받지 않아도
웬만한 여행자들은 한두 개씩 제품들을 구입할 텐데, 구경하는 값부터
내라니 어이가 없었다. 그래도 아이들을 위해 눈 딱 감고 들어가볼까,
했지만 그 상술이 도저히 용납되지 않았다. 민속의상을 입고 마을을
오가는 주민들의 모습도 위선적으로 보였다. 네 명의 어른이 천막촌
입구에서 춤을 추고 악기를 연주하며 일종의 호객행위를 했지만, 입장
료에 놀란 관광객들은 인상을 찌푸린 채 돌아섰다.

잘생긴 바이킹의 후예와 함께 한 컷.

다시 다리를 건너 선착장 쪽으로 향하는데 원주민으로 보이는 남자아이가 아빠의 손을 잡고 다리를 건너오고 있었다. 어깨와 팔뚝에 문신이 새겨져 있는 아빠는 장발에다 허리에 무슨 막대까지 차고 있어 제법 근사해보였다. 그들을 보자 방금 전의 분노는 사라지고 기념사진 한장 찍고 싶은 마음이 간절해졌다. 낯선 아줌마에 놀란 남자아이는 나를 뜨악하게 바라보았지만, 친절한 원주민 남자는 활짝 웃으며 포즈를 취해주었다.

플롬으로 돌아가는 유람선이 올 시간까지 우리는 구드방겐 이곳저곳을 산책했다. 그러다 발견한 곳이 지붕에 초록 잔디가 자라고 있는 호텔이었다. 호텔로 불러도 되는지 모르겠지만 방문 앞에 21, 22…… 같은 호수가 적혀 있는 걸 보니 여행자를 위한 숙소임이 분명했다. 이런 집은 어떻게 예약하는 거지? 실례를 무릅쓰고 유리창 안으로 살짝 들여다보니 하얀 린넨 천이 깔린 침실이 보였다. 연인 혹은 부부가 머물기엔 꽤나 운치 있고 낭만적인 공간이었다.

마을을 최대한 천천히 둘러봐도 시간이 남아 우리는 처음 그 식당에 들어가 군것질을 하고 또 기념품을 구경하면서 유람선을 기다렸다. 풀

잔디 지붕을 뒤집어쓴 구드방겐의 숙소. 방은 작지만 낭만적이고 운치있어 보였다.

내음도 좋았지만 무엇보다 덥지 않아 좋았다. 그야말로 깊고 깊은 산
중 아닌가. 노을이 설핏 물들 즈음 고대하던 유람선이 나타났다. 플롬
으로 돌아가는 배에서는 갑판 위로 올라가는 사람이 별로 없었다. 대
부분 1, 2층 여객실에 자리를 잡고 앉아 이야기를 나누거나 단잠에 빠
져들었다.

　하늘에 먹구름이 드리우더니 플롬에 도착할 즈음 빗방울이 듣기 시

피오르드를 항해하는 유람선. 남쪽 베르겐까지 피오르드는 끝없이 이어진다.

작했다. 소나기를 퍼부을 기세라 우리는 기차역 쪽으로 내달렸다. 한국처럼 산이 많은 나라여서 그런가. 깊은 협곡에 무심히 피붓는 소나기를 바라보고 있자니 고국에 대한 아득한 그리움이 밀려들었다.

풍요로운 햇살이 일렁이는,

스웨덴

01

린드그렌의 나라
빔메르비

▶▶▶▶▶▶▶▶▶▶ 스웨덴은 '삐삐'의 나라다. 50여 년 전에 탄생
한 『삐삐 롱스타킹』에 70대 할머니나 세 살배기 아이 모두 열광한다.
삐삐를 쓴 아스트리드 린드그렌은 국민작가로 추앙받는다. 최근 할리
우드 영화로도 만들어진 스웨덴 소설 『밀레니엄』의 서사도 자신의 책
곳곳에 린드그렌을 '차용'하며 추모한다.

스톡홀름 내가 살던 집에서 걸어서 5분 거리에 있는 '바사파켄' 공
원에도 '아스트리드 린드그렌 테라스'로 명명된 잔디밭이 있었다. 공
원 바로 옆에 린드그렌이 살던 아파트가 있고, 린드그렌이 이 공원을

스톡홀름 바사파켄에 자리한
'아스트리드 린드그렌 테라스'
시민들의 오래된 휴식처다.

자주 산책해서 붙여진 이름이다. 어린이집에 다녔던 주원이가 제일 좋아하는 노래가 〈삐삐 롱스타킹〉의 주제가였다. 선생님들은 걸핏하면 삐삐 가발을 쓰고 아이들과 춤을 췄다. 스톡홀름 구시가지인 감라스탄에 가면 기념품 가게마다 삐삐 봉제인형이 걸려 있다.

스웨덴에 살면서 가장 가보고 싶었던 곳이 바로 린드그렌의 고향, 빔메르비였다. 스톡홀름 중앙역에서 고속열차 X2000을 타면 세 시간 거리에 빔메르비가 있었다. 스톡홀름 역에서 린쾨핑Linkoping까지 한 시간 30분, 린쾨핑에서 빔메르비까지 한 시간 20분이 걸린다. 중간에 갈아타면 아이들이 기분 전환이 되니 여행이 수월할 것도 같았다.

5월 마지막 주말, 1박 2일 일정으로 스웨덴 판 KTX인 X2000을 예약했다. 스웨덴 기차 예약 시스템이 재미있다. 인터넷으로 예약한 뒤 결제하면 그 표를 동네 편의점에서 받을 수 있으니 말이다. 세븐일레븐, 이카[ICA] 같은 편의점과 슈퍼마켓은 완전 만능이라 버스표와 기차표 판매는 물론 우편물 배달까지 했다.

X2000을 탔다. 기차마니아인 시온이는 스웨덴 고속열차에 기대가 컸었다. 하지만 KTX보다 오래된 열차라 그런지 객실도 좁고 유모차 놓을 공간도 없었다. 한 시간도 채 달리지 않았을 때 시온이 얼굴이 노래졌다. 멀미였다. 너무 빠른 속력 때문이기도 했고, 역방향으로 앉은 탓도 커서 나는 아이들을 식당칸으로 데려갔다. 중간에 사고도 있었다. 린쾨핑 역을 한 정거장 앞두고 기차가 멈춰선 것이다. 철도 제어장치가 작동을 안 해 모든 기차가 멈춰섰다고 했다.

빔메르비행 기차를 놓친 건 당연했다. 그 다음 열차는 한 시간 뒤에나 온다고 해서 우리는 역 앞 공원으로 나가 집에서 싸온 유부초밥을 먹으며 시간을 때웠다. 공원에는 우리처럼 빔메르비 가는 기차를 놓친 엄마와 아들이 있었다. 그녀는 빔메르비에서 친척들과 만나기로 했단다. 우리가 빔메르비 호텔에 묵는다고 하자, 그들은 캠핑을 한다고 했다. 흔히 더블백이라고 부르는 거대한 배낭을 그녀는 등에 지고 있었는데, 람보처럼 강하고 멋져 보였다.

내가 기차 연착을 투덜대자 그녀가 좋은 정보를 알려줬다. 승객 잘

못이 아니라 철도 사정으로 기차가 연착돼 다음 기차를 놓쳤을 경우 스웨덴 철도청이 차비의 일부를 환불해준다는 것이었다. 그러고 보니 스톡홀름에 폭설이 왔을 때도 그랬다. 눈길로 시내버스 운행이 지연돼 시민들이 불편을 겪자 스톡홀름시 교통국이 한 달간 버스 이용료를 절반으로 할인했다. 자연재해에 완벽하게 대처하지 못한 책임을 지겠다는 뜻이었다. 참으로 양심적이다.

한 시간 늦게 빔메르비에 도착했지만 해는 여전히 중천에 떠 있었다. 스웨덴의 유명 관광지 중 하나일 텐데도 빔메르비 역은 상행선, 하행선 단 두 개의 철로를 가진 간이역이었다. 도시는 조용하고 평화로웠다. 시^市라기보다는 읍에 가까운 마을이었다.

숙소까지는 걸어서 갔다. 지도상엔 평면이었지만 제법 가파른 오르막길이었다. 우리가 예약한 숙소는 빔메르비 스태즈 호텔 Vimmerby stads hotel 이었다. 별 세 개짜리 중급호텔이지만, 린드그렌이 빔메르비에 살던 시절부터 있었던 유서 깊은 호텔이다. 다음날 아스트리드 린드그렌 테마파크에 갔을 때, 삐삐의 무대인 빔메르비 마을을 미니어처로 구현한 곳이 있었는데 거기에 빔메르비 스태즈 호텔도 있었다.

과연 호텔은 빔메르비 중앙 광장 한가운데 떡 버티고 있었다. 매일 아침 시장이 열리고, 빔메르비의 중요 행사와 축제가 펼쳐지는 중앙 광장이었다. 그렇다고 호텔이 크거나 화려한 건 아니었다. 단출한 프런트 데스크, 퀴퀴한 곰팡내가 나는 듯한 계단과 복도만큼이나 우리가 묵을 방은 작고 소박했다.

짐을 부려놓고 우리는 마을 산책에 나섰다. 호텔에서는 삐삐 테마파크인 아스트리드 린드그렌 월드를 1박 2일간 즐길 수 있는 표를 제공했지만, 거기는 다음날 가서 종일 논 뒤 저녁 6시 기차로 스톡홀름에 돌아가기로 했다. 호텔 광장을 벗어나 골목골목을 돌아나가니 언덕 위에 그림처럼 예쁜 교회가 서있다. 지대가 높아 우리가 방금 전 내렸던 빔메르비 기차역이 내려다보였다. 교회를 벗어나 주택가로 들어서자 넓은 공원이 나타났다. 잔디밭에는 10여 명의 젊은이들이 공연 연습을 하고 있어서 우리는 놀이터로 갔다. 시온이와 주원이는 그네와 미끄럼틀, 장난감 자동차와 말을 타면서 신나게 놀았다. 하늘이 호수처럼 맑았다.

놀이터에 새로운 손님이 왔다. 대여섯 살쯤 돼 보이는 아이 둘과, 그들의 부모라고 하기엔 너무 늙은 50대 초반의 부부였는데, 아이들이 놀이터에서 뛰노는 동안 부부는 서로의 몸을 쓰다듬으며 사랑을 속삭이고 있었다. 나이가 들어도 저렇게 좋을까, 혹시 불륜 아니야? 외로운 한국 아줌마는 혼자서 구시렁거렸다.

02

삐삐 롱스타킹을
만나다

▶▶▶▶▶▶▶▶▶ 빔메르비에서의 첫날 밤 작은 소동이 있었다.
욕실에서 샤워를 하다가 시온이가 유리잔을 깨뜨린 것이다. 다행히 주
원이는 욕조 안에 있었다. 시온이도 욕조 안으로 들어가게 한 뒤 샤워
실 바닥에 흩어진 유리조각을 치우느라 애를 먹었다. 놀란 나머지 시
온이를 눈물이 쏙 빠지도록 혼을 냈다. 얼마나 위험천만한 일인가. 작
은 조각이라도 남아 있다가 아이들 발에 박히기라도 하면 어쩌나, 하
는 생각에 바닥을 박박 씻어냈다.

이튿날 트렁크를 호텔에 맡긴 뒤 우리는 아스트리드 린드그렌 월드
로 향했다. 지도에는 걸어서 10분 정도 걸릴 듯한 거리였는데, 묻고 물
어 가다 보니 작은 마을 하나를 지나고도 10여 분을 더 걸었던 것 같
다. 마당에 정원을 가꿀 만큼 제법 부유한 전원주택 단지를 지나는 길
이라 눈이 심심하진 않았지만, 가끔 자동찻길과 나란히 걷는 길이 있
어 아이들을 주의시켜야만 했다.

마침내 아스트리드 린드그렌 월드에 도착했다. 덴마크의 레고랜드
같은 테마파크라고 생각했는데 분위기가 또 달랐다. 공원은 삐삐와 에

밀 등 린드그렌 동화에 등장하는 주인공들과 그들이 살았던 당시의 마을을 소재로 매우 서정적으로만 꾸며져 있었다. 눈을 씻고 봐도 아찔한 놀이기구는 하나도 보이지 않았다.

멀리서 음악 소리가 나기에 가보니 야외극장이다. 사람들이 계단식 의자에 빙 둘러서 앉아 있는 걸 보니 무슨 공연이 시작되는 모양이었다. 무대에 경찰복을 입은 남자 두 명과 하늘색 원피스를 입은 여인이 등장했다. 린드그렌 작품에 나오는 등장인물인 듯했다. 이들은 서로 이야기를 주고받다가 관객을 향해 뭔가를 주문하면서 노래를 부르고 게임을 했다. 처음부터 끝까지 스웨덴 말이라 통 알아들을 수 없는데, 스웨덴 사람들은 뭐가 그리 재미난지 폭소를 쏟아냈다.

무대 위 남자 한 명이 영어로 관객들에게 출신 국가를 묻기도 했다. 스웨덴은 물론 덴마크, 핀란드, 영국, 독일 등 유럽에서 온 사람들이 많았는데, 멀리 아프리카에서 온 사람도 있어서 박수를 받았다. 더 멀리 한국에서 왔다고 손을 들면 사람들이 얼마나 놀랄까 싶었지만 행여 무대 위로 나오라고 할까 봐 사회자의 눈을 피했다. 주원이 어린이집에서 즐겨 부르는 스웨덴 동요가 나왔을 때는 반가워서 함께 따라 불렀다. 말은 통하지 않았지만 그들이 무엇 때문에 기뻐하고 행복해하는지 가슴으로 느낄 수 있었다.

공연이 끝난 뒤 우리는 사람들이 이동하는 쪽으로 따라 올라갔다.

거기에 삐삐가 있었다. 배를 타고 모험을 떠날 참인지, 삐삐는 아니카, 토마스에게 큰 소리로 명령을 내리고 있다. 분장만 아이들이지, 그들은 20대의 다 큰 연극배우들이어서 웃음이 났다. 어릴 적 텔레비전에서 보았던 선머슴 같은 여자아이 삐삐는 벌써 40줄의 아줌마가 되었단다. 주인공을 맡은 그 아이가 남자라는 설도 있을 만큼 우리 또래에게 삐삐는 스타였다. 스웨덴 교민들에게 물어보니 잉예르 닐슨이란 이름의 그 여자는 평범한 회사원이라고 했다. 살도 많이 쪄서 진짜 삐삐 롱스타킹을 맡았던 아역배우가 맞나, 싶을 정도란다.

"내가 말괄량이 삐삐!" 아스트리드 린드그렌 월드에서 공연하는 배우들.

삐삐가 커다란 말과 원숭이와 함께 살았던 이층집 빌라빌레쿨라도 그대로 구현돼 있었다. 겁이라고는 없는 삐삐가 유령이 나올 듯한 집에 혼자 들어와 못된 도둑들을 물리치며 살았던 집이어서 정감이 느껴졌다. 삐삐가 타고 다니던 말은 베란다가 아니라 집 마당에 모형으로 세워져 있어서 부모들은 아이들을 말 등에 올려놓고 사진 찍기에 바빴다.

삐삐가 살던 빌라빌레쿨라를 오르내리며 좋아하는 아이들.

삐삐 집에서 나와 공원으로 내려가는 길에 아까 극장 무대에서 사회를 본 하늘색 원피스의 여인을 만났다. 그날의 모든 공연을 끝낸 건지 자전거를 타고 사무실로 돌아가는 모양이다. 반가움에 알은 척을 했더니, 주원이가 예쁘다며 머리를 쓰다듬는다. 공원엔 느린 걸음으로 산책하는 가족들이 많았다. 시온이가 묻는다. "놀이공원은 어디 있어?" 레고랜드 같은 재미를 기대했던 것 같다. 하지만 어디에도 놀이기구는 없었다. 놀이터가 있긴 했는데, 구멍이 여러 개인 거대한 미끄럼틀과 그네, 장난감 동물타기 인형들이 전부였다.

미니어처로 제작된 동화 속 마을이 신기하긴 했다. 우리가 묵은 빔메르비 스태즈 호텔을 비롯해 중앙 광장과 골목, 가게들이 옛 모습 그대로 구현돼 있었다. 파티를 하는 중인지 어느 카페 안에서 춤을 추고 있는 사람들의 모습도 유리창 너머로 보였다 .

그럼에도 불구하고 한국에 이런 테마파크를 만들면 한 달도 안 돼 망할 게 뻔했다. 이렇게 재미없는 테마파크에 스웨덴 사람들은 왜 그렇게 몰려올까. 삐삐를 추억하기 위해? 말썽꾸러기 에밀을 만나기 위해? 그만큼 린드그렌은 스웨덴 기성세대의 향수이자 동심이었고, 그 추억을 자기 아이들에게도 대물림 하고 싶어 이 공원을 찾아오고 있었다.

공원 입구 쪽으로 내려오니 재미난 조각상이 보였다. 거대한 책이었다. 린드그렌의 작품을 상징하는 것인지, 책 읽기의 중요성을 강조하는

아스트리드 린드그렌 월드 입구에 자리한 거대한 책.

것인지 몰라도 거대한 책 앞에 서니 경외감 같은 게 느껴졌다. 거인의 나라를 테마로 한 것인지, 한쪽에는 거대한 식탁과 의사가 놓여 있다. 어른과 아이들이 식탁과 의자 위를 오르내리며 신나게 놀고 있었다.

상상의 세계! 말초적인 스릴과 짜릿한 재미는 없지만, 린드그렌 월드는 상상의 힘, 동화의 힘이 사람들에게 어떤 행복을 안겨주는지 조용히 일깨우고 있었다.

03

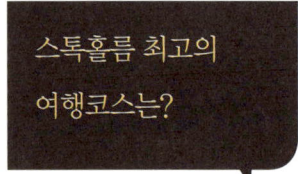

스톡홀름 최고의
여행코스는?

▶▶▶▶▶▶▶▶▶ 스톡홀름으로 출장을 가는 후배가 물었다. "취재하고 하루 정도 시간이 남는데 어딜 가야 해요?" 나는 망설이지 않고 추천했다. 아침 일찍 스톡홀름 시청사에 가서 내부까지 구경한 뒤 그 옆 선착장에서 배를 타고 스웨덴 왕이 사는 '드로트닝홀름'에 다녀오라고. 매년 노벨상 수상자들의 만찬이 열리는 스톡홀름 시청사와 세계문화유산으로 지정된 드로트닝홀름도 아름답지만, 편도 40분 동안 배 위에서 바라보는 스톡홀름 해안풍경이 정말 환상이다. 스톡홀름의 속살이라고 해야 할까, 14개의 섬으로 이뤄진 도시 스톡홀름의 진수를 맛볼 수 있는 여정이다.

우선 스톡홀름의 상징인 시청사는 내게 있어 매우 뜻 깊은 장소다. 2009년 노벨상 시상식과 만찬장을 한국 언론 최초로 취재하면서, 만찬장의 한 일원으로 시청사에 입성했던 것이다. 취재인원이 제한돼 있는 노벨상 시상식을 아시아의 작은 나라 기자가 어떻게 취재하게 됐는지 그 파란만장한 사연은 다음 기회에 소개해야겠다. 시청사와 관련해 한 가지 해프닝을 들려주자면, 바로 만찬장 드레스코드였다.

남자는 턱시도, 여자는 이브닝드레스를 입고 와야 하는 그 거룩한 자리에 나는 임신 4개월 때 입었던 검정색 벨벳 원피스를 입고 나타난 것이다. 드레스를 빌려 입자니 비용이 만만치 않고, 서구 여성들 체형의 드레스가 내 몸에 맞을 리도 없어서 고심 끝에 떠올린 게 그 임부복이었던 것이다. 기자니까 봐주겠지, 싶었던 게 화근이었다. 지정된 좌석을 겨우 찾아가보니 우리 테이블에 앉아 있던 남녀들이 나를 맞이하기 위해 일제히 일어섰는데, 영화에서나 보았던 신사숙녀들의 모습이었다. 위엄 있는 턱시도와 화려한 이브닝드레스들이 의구심 가득한 눈길로 나를 내려다봤다. 얼굴은 화끈거리고 등에서는 진땀이 삐질삐질 흘러내렸다.

그랬거나 말거나, 서울에서 연수 온 아줌마 기사가 노벨상 만찬장에 들어가 취재를 했다는 소식은 스웨덴 교민사회에 삽시간에 퍼졌다. 스웨덴 대학생들의 최고의 소망이 노벨상 만찬장에서 자원봉사를 하는 것일 만큼 노벨상은 스웨덴 사람들의 로망이자 꿈이다. 그런 곳에 비록 임부복을 입고 들어갔을지언정, 일급비밀로 꼽히는 만찬 메인 정식과 공연을 보고, 뭣보다 노벨상 수상자인 세계 석학들을 코앞에서 만나고 왔으니, 만나는 사람마다 만찬장 얘기를 물어보는 통에 어깨를 으쓱거리고 다녔다.

한겨울 스톡홀름 시청사.

시청사 투어는 그로부터 두 달 뒤에 제대로 하게 되었다. 교민 중에 가이드로 일하시는 분이 있어, 공짜로 관람할 기회를 얻었다. 1923년 완공된 후 스톡홀름의 랜드마크이자 심볼이 된 시청사는 20세기 스웨덴 최대의 건축 프로젝트였다. 랑나 외스트베리에가 설계한 시청사는 완공되기까지 에피소드가 많다. 제1차 세계대전 중이라 재정적으로 어려운 상태에서 시청사 건립이 중단될 위기에 놓이자 국왕부터 일개 시민들에 이르기까지 벽돌을 살 수 있는 돈을 기증해 시청사를 완성시켰다고 한다.

시청사 관람의 하이라이트는 블루 홀과 골든 홀(황금 홀)이다. 블루 홀은 노벨상 만찬장이 펼쳐지는 역사적인 장소다. 내가 앉았던 자리를 찾아보니 가장자리 중에서도 가장자리였다. 블루 홀에서 2층 황금 홀로 올라가는 계단에도 재미있는 일화가 있다. 롱드레스를 입은 여성들

매년 12월 10일 노벨상 만찬이 열리는 블루 홀. 계단과 일직선인 자리에 스웨덴 국왕 일가와 수상자들이 앉는 메인 테이블이 설치된다.

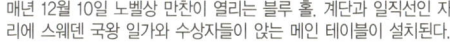

이 치맛자락에 밟혀 넘어지지 않도록 계단의 각도를 조정하기 위해 건축가가 자기의 아내를 데리고 몇 번이나 설어내려오는 시험을 하면서 수정·보완했다는 것이다.

　2층의 황금 홀은 노벨상 만찬이 끝난 뒤

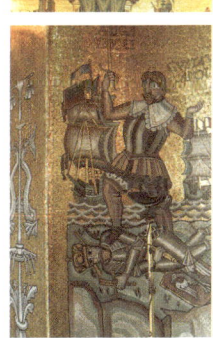

황금 홀 정면에 새겨진 뮐라렌 호수의 여신. 순금 모자이크로 장식된 벽화가 눈부시다.

무도회가 열리는 장소다. 황금 홀이라는 이름처럼 홀 전체에 묘한 아우라가 느껴진다. 정면에 장식된 황금 모자이크가 압권이다. 1천9백만 개의 순금조각으로 이뤄진 이 벽화는 묄라렌 호수의 여신을 묘사하고 있는데, 이 벽화가 처음 공개됐을 때 반대 여론이 심했다고 했다. 기독교 국가 정서에 여신의 벽화가 이교도 분위기처럼 느껴졌기 때문이란다. 양쪽 벽에는 스웨덴 역사에 등장하는 대표적인 일화들이 역시 금으로 모자이크되어 있다. 다른 한쪽 벽에는 스웨덴 위인들의 이름이 새겨져 있는데, 칼 폰 린네라는 식물학자의 이름이 눈에 띄었다. 생물분류법을 만든 학자 말이다. 그가 스웨덴 사람이라는 걸 그때 처음 알았다.

시청사 복도에 놓인 노동자의 흉상.

그러나 시청사 내부에서 나를 가장 크게 감동시킨 건, 블루 홀도 황금 홀도 아니었다. 시청 복도를 걸어가는데 가이드분이 천장 가까이에 설치된 흉상을 가리켰다. "저 흉상의 주인공이 누군지 아세요?" 건축가의 흉상인가? 아니면 노벨? 아니었다. 흉상이 하나만 있는 것도 아니었다. 1미터 간격으로 남자들의 흉상이 놓여져 있었다. "이 시청사를 지은 노동자들의 얼굴입

시의회가 열리는 공간. 입구에 각 나라 대사들이 보낸 순금 장식물들이 전시돼 있다.

니다. 그들의 수고를 잊지 말자는 뜻에서 흉상으로 남겨둔 거죠." 사회주의 국가다운 발상이었다.

시의회가 열리는 의회장을 지나면 작은 방이 하나 나타나는데, 시민들이 결혼식을 올릴 수 있는 곳이다. 이 방을 벗어나면 기다란 회랑이 나온다. 가이드의 설명이 재미있다. 노벨상 만찬장인 블루 홀로 들어갈 때 수상자들은 이 회랑을 지나가게 되는데, 그들이 받은 노벨상 메달이 이곳에 전시돼 있다고 했다. 그 메달을 보고 수상자들은 그동안 참았던 감격의 눈물을 터뜨린다고 했다. '이게 진정 내게 주어진 노벨상 메달인가?' 하는 심정으로 자신의 메달을 보며 펑펑 운다는 것이다.

회랑 옆에는 '왕자의 갤러리' 라는 곳이 있다. 스웨덴 왕실의 유진^{Eugen}이라는 왕자는 예술에 미쳐 평생 독신으로 살면서 그림만 그렸다고 한다. 회랑 벽에는 그가 시청사를 건립할 때 그렸다는 벽화가 있다. 시청사 창문으로 내려다보이는 묄라렌 호수 풍경으로, 파스텔로 그린

스톡홀름 시청사의 테라스. 뮐라렌 호수의 풍경이 아름답다.

그림처럼 은은했다. 유진 왕자의 그림과 그가 평생 모은 소장품은 자신의 저택을 개조한 발데마쉬우데 미술관에 가면 감상할 수 있다.

사실 시청 투어의 백미는 호숫가다. 내부까지 관람할 시간이 없다고 슬퍼하지 않아도 될 만큼 테라스 앞에서 바라보는 뮐라렌 호수와 건너편 구시가지 풍경이 아름답다. 햇살이 내리쬐는 날이라면 더더욱 운치 있다. 여름에는 종탑을 개방하니 꼭대기까지 올라가면 스톡홀름 시 전경이 내려다보인다. 종탑 끝에는 세 개의 황금 왕관이 매달려 있다. 시청사의 상징이자 스웨덴의 상징이다. 스웨덴 화폐 단위를 '크로나' 라고 하는데, 영어로 크라운crown이란 뜻이다.

시청사를 구경했다면 드로트닝홀름으로 가는 유람선을 타자. 물에서 바라보는 시청사의 풍경은, 물에서 바라보는 스톡홀름의 풍광처럼 새로운 감동을 안겨줬다. 내가 아이들과 배를 타고 스톡홀름의 해안선을 구경하게 된 것은 서울로 돌아오기 겨우 몇 달 전이었다. 배 위에서 나는, 이 풍광을 보고 가지 않았더라면 얼마나 후회했을까 싶었다.

물에서 바라본 스톡홀름은 훨씬 더 풍요롭고 여유로웠다. 아직 여름이 시작되지도 않았는데, 물가엔 햇살을 즐기며 일광욕을 하는 사람들로 가득했다. 그 비싸다는 요트도 심심치 않게 볼 수 있었다. 그만큼 해변에 자리한 집들은 부유했다. 스톡홀름 도심에서 멀어지자 집들의 모양이 달라졌다. 목재로 지은 통나무집에 붉은 색칠을 한 북유럽의 전통적인 오두막들. 일명 '여름집'이라고 불리는 오두막들은 여름 한철 알차게 즐기는 것을 일생의 목표로 삼고 사는 스웨덴 사람들의 별장이었다. 숲과 섬 사이 호수와 이 붉은 오두막집들이 어우러져 일궈내는 풍경이 정말 아름다웠다.

꼭 40분 만에 배는 드로트닝홀름 선착장에 도착했나. 포구로 들어설 때부터 국왕이 사는 왕궁이 한 폭의 그림처럼 나타난다. 선착장에 내리는 그 순간부터 우리는 유네스코가 지정한 세계문화유산을 즐기는 셈이다. 스웨덴의 명건축물 중의 하나로 꼽히는 왕궁과 극장, 교회를 둘러보는 재미도 크지만, 나의 입을 딱 벌리게 한 것은 궁궐 뒤쪽으로

스웨덴의 현 국왕이 살고 있는 드로트닝홀름. 세계문화유산으로 지정돼 있다.

펼쳐진 광활한 정원이었다. 초록 잔디가 끝도 없이 펼쳐진 가운데, 잘 손질된 정원수와 연못이 여행자들을 맞이하고 있었다.

현재 왕궁으로 사용되는 곳인데도 정원을 시민들에게 개방한 것은, 사회주의 국가의 이념과 가치를 존중하는 스웨덴 왕족의 배려다. 왕위를 아들 딸 구분 없이 첫째에게 물려주기로 한 것도 스웨덴 왕가가 처음이다. 아들인 필립 왕자를 젖히고 맏딸인 빅토리아가 왕위 계승자가 된 것은 그 때문이다.

스웨덴 왕족의 아량으로 우리는 햇살 가득한 잔디밭에 돗자리를 펴고 집에서 싸온 유부초밥과 과일, 음료수를 마시며 한나절을 보냈다.

주원이가 행복해한 것은 물론이다. 미리 준비해온 공을 가지고 오빠랑 놀다가, 달리기를 하고, 연못에서 헤엄치는 청둥오리를 호기심 어린 표정으로 관찰했다. 우리 말고도 왕궁 정원에는 초여름 햇살을 즐기려고 온 가족들과 연인들이 많았다. 아예 수영복을 입고 일광욕을 하는 사람들 때문에 시온이 눈이 휘둥그레지기도 했다. 햇빛이라면 사족을 못 쓰는 국민이었다.

드로트닝홀름에서 스톡홀름까지 가는 버스가 있지만, 우리는 다시 배를 탔다. 5시가 마지막 배라 시간을 잘 체크해야 한다. 실컷 놀았는지 주원이는 유모차에서 잠이 들고 시온이는 선실에서 바쿠칸을 가지고 놀았다. 선홍빛 노을이 지고 있었다.

04

세상에서 가장
좁은 길,
세상에서 가장
작은 동상

▶▶▶▶▶▶▶▶▶▶   스톡홀름 시청에서 드로트닝홀름까지 왕복할

스톡홀름의 구시가지 감라스탄에는 오래된 왕궁과 교
회, 그리고 아이스크림 가게가 있다. 운이 좋으면 근
위병들의 행진을 볼 수 있다.

시간이 없다면, 시청에서 감라스탄으로 불리는 구시가지를 걸어서 한바
퀴 산보하는 것도 좋다. 사실 스톡홀름 관광의 출발점이 감라스탄이다.
스톡홀름으로 첫 출장을 왔을 때에도 스웨덴 공무원들은 감라스탄부터
보여줬다. 스웨덴 역대 국왕이 살던 왕궁이 있고, 왕위 계승자인 빅토리
아 공주가 얼마 전 헬스강사 출신인 다니엘과 결혼식을 올린 7백년 된
왕궁 교회가 있으며, 덴마크 군사들에 의해 스웨덴 귀족들이 학살당한
비극의 역사를 지녀 '블러드 배쓰Bloodbath' 라고 불리는 '피의 광장(스토르
토리예)' 과 '노벨 박물관' 이 있다. 런던 버킹엄 궁전의 교대식처럼 유명

하진 않지만 주말엔 왕궁 근위병들의 교대식과 행진을 볼 수 있다.

하지만 감라스탄의 진짜 매력은 골목골목에 있다. 언덕배기에 자리한 왕궁과 왕궁교회를 둘러본 뒤 아무 골목으로나 들어가면, 미로처럼 얽힌 작은 골목들에 아기자기한 기념품 가게와 식당, 구둣방, 보석집들이 여행자들을 맞이한다. 피의 광장에서 한두 블럭 아래쪽으로 내려오면 길 모퉁이에 아이스크림 맛있기로 유명한 집이 있다. '벤과 제리 Ben & Jerry'라는 이름의 이 가게는 언제나 관광객들로 북적인다.

감라스탄이 유명 관광지라 성수기엔 관광객들을 태워 구시가지 일대를 한바퀴 도는 마차가 호객행위를 한다. 시어머님이 스톡홀름에 오셨을 때 아이들과 함께 타본 적이 있는데, 걸어서 보는 것이 훨씬 감동적이다. 걸어야만 볼 수 있는 감라스탄의 관광 포인트가 두 곳 있다. 하나는 '세상에서 가장 작은 골목'이다. 양팔을 벌리면 양쪽 벽이 손에 닿을 만큼 좁은 길이라 여행자들의 카메라 세례를 받는다.

또 한곳은 '세상에서 가장 작은 동상'이 있는 곳이다. 왕궁 앞 광장에서 항구를 정면에 두고 오른쪽으로 난 골목으로 내려가다 보면 조그만 마당이 하나 나오는데, 아주 자세히 살펴보지 않으면 발견할 수 없는 동상이 그곳에 있다. 어른 손바닥만 한 크기라고 할까. 하늘을 멀리 응시하는 이 조각상의 이름이 '달을 보는 소년'이다. 얼마나 많은 사람들이 이 동상의 머리를 쓰다듬고 지나갔는지 두상이 반질반질하다.

세상에서 가장 좁은 길, 그리고 세상에서 가장 작은 동상.

동상 앞엔 동전과 사탕들이 놓여 있었다.

참, 시간이 나면 조각상 있는 곳에서 멀지 않은 노벨 박물관에 들러 보면 좋다. 볼거리가 많은 것은 아니지만, 대한민국 최초의 노벨상 수상자인 김대중 전 대통령의 유물이 그곳에 있다. 민주화운동을 하다 사형선고를 받고 감옥에 수감돼 있던 시절, 그곳에서 신었던 슬리퍼와 부인 이희호 여사에게 깨알 같은 글씨로 적은 편지봉투가 전시돼 있다. 우리 대통령의 유물을 타국에서 만나니 감동과 자부심이 벅차올랐다. 어린이 입장객에게는 종이 한 장을 따로 준다. 박물관에 정답이 있

감라스탄의 노벨 박물관. 평화상 수상자인 김대중 대통령의 유품이 전시돼 있다.

으니 찾아보라면서 퀴즈를 몇 개 내주고, 그걸 다 맞추는 아이에게 노벨상 메달 모양의 초콜릿을 선물로 준다. 귀여운 아이디어다. 시온이는 박물관에서 가장 감명받은 물건을 그림으로 그리라는 마지막 문제에, 김대중 대통령의 슬리퍼를 그렸다.

길을 잃지 않고 골목을 다 둘러봤으면 다시 왕궁 광장 위로 올라와 스톡홀름 항구를 내려다보자. 가슴이 탁 트인다. 이 아름다운 항구 덕분에 스톡홀름은 세계에서 가장 아름다운 도시 다섯 손가락 안에 꼽힌다. 광장에서 항구 쪽으로 내려가다 보면 오른쪽에 'SI Sweden Institute' 라는 문패가 달린 서점이 나온다. 스웨덴 문화관광부 같은 정부기관에서 운영하는 서점으로, 스웨덴과 관련된 각종 서적들을 판매한다. 엉어로 된 책들이 많아 내가 곧잘 애용하던 곳이다.

감라스탄에서 스톡홀름 항구를 오른쪽에 끼고 15분 정도 걸어가면 스웨덴의 5성 호텔인 '그랜드 호텔'이 나타난다. 1874년에 세워진 이 호텔이 유명한 이유는 노벨상 때문이다. 해마다 12월 10일에 치러지는 노벨상 시상식에 참가하기 위해 오는 수상자와 가족들을 위해 노벨재단은 이 호텔을 한 달간 통째로 빌린다. 1901년 노벨상이 제정된 이후 이 호텔은 세계 석학들의 숙소가 돼온 셈이다. 1929년까지는 노벨상 만찬연회도 이 호텔에서 열렸다. 노벨상 석학들뿐 아니라 스웨덴을 방문하는 국빈들은 모두 이곳에서 묵는다. 2009년 스웨덴을 방문한 이명박 대통령 내외도 이곳에서 묵었다.

그랜드 호텔에서 한 블럭 더 가면 스웨덴 국립박물관, 즉 '내셔널 뮤지엄'이 있다. 1866년 르네상스 스타일로 건축된 이 박물관은 스웨덴 최고의 뮤지엄으로, 15~20세기에 이르는 스칸디나비아 미술과 예술사에 관심 있는 사람이라면 반드시 들르는 필수코스다. 내셔널 뮤지엄에서 다리를 하나 건너 셰프스홀멘^{Skeppsholmen} 섬으로 건너가면 현대미술의 유수한 작품들을 소장, 전시하고 있는 '모던 아트 뮤지엄'과 건축박물관, 동아시아 박물관이 모여 있다.

그중에서도 모더나 뮤지엣^{Moderna Museet}으로 불리는 현대미술관을 나는 가장 많이 갔었다. 난해한 현대미술을 관람하기 위해서는 물론 아니고, 미술관 2층에 있는 식당 때문이다. 뷔페 형태의 음식 맛은 가격 대비 만족스럽지 않지만, 이 레스토랑에서 내려다보는 뷰^{view}가 끝내준

북유럽 민속문화를 볼 수 있는 노르디스카 박물관.

다. 'MM'이라는 이름의 이 식당이 스웨덴 전역에 유명한 이유는 단지 이 풍광 때문이라고 해도 과언이 아닐 만큼 통유리창으로 건너다보이는 스톡홀름 항구의 풍경이 장관이다.

딱히 박물관 순례 때문이 아니라도 셰프스홀멘은 연인이 함께 걸으며 사랑을 속삭이기에 제격일 만큼 낭만적인 섬이다. 봄은 봄대로, 겨울은 겨울대로 운치있지만 붉은 단풍이 물들 때 이 섬은 가장 매력적이다. 스톡홀름을 일주일 정도 방문할 기회가 생긴다면 하루를 뮤지엄 나들이로 삼아 셰프스홀멘을 종일 즐겨보는 것도 나쁘지 않을 것이다.

05

바사 박물관을
놓쳐서는 안 되는
이유

▶▶▶▶▶▶▶▶▶▶ 고상한 박물관 순례 말고 좀더 익사이팅하게 스톡홀름을 구경하고 싶다면, 유고든Djurgarden 섬으로 가면 된다. 세계 최초의 야외 박물관인 '스칸센'이 있고, 말괄량이 삐삐를 테마로 구성한 아이들의 놀이터 '유니바켄'이 있다. 우리나라 롯데월드나 에버랜드에 비할 바는 못 되지만 롤러코스터 비슷한 놀이기구들이 돌아가는 '그뢰나룬드'라는 테마파크도 이 섬에 있다.

『삐삐 롱스타킹』을 주제로 한 테마파크인 '유니바켄'. 여자 아이들이 열광한다.

섬이라고 해서 배를 타고 가는 곳은 아니다. 스톡홀름 14개 섬은 모두 다리로 이어져 있어서 걷거나 버스를 타면 된다. 스칸센이 있는 유고든 섬은 스톡홀름의 유명 관광지라 많은 버스들이 그곳으로 향한다. 유고든 섬은 원래 왕족들의 사냥터였다. 그래서인지 울창한 숲과 호수, 오래된 고택들이 어우러져 참으로 아름답다. 지금은 스톡홀름 시립공원의 일부로 8백여 명의 주민이 산다.

배 모양으로 건축된 바사 박물관의 전경.

유고든의 첫째 볼거리로 스칸센을 꼽는 사람들이 많지만, 나는 '바사 박물관'을 제일로 꼽는다. "옛날 배 하나 덩그라니 놓여있을 뿐"이라며 시큰둥해하는 사람도 있지만, 나는 그 어두컴컴한 박물관으로 들어간 순간 입을 딱 벌렸다. 어둠 속에 거대한 위용을 드러내고 있는 고색창연한 배 한 척은 그냥 배가 아니었다. 좌초돼 3백년 동안 스톡홀름 항구에 가라앉아 있다가 불과 몇십 년 전에 건져 올려진 '왕의 배'였다.

킹 구스타프 아돌프 2세가 다스리던 1628년, 출항을 앞두고 있던 왕의 배가 갑자기 뒤집어졌다고 했다. 배 아래쪽에 너무 많은 양의 짐

5백여 년 전 구스타프 아돌프 2세가 탔던 '왕의 배'. 과거 바이킹의 영광을 실감케 한다.

을 실어서 그렇게 됐다는 설, 암살 음모라는 설 여러 가지 추측이 있지만 원인이 밝혀지지는 않았다. 그렇게 전복돼 가라앉은 배는 1956년 발견돼 통째로 건져 올리는 작업, 건조시켜 옛 모습 그대로 복원하는 작업을 거쳐 1990년 6월에 세상에 모습을 드러냈다.

뱃머리에 새겨진 사자상이 인상적이다. '북쪽의 사자'로 불린 구스타프 아돌프 2세를 상징한 표식이라고 했다. 배의 양 옆에는 우리 거북선처럼 대포를 쏠 수 있는 구멍이 나 있다. 무기들만 저장하는 갑판이 따로 있을 만큼 탄탄한 전함이었다. 그 옛날 세계의 바다를 누비고 다니던 바이킹의 배였다. 처음 바사 박물관에 갔을 때 나는 마룻바닥에 주저앉아 하염없이 배를 올려다보았다. 타임머신을 타고 바이킹의 시대로 돌아간 느낌이 들었기 때문이다.

바사 박물관을 보았다면, 스칸센으로 가자. 바사 박물관 주변에 노르디스카 박물관, 바이올로지스카 박물관이 있지만, 건너뛰어도 무방하다. 스칸센은 1891년 문을 열었다. 세계

세계 최초의 야외 박물관인 스칸센의 모습.

최초의 야외 박물관인 스칸센은 우리나라로 치면 한국민속촌이자 동물원이다. 150여 채의 가옥과 농장, 건물들은 스웨덴의 전통과 역사를 그대로 보여준다.

하나의 마을처럼 돼 있어 산보하며 구경하는 재미가 크다. 단, 문이 열려 있는 집은 반드시 들어가 볼 것! 옛날 방식으로 치즈를 만들거나, 도자기를

빵을 구워 팔거나 도자기를 빚어 판매하는 가게도 있다.

굽고, 옷감을 짜는 사람들을 만날 수 있다. 방문객이 원하면 그들은 영어로 설명도 해준다. 빵집에서는 막 구워낸 스웨덴 전통 빵들을 그 자리에서 구입할 수 있다. 정말 맛있다. 걷다 보면 마을 우체국이 나오고, 교회가 나오고, 인형극을 하고 있는 광장이 나타난다. 지붕에 풀이 잔뜩 덮여 있는 집은 '군인의 집'이다. 전쟁 중에 적의 눈에 띄지 않기 위해 위장을 했던 것 같다. 마당에 종탑이 우뚝 서있는 학교도 재미있

다. 할머니 교장선생님과 여교사 한 명이 관람객을 반갑게 맞이한다. 10여 개의 나무 책걸상과 풍금이 있는 교실은 인기 관람코스다.

동물원은 아이들이 좋아한다. 순록과 엘크, 곰과 늑대, 밍크 등 추운 곳에 사는 동물들을 만날 수 있다. 한번은 두 마리 새끼 곰이 으르렁대며 싸우고 있어서 주원이가 울음을 터뜨렸다. 까만 눈을 반짝이고 있던 밍크는 정말 작고 예쁜 동물이었다. 저렇게 작고 귀여운 동물을 수십 마리 죽여서 한 사람의 밍크코트를 만든다고 생각하니 살짝 분노가 일었다.

스칸센은 스웨덴 전통 민속문화를 만끽하게 만든다.

스웨덴에 사는 1년 동안 스칸센에 네 번 갔
다. 한국에서 가족들이 올 때마다 갔고, 시온
이 친구들을 데리고 또 한 번 갔다. 튤립 만발
한 5~6월에 스칸센은 가장 예쁘지만, 내 기
억 속에 강렬하게 남아 있는 스칸센은 한겨울
의 스칸센이다. 언니와 조카들이 왔을 때 스

한겨울의 스칸센.

칸센을 데려갔는데, 하필 연일 폭설이 쏟아지
던 때였다. 문을 닫진 않았지만, 관람객이 우리 식구뿐이어서 무섭기
도 했다. 눈보라를 헤치며 흰눈으로 뒤덮여 아무것도 보이지 않는 스
칸센을 누비고 다녔으니 지금 생각해도 웃음이 난다.

압권은 스칸센 교회였다. 대낮인데도 온통 잿빛으로 가득한 스칸센
에 주황색 불빛이 새어나오는 곳이 있었다. 교회였다. 반가운 마음에
교회 안뜰로 들어서려는데, 교회에서 시커먼 옷을 입은 남자 두 명이
우리를 내다보더니 굳은 표정으로 다시 문을 닫고 들어갔다. 느낌이
꺼림칙해 돌아 나왔는데, 나중에 알고 보니 상례식을 치르고 있는 중
이라고 했다.

유고든 섬에서 우리 세 식구가 가장 좋아했던 곳은, 섬의 맨 끝에 위
치한 발데마쉬우데 미술관이다. 시청사 2층에 있던 왕자 갤러리를 기
억하시는지. 그림에 미쳐 평생을 혼자 산 유진 왕자가 살던 집과 그의

소장품을 전시하고 있는 미술관이 발데마쉬우데다. 내셔널 뮤지엄 전시만큼 대중적이고 큰 규모의 전시는 아니지만, 북유럽 사람들이 사랑하는 화가들, 사진작가들의 작품전이 곧잘 열렸다. 셰프스홀멘과 마찬가지로 온 섬에 단풍이 물들 때 발데마쉬우데는 가장 아름답다.

유고든 섬의 울창한 숲 한가운데 숨어 있는 로젠달 가든을 알게 된 건, 서울로 돌아오기 불과 몇 달 전이었다. 한국인 입양아 출신으로, 자비를 털어 한국의 미혼모 돕기에 앞장서고 있는 엘리자벳 리 덕분에 알게 된 곳이다. 인터뷰를 하고 싶다고 하자 엘리자벳은 나를 로젠달 가든으로 데려갔는데, 유고든의 숨은 진주 같은 곳이었다. 스칸센 아래쪽에 위치하는 로젠달 가든은 일반 관광객들은 여간해서 들르지 않는 숨은 명소다.

유진 왕자 갤러리가 있는 발데마쉬우데의 가을.

'로젠달 가든' 가는 길. 로젠달 가든에는 허브 농원과 허브 티를 마실 수 있는 카페가 있다.

대단한 유적이 있는 건 아니지만 섬 입구에서 뮐라렌 호수를 따라 걸어 들어가는 숲길이 일품이다. 로젠달 가든에는 제법 넓은 면적의 허브 농장이 있고, 그 허브들로 만들어내는 차와 비누, 꿀 같은 제품들을 판매하는 가게가 있다. 레스토랑도 있다. 간단히 커피와 쿠키를 즐길 수도 있고, 한 끼 식사를 맛볼 수도 있다. 그 식당에서 엘리자벳은 자기를 버린 엄마를 원망하지 않는다고 했다. "내가 고통 끝에 아이를 낳아보니 나에게 생명을 부여해준 것만으로도 엄마는 나에게 충분히 감사한 존재였어요."

친정부모님이 오셨을 때 나는 다시 로젠달 가든에 갔다. 길가에 민들레꽃이 만발하던 때였다. 엄마는 무릎이 아프다 하시면서도 소녀처럼 상기된 얼굴로 숲길을 걸었다. 아이들은 허브 향 흩날리는 농원에서 뛰어놀고 어른들은 커피를 마셨다.

06

밀레의 정원,
그리고 웁살라

▶▶▶▶▶▶▶▶▶ 　노르웨이에 비겔란이 있다면 스웨덴엔 밀레가 있다. 칼 밀레^{Carl Milles}는 20세기 스웨덴 최고의 조각가이자 세계적으로도 유명한 작가다. 파리에서 로댕에게 사사했지만 로댕과 다른 자기만의 독특한 조각 세계를 선보였다. 1931년부터 20년 동안 미국에서 살았던 그는 세인트루이스와 워싱턴DC에도 작품을 남겼다.

밀레의 작품을 처음 본 곳은 스톡홀름 콘서트 홀 광장이었다. 노벨상 시상식이 열리는 이 콘서트 홀 앞 광장은 야채, 과일 등을 파는 재래시장이 서는 곳으로 관광명소 중 하나다. 이 광장에 밀레의 대표작 중 하나인 오르페우스 조각군상이 분수 형태로 우뚝 서있는데, 햇빛 좋은 날이면 광장 계단에 앉아 솟구치는 분수를 바라보며 일광욕을 하는 시민들을 볼 수 있다.

이른바 '밀레의 정원'이라고 하여, 그의 작품만 모아놓은 공원이 있다고 해서 시온이와 함께 지하철을 타고 갔다. 밀레의 정원이 있는 곳은 스톡홀름에서도 부유층이 모여 사는 리딩예라는 외곽에 있었다. 중앙역에서 지하철로 롭스텐 역까지 간 뒤 다시 버스를 타고 들어갔다. 알고

밀레의 정원

보니 2005년 스웨덴 출장 때 아스트리드 린드그렌의 딸을 인터뷰했던 곳이다. 린드그렌의 딸이 살고 있던 2층 자택이 리딩예에 있었다.

밀레의 정원은 생각보다 크지 않았지만, 순백색 눈밭에 우뚝 선 조각상들이 얼음처럼 차가운 북구의 하늘과 어우러져 독특한 풍취를 자아내고 있었다. 정원 바로 아래가 절벽이라 조심하지 않으면 바닷물로 뛰어들게 된다고, 짓궂은 교민 여성이 귀띔했던 기억이 났다. 밀레의 조각상들에는 천사, 요정의 형상이 유난히 많았다. 첫눈에도 밀레의 작품이란 걸 알아챌 만큼 뾰족뾰족하고 괴팍한 형상이다.

그들 중 내 눈을 사로잡은 것은 '보이지 않는 손'이었다. 휘청거리는 한 사람을 커다란 손이 받쳐주고 있는 모습이다. 모든 예술작품이

해석하기 나름이겠지만, 나는 그 손이 신의 손으로 느껴졌다. 눈에 보이진 않지만, 인간이 시련과 위기에 부닥쳐 나락으로 떨어지려 할 때 어디선가 나타나 그를 받쳐주고 보호하는 힘! 종교가 자기위안이라고는 하지만, 나는 이 불확실하고 위험천만한 시대에 보이지 않는 신성한 어떤 힘이 존재해 나약하고 나약한 나와 우리 아이들을 지켜주었으면 하는 바람이 간절했다.

스톡홀름에서 기차로 40분 정도 달리면 닿을 수 있는 웁살라도 훌륭한 여행지다. 유럽에서 가장 오래된 대학 중의 하나인 웁살라 대학이 이곳에 있다. 옥스포드처럼 대학 전체가 도시를 이루고 있다고 해도 과언이 아니다. 스웨덴 첫 출장 때 웁살라에 가본 나는 그 학구적이고 평화로운 정경에 마음을 빼앗겼다. 그때 이미 천연가스 버스가 운행되고, 시민들 대부분이 자전거를 타고 다니는 친환경 도시였다.

웁살라의 일상은 소설가 박수영의 『스톡홀름 오후 2시의 기억』에 상세히 묘사돼 있다. 제목을 '웁살라 오후 2시의 기억'으로 해야 하지 않나 싶을 만큼, 웁살라를 주거지로 삼아 스웨덴에서 살았던 작가 덕분에 이 유서 깊은 대학도시의 정취를 만끽할 수 있다.

웁살라 성 아래 잔디밭에서 공을 차며 노는 시온이와 주원이.

    웁살라에 몇 번을 갔지만 나는 여전히 대학과 일반 선물을 구별하지 못한다. 우리나라처럼 대학 건물이 한 울타리에 있는 게 아니라, 도시의 이 건물 저 건물로 나뉘어 있었기 때문이다. 뾰족한 두 개의 첨탑이 아름다웠던 고딕 양식의 웁살라 대성당이 첫손에 꼽히는 관광명소다. 15세기 중반에 완공된 북유럽 최대의 성당으로 구스타프 바사 국왕과

세계적인 식물학자 린네가 이곳에 묻혔다고 한다. '종속과목강문계' 라는 식물분류법을 만든 린네의 업적을 기리는 '린네 박물관' 도 웁살라에 있다. 린네가 살았던 집을 개조해 만든 박물관으로 그가 생전에 수집했던 생물표본들이 전시돼 있다.

어떤 명소보다도 웁살라는 걷기에 좋은 도시다. 방향을 잃을 염려가 거의 없는 소도시다. 웁살라 역에 내리면 정면에 랜드마크로 보이는 웁살라 성이 보이고, 대개의 사람들은 그곳을 향해 직진한다. 식당과 쇼핑가가 밀집해 있는 다운타운을 지나면 작은 골목길 사이로 서점들이 나타난다. 웁살라 대학이 가까워오고 있다는 신호다. 작은 개천을 건너면 그곳부터가 대학이라고 보면 된다. 강의시간에 늦지 않기 위해 자전거를 타고 열심히 달려가는 학생들의 모습을 심심치 않게 만난다.

가을이 시작되는 9월에 웁살라에 다시 갔다. 혼자가 아니라 아이들과 함께였다. 그 당시 카롤린스카 의대에 포스트닥터로 와 있던 분의 가족과 동행한 터라 여행이 훨씬 즐거웠다. 아이들은 웁살라 성 아래의 잔디밭에서 공을 차고 놀았다. 푸른 잔디밭을 밟는다고 뭐라고 하는 사람이 없어서 좋았다. 우리는 집에서 싸온 김밥과 유부초밥을 나뉘먹으며 대학도시의 평화와 약간의 소란스러움을 즐겼다. 사진 속 이 자그마했던 시온이와 주원이는 그때보다 두 배나 자라서 내 머리 꼭대기에서 놀고 있으니 세월이 그만큼 흘렀다. 그리운 웁살라, 그리운 스웨덴.

유모차 밀고 유럽 여행

1판 1쇄 인쇄 2012년 5월 2일
1판 1쇄 발행 2012년 5월 11일

지은이 | 김윤덕
펴낸이 | 김이금

펴낸곳 | 도서출판 푸르메
등록 | 2006년 3월 22일(제318-2006-33호)
주소 | 서울시 마포구 연남동 568-39 컬러빌딩 301호(우 121-869)
전화 | 02-334-4285~6
팩스 | 02-334-4284
전자우편 | prume88@hanmail.net
인쇄·제본 | 한영문화사

© 김윤덕, 2012

ISBN 978-89-92650-73-1 13810

이 도서의 국립중앙도서관 출판시도서목록(CIP)은 e-CIP 홈페이지(http://www.nl.go.kr/ecip)와
국가자료공동목록시스템(http://www.nl.go.kr/kolisnet)에서 이용하실 수 있습니다.
(CIP제어번호: CIP2012001810)